AF290128

Ce qui nous lie

©2021. EDICO
Édition : JDH Éditions

77600 Bussy-Saint-Georges. France
Imprimé par BoD – Books on Demand, Norderstedt, Allemagne

Réalisation graphique couverture : Cynthia Skorupa

ISBN : 978-2-38127-200-9
Dépôt légal : octobre 2021

Rosalie Muller-Boiral

Ce qui nous lie

JDH Éditions
Romance Addict

À Kris Boiral,
À Elya et Serena,
Mes étoiles brillantes.

PREMIÈRE PARTIE

« *Le bonheur, c'est une affaire intérieure. Entre soi et soi.* »

Katherine Pancol

1

— Rose, dépêche-toi !

— Comme si nous n'étions pas assez en retard comme ça !

Agacée, Rose se baissa au milieu du couloir pour chercher son téléphone qui sonnait dans son sac. Iris et Dahlia, impatientes, la regardaient les bras croisés.

— J'espère vraiment qu'il s'agit d'une urgence.

— Dahlia, s'il s'agit d'une urgence, nous serons encore plus en retard !

— Je l'ai trouvé ! annonça Rose fièrement.

Elle décrocha.

— Allô ? Oui, viens à 19 heures. Ce ne sera ni trop tôt ni trop tard. À ce soir. Bisou.

Dahlia jeta un coup d'œil à sa montre.

— Francis n'a rien de mieux à faire que de t'appeler à 9 heures ?

— Désolée. Quand il est stressé, il en oublie l'heure.

— Au moins, ce n'est pas une urgence. Allez, les filles, on nous attend.

Elles emboîtèrent le pas à Iris et entrèrent dans une salle de réunion où une dizaine de femmes étaient assises autour d'une table ovale.

Monica leur adressa un bref regard tandis qu'elles s'asseyaient.

— Nous pouvons enfin commencer, déclara-t-elle.

— Toutes mes excuses, c'est ma faute, bégaya Rose en rougissant. Je n'ai pas entendu mon réveil, donc mes sœurs ont dû m'attendre. Et puis, mon copain m'a téléphoné…

— Nous n'avons pas besoin d'en entendre davantage, la coupa Monica. Gardez votre énergie pour le travail qui vous attend.

Elle se leva pour s'adresser à son équipe.

— Ce mois-ci, le choix de nos lecteurs est l'infidélité.

À l'annonce du thème, quelques femmes échangèrent leurs avis discrètement. Monica tapota son stylo sur la table en les regardant. Elles se turent immédiatement.

— Qu'est-ce que l'infidélité ? Ce thème concerne tout le monde. Il fait partie de notre quotidien. Il est présent dans les livres, la musique, à la télévision et au cinéma. Les écrivains, les auteurs-compositeurs et les scénaristes aiment évoquer des histoires d'amour compliquées et ambigües. Pourquoi ce sujet entraîne-t-il autant de polémiques ? Pourquoi est-il parfois tabou ? Vous pouvez prendre en exemple un ou plusieurs couples. Comme vous le savez, ce qui m'importe, c'est d'avoir des faits réels. Votre métier est d'observer, analyser et rapporter. N'oubliez pas que cet article fera la une de *What if ?* Vous avez jusqu'au 3 janvier à midi.

Rose écrivait des notes quand elle entendit son téléphone vibrer dans son sac. C'était Francis. Elle l'ignora, mais la vibration persista. Ennuyée, elle prit son smartphone et écrivit un texto rapidement.

Monica le remarqua.

— Rose, comment va Francis ?

Gênée, elle leva les yeux vers sa supérieure qui la regardait avec agacement. Ses collègues observaient la scène, amusées.

— Il va bien.

— C'est à lui que vous écrivez ?

— Je m'excuse, c'est seulement parce qu'il insiste.

— Pourquoi insiste-t-il ? Il y a un problème ?

— Non, c'est juste que… euh…

— On fête l'anniversaire de mariage de nos parents, ce soir. Francis est stressé, car il veut leur faire une bonne impression.

Rose lança un regard noir à Dahlia.

Monica se radoucit.

— Un anniversaire de mariage la veille de Noël, quel heureux évènement.

— Oui. Je vous promets que je ne serai plus distraite.

— Vous êtes en couple avec Francis depuis une dizaine d'années, c'est exact ?

— Onze ans.

Les collègues s'échangèrent un regard impressionné, ce qui amusa Dahlia et Iris.

— Intéressant. Votre relation pourrait servir pour un prochain article. En attendant, j'aimerais que vous vous concentriez sur le sujet de ce mois-ci.

Deux femmes discutaient à voix basse. L'une d'elles rigola discrètement.

— Qu'y a-t-il d'amusant ? demanda Monica d'un ton sec.

Elles se turent, honteuses.

Monica regarda les membres de son équipe, une par une.

— N'oubliez pas la promotion qui est en jeu. Le meilleur article vous emmènera à New York pendant deux semaines. Nous avons un partenariat avec le magazine *Composure*. Vous aurez une quinzaine de jours pour écrire un article sur l'une des villes les plus cosmopolites du monde. Cette opportunité peut vous ouvrir des portes sur de nouvelles collaborations avec la côte est. Allez, au travail !

Dès que la réunion fut terminée, Rose, Iris, Dahlia et leurs collègues ramassèrent leurs affaires sans échanger un mot et allèrent à leur bureau. La compétition était omniprésente. Chacune voulait devenir rédactrice en chef et leur supérieure était très exigeante.

Avant de retourner dans son bureau, Monica posa un regard bienveillant sur Rose.

— Souhaitez un joyeux anniversaire de mariage à vos parents de ma part.

Rose acquiesça d'un signe de tête timide.

***

Rose, Iris et Dahlia rentraient chez elles en bus. Il était 17 heures et le froid hivernal avait envahi San Francisco. Rose était emmitouflée dans son écharpe et ne prêtait pas attention à la conversation de ses sœurs.

— Tu sembles préoccupée, lui dit Iris. Qu'est-ce qu'il y a ? Elle ne répondit pas.

— Laisse le travail de côté, lui conseilla-t-elle. Ce soir, on fait la fête !

— J'ai vraiment envie d'aller à New York et d'écrire cet article, mais je suis mal partie pour avoir cette promotion.

— Tu pourras remercier ton petit ami, la taquina Dahlia.

— Tais-toi, mauvaise langue ! Francis essaie de faire bonne impression à ses futurs beaux-parents parce qu'il aime notre petite sœur.

— Et surtout parce qu'il a une famille très modeste et qu'il craint que ça joue en sa défaveur.

— C'est faux, intervint Rose. Maman et papa l'apprécient pour qui il est.

— Lui sûrement, mais pas forcément sa mère, poursuivit Dahlia.

— Tania va toujours aux alcooliques anonymes ?

— Oui, répondit Rose. Elle a trouvé un emploi comme caissière et elle va beaucoup mieux.

— Espérons qu'elle arrive à le garder, celui-ci. Francis doit en avoir marre de payer leurs factures.

Iris lança un regard à Dahlia pour qu'elle se taise et prit Rose par le bras.

— Sa situation familiale n'est pas la meilleure qui soit, mais il a reçu une bonne éducation et il est financièrement stable. Le plus important, c'est qu'il te rende heureuse, non ?

Rose hocha la tête en souriant.

— Si vous vous mariez, continua Iris, les parents devront bien accepter sa mère.

— Je ne pense pas que ce soit dans nos projets.

Iris et Dahlia la regardèrent, étonnées.

— Il a très mal vécu le divorce de sa mère et son beau-père, alors on évite le sujet. De toute façon, il sait que je n'ai pas besoin d'être mariée à lui pour être heureuse.

Iris et Dahlia s'échangèrent un regard.

Le bus 5 s'arrêta et les sœurs descendirent. Au pas de course, elles montèrent les escaliers qui menaient chez elles. Les sœurs vivaient au deuxième étage d'un immeuble victorien situé au croisement de McAllister Street et Pierce Street, à côté du parc Alamo Square et des Painted Ladies, célèbres maisons victoriennes de San Francisco. Leurs grands-parents maternels avaient acheté ce charmant appartement avec trois chambres, il y a plus de vingt ans. À leur décès, ils avaient légué leur résidence à leurs petites-filles qui se sont fait une joie de quitter la maison où elles avaient grandi à Pacific Heights, trop luxueuse à leur goût, pour emménager dans le premier appartement de leur vie d'adulte.

Deux canapés gris avec des coussins colorés formaient un angle perpendiculaire face à la télévision. Un grand bar avec un ficus, une fougère et une orchidée séparait le salon de la cuisine. Deux grandes bibliothèques en bois massif brun foncé avec des étagères brun clair remplies de livres et de magazines délimitaient l'espace séjour du coin salle à manger.

Pour la décoration, elles avaient choisi un mélange de traditionnel et de contemporain. Ce qui offrait le meilleur des deux mondes en alliant confort et élégance. Iris avait insisté pour ajouter un style un peu bohème dans le séjour. Elle aimait les couleurs vives, les meubles vintage et superposer les matériaux. Elle décrivait ce style comme un mélange de beauté, de chaos et de culture. Dahlia et Rose comprenaient qu'elle ait besoin d'exprimer son individualité et étaient ravies quand elle rapportait de temps à autre des accessoires provenant de marchés aux puces ou de voyages.

L'essentiel pour Rose était d'avoir des plantes dans toutes les pièces. Elles permettaient de purifier l'appartement en réduisant considérablement la poussière de l'air, et de mieux respirer en augmentant le niveau d'oxygène. Comme les plantes restituaient environ 97 % de l'eau qu'elles absorbaient, en avoir plusieurs chez soi permettait d'augmenter l'humidité de l'air. Grâce à cela, les risques de rhume, maux de gorge et toux étaient diminués.

Leur première plante était un palmier d'intérieur qu'elles avaient mis à l'entrée du séjour, à côté de la fenêtre en saillie. Il rendait la pièce principale accueillante et chaleureuse.

Concernant Dahlia, du moment qu'elle pouvait mettre des posters satiriques de films, elle se sentait chez elle ! Ses préférés étaient *Seul sur Mars*, surnommé « Another Matt Damon Rescue Mission », *Twilight : Chapitre 5 – Révélation, 2ᵉ partie*, surnommé « Twilight : It's finally f*cking over » et *Avant toi* (un drame/romance de 2016), surnommé « Always me before you » avec des photos peu flatteuses de Hillary Clinton et Donald Trump.

Depuis début décembre, un grand sapin décoré était devant la fenêtre en saillie et illuminait le salon. Les décorations de Noël avaient envahi les lieux et des cadeaux, préparés avec soin, attendaient d'être ouverts au pied du sapin. Noël était la fête préférée des sœurs. Ce jour était synonyme de joie, de partage et de bons moments avec leurs proches. C'était aussi un symbole de l'union de deux êtres qui représentaient le couple idéal : leurs parents.

Dès qu'elle fut rentrée, Rose s'enferma dans sa chambre et écrivit quelques notes sur son calepin en rapport avec l'article. Satisfaite, elle commença à se préparer. En choisissant ses vêtements, elle réfléchit à une stratégie pour commencer dans le vif du sujet. Quelques idées lui vinrent alors qu'elle mettait ses bijoux. Elle les écrivit immédiatement sur sa liste.

Iris sortit une tenue de son placard qu'elle avait spécialement choisie pour l'occasion, puis elle prit une douche et s'épila. Bien que l'évènement ne réunisse que des membres de sa famille et des amis de l'âge de ses parents, on ne savait jamais qui on pouvait rencontrer en chemin. Il fallait être prête en toutes circonstances !

Dahlia s'assit quelques minutes devant sa fenêtre et contempla la vue en pensant au sujet donné par Monica. Elle avait intégré la compagnie il y avait cinq ans. Depuis, son but était d'être la meilleure afin que Monica lui propose un poste de rédactrice en chef. Quand ses sœurs avaient été embauchées quelques mois plus tard, Dahlia avait été à la fois heureuse et inquiète de partager son quotidien professionnel avec ses deux meilleures amies. Elle savait que ses sœurs avaient beaucoup de talent. Malgré une belle complicité, la concurrence les avait toujours suivies.

La nuit était tombée. Dahlia s'apprêtait à fermer les rideaux, quand elle vit son mini sapin de Noël sur sa commode. Au centre, elle avait accroché une photo de ses sœurs et elle. C'était un souvenir de leur premier Noël dans leur nouvel appartement. Elle leva les yeux au ciel, un peu anxieuse. Bien qu'il n'y ait aucun nuage à l'horizon, elle sentait que le temps allait se couvrir. Elle se promit de gagner la promotion et ferma les rideaux. Elle se le devait à elle-même.

2

En cette veille de Noël, une trentaine de personnes s'étaient réunies dans une magnifique maison à Pacific Heights, où un couple fêtait ses trente-deux années de mariage.

Linda et Alan adoraient recevoir des invités. Leur maison à étage était entourée d'un jardin fleurissant. Comme ils étaient traditionnels, ils s'étaient inspirés des styles de design européens plus anciens et plus classiques. Linda aimait les couleurs chaudes et avait une préférence pour les motifs floraux. Quant à son mari, il affectionnait particulièrement le mobilier en bois et préférait les couleurs sombres et dorées. Ils avaient donc choisi un mobilier élégant et majestueux en acajou.

Sans pour autant être maniaque, Linda voulait que tout soit propre et rangé. Alan accordait plus d'importance à la présentation des photos de célébrités qu'il avait encadrées un peu partout et à la disposition de certains de ses millésimes sur les étagères du salon.

Il était 18 h 30 quand les sœurs arrivèrent. Rose portait une jolie robe mauve avec des bottes à talons hauts. Son pendentif émeraude faisait ressortir ses yeux verts. Iris avait mis un chemisier bleu en satin et un pantalon noir qui lui moulait les fesses. Contrairement à ses cadettes, Dahlia avait choisi le côté confort en enfilant un jean et un pull beige.

— Bonsoir, les filles, dit Jenna en les accueillant, un verre à la main.

Elle embrassa ses nièces et regarda Dahlia.

— Tu t'es encore coupé les cheveux ?

— Oui, j'en avais marre de les coiffer.

— Cette coupe garçonne te va très bien.

— Merci, Iris.

— Tu aurais au moins pu mettre des chaussures plutôt que des baskets.

— Je voulais mettre des tongs, mais j'ai eu peur d'avoir froid.

Iris et Rose sourirent, amusées.

— Au moins, sur trois, il y en a deux qui assument leur féminité, remarqua Jenna.

— Maman et papa souhaitaient tellement avoir un garçon en premier que leur vœu a dû se réaliser.

Leur tante ne trouva rien à répondre. Elle but son verre et partit vers le salon.

— La prochaine fois, dis-lui que ta petite amie aurait dû venir, mais qu'elle a eu un empêchement.

— Tu as raison, Iris, je devrais entretenir ma réputation de lesbienne.

Alan et Linda rejoignirent leurs filles.

— Voilà les plus belles ! s'exclama-t-il en les embrassant.

— Votre père a déjà trop bu, les prévint Linda.

— Vous allez pouvoir décompresser après une longue semaine d'écriture. D'ailleurs, quel est le sujet du mois ?

— Alan, on a dit qu'on ne parlerait pas de travail.

— Maman a raison, ajouta Rose, cette soirée vous est consacrée.

— Rose qui ne veut pas parler de son futur article, ça, c'est une première !

Linda embrassa sa fille, amusée.

— Puis-je au moins savoir quel est le sujet ? demanda Alan.

— L'infidélité.

— Vos lecteurs ont bien choisi. J'ai hâte de vous lire.

— Il y a une promotion en jeu, si je me souviens bien ? demanda Linda.

— Un séjour à New York ! répondit Dahlia avec excitation.

— C'est une ville magnifique. J'y suis allée pour le travail quand j'avais la vingtaine.

— Moi, je n'y ai jamais mis les pieds et je n'ai aucun regret, dit Alan.

Linda fut agacée par la remarque de son mari.

— Je bois à cette fantastique opportunité pour vous, poursuivit-il en finissant son verre.

Linda regarda le verre vide avec inquiétude.

— Où est ton bien-aimé, Rose ? demanda son père.

— Je lui ai dit d'être là pour 19 heures.

— En effet, c'est mieux, dit Linda. Ce genre de soirée est ennuyeuse pour un membre extérieur à la famille. Autant qu'il évite les conversations inintéressantes.

— Mais on connaît Francis depuis qu'il est enfant. Rose et lui sont comme frère et sœur.

Les sœurs se regardèrent, amusées.

— Alan, je crains que l'alcool ne te soit monté trop vite au cerveau.

— Je voulais dire qu'ils ont grandi ensemble. C'est comme nous ; nous nous sommes rencontrés très jeunes. Trop jeunes, peut-être.

— Alan, viens avec moi. Nous allons nous préparer pour le toast.

Alors que leurs parents s'éloignaient, les sœurs étaient perplexes.

— C'est moi ou il s'est passé un truc étrange ? demanda Iris.

Un jeune homme grand et blond s'approcha d'elles avec un plateau sur lequel étaient posés un verre de vin rouge, un verre de vin blanc, une vodka cranberry et une bière.

— Mesdemoiselles désirent-elles boire quelque chose ?

— Toi, tu sais parler aux femmes, dit Iris en prenant le verre de vin rouge.

— Merci, Matt, dit Rose en prenant le verre de vodka cranberry.

Dahlia prit la bière et lui fit un clin d'œil.

Il posa le plateau et leva son verre de vin blanc.

— À votre santé, les filles !

Ils burent.

— Comment va notre cousin préféré ? demanda Iris.

— Merci du compliment, même si je suis votre seul cousin.

— On ne t'a pas vu depuis longtemps, dit Rose. Je commence à être jalouse d'Aria.

— C'est vrai, je m'en excuse. J'ai dû rattraper mon retard au boulot et je n'ai pas eu le temps de socialiser, ces dernières semaines.

— Aria nous a dit que votre road trip jusqu'à Los Angeles était génial.

— Oui, c'était super ! À cette période, il n'y avait presque personne sur la route.

— Je suis contente pour vous.

Matthew et Rose s'échangèrent un regard complice. Il remarqua son pendentif.

— Très joli.

— Francis a un don pour choisir les bijoux. Celui-ci était pour nos cinq ans.

— Quand arrive-t-il ?

— Bientôt.

Leur tante accourut vers eux.

— Matthew, où as-tu mis leur cadeau d'anniversaire ? Je ne le trouve plus !

— Maman, calme-toi, il est dans mon sac.

— Je suis calme. Où est ton sac ?!

— Viens, dit-il en la prenant par le bras.

Il lança un regard désespéré à ses cousines et s'éloigna avec sa mère.

— Je pense que ce voyage leur a permis de se retrouver, dit Iris en buvant son vin.

— Tant mieux. Aria est vraiment la fille qu'il lui faut.

— Tu n'es pas objective, Rose. C'est ta meilleure amie.

Rose ne sut quoi répondre.

Dahlia finit sa bière et alla s'en chercher une autre.

— Ne fais pas attention, lui dit Iris. C'est génial que tu aies présenté Aria à Matt. Grâce à elle, il s'est remis de sa rupture douloureuse. D'ailleurs, il n'est plus en contact avec Jessica, si ?

— Non. Il a réussi à tourner la page.

— Un couple s'inspire souvent d'autres couples pour que sa relation marche.

— C'est sûr que nos parents inspirent beaucoup de monde.

— Je ne pensais pas à eux. Peu de gens peuvent se vanter, à vingt-cinq ans, d'avoir une relation amoureuse qui dure depuis plus d'une décennie.

Iris lui fit un clin d'œil. Rose fut flattée. Elle pensa à Francis et à leur rencontre.

***

Quand leurs filles étaient enfants, Linda et Alan les emmenaient le week-end à Mission Dolores Park. Rose et ses sœurs passaient des heures sur le terrain de jeux.

Un dimanche, alors que Rose avait deux ans, un petit garçon se joignit à elle dans le bac à sable. Elle lui tendit une pelle en souriant timidement. Il prit une poignée de sable et la lui renversa sur la tête. Rose fit une grimace. La mère du garçon s'excusa auprès des parents de Rose, qui rigolèrent.

— Ce n'est pas grave, dit Linda pour la rassurer.

— Nous venons d'emménager à San Francisco et je crains que mon fils soit perturbé par son nouvel environnement.

— D'où est-ce que vous venez ?

— Mon mari et moi sommes russes. Nous arrivons de New York. C'est là-bas que mon fils est né. Je m'appelle Tania.

Alan et Linda se présentèrent et proposèrent à Tania de lui faire découvrir la ville. Cet après-midi-là, les parents de Rose et la mère de Francis devinrent amis.

Avant de se quitter, ils prirent une photo de leurs enfants.

— Quand nous leur raconterons l'histoire de leur rencontre, cela les fera rire, dit Linda.

***

Francis regardait la photo qu'il avait sortie de son portefeuille. Bien qu'il n'en ait aucun souvenir, il savait que ce jour-là était l'un des plus importants de sa vie. Après l'avoir soigneusement rangée, il fouilla dans sa poche et en sortit une petite boîte noire. Il l'ouvrit et sourit à la vue de la bague de fiançailles qu'il avait mis longtemps à choisir. S'il n'avait pas renversé une poignée de sable sur Rose quand ils étaient enfants, il ne serait peut-être pas aujourd'hui devant la porte d'entrée d'Alan et Linda, prêt à lui faire sa demande.

Rose était l'amour de sa vie, il en était sûr. Maintenant, il ne lui restait plus qu'à convaincre ses parents. Il était conscient qu'il ne venait pas du même monde qu'eux. Sa mère avait grandi à Saint-Pétersbourg, en Russie, et, depuis son divorce, elle avait trouvé du réconfort dans l'alcool. Francis n'a jamais connu son père. Son beau-père, Dimitri, l'a élevé comme son propre fils. Malheureusement, certaines de ses fréquentations l'ont conduit vers le jeu. Quand Dimitri a préféré partir avec ses amis à Las Vegas pour jouer au casino plutôt que de passer un week-end en famille au lac Tahoe, Tania a demandé le divorce. Francis avait quatorze ans et son monde s'est écroulé. Depuis ce jour, Rose a tenu une place encore plus importante dans sa vie.

Ils avaient vécu toutes les étapes de l'enfance à l'âge adulte ensemble. Le premier baiser, le premier « Je t'aime », les premières expériences sexuelles. Ils se connaissaient par cœur. Jamais il ne pourrait trouver une telle complicité avec une autre femme. D'ailleurs, il ne s'était jamais intéressé à quelqu'un d'autre.

Le grand moment allait arriver. Il attendrait le discours de Linda et Alan, puis il s'avancerait, demanderait à Rose de s'approcher et s'agenouillerait en lui présentant la bague. Son discours était prêt, il se le répétait en boucle depuis plusieurs jours. Il était impatient de voir la réaction de Rose. À cette pensée, il sourit et sonna à la porte.

Matthew lui ouvrit.

— Salut, mon pote ! Comment tu vas ?

— Bien et toi ? Ça fait longtemps !

— Oui, on en parlait avec les filles. Rose est au buffet.

— Merci.

Francis s'avança vers le buffet qui était dans la salle à manger.

— Tu n'enlèves pas ta veste ?

— Plus tard. J'ai un peu froid.

En marchant vers Rose, il tapota discrètement la poche de sa veste pour s'assurer qu'il y avait toujours la boîte. Son cœur battait fort et ses mains tremblaient légèrement. Il allait bientôt faire le grand pas. D'un coup, il fut pris d'un doute. Et si elle répondait non ? Ils n'en avaient jamais vraiment discuté. Comme Linda et Alan s'étaient mariés à la vingtaine, il pensait que Rose avait le même rêve ; un grand amour qui dure toute une vie. Francis ne désirait rien d'autre que de vivre cette même expérience avec Rose.

Les sœurs discutaient avec des amis. Francis arriva derrière Rose et la prit par la taille. Elle se tourna vers lui et l'embrassa.

— Salut, beau brun.

— Ne sont-ils pas mignons ? demanda Iris.

— Comme un couple ou un frère et une sœur ? se moqua Dahlia.

— Quoi ? demanda-t-il, étonné.

— Rien, répondit Dahlia. C'est une blague entre nous.

Iris et Dahlia s'éloignèrent vers d'autres amis.

Rose prit deux petits fours et lui en proposa un. Il la remercia et le mangea.

— Tes parents savent bien choisir leur traiteur. C'est délicieux.

— Ils ont des années d'expérience.

Elle lui servit un verre de rouge et ils trinquèrent.

***

Matthew admirait le Golden Gate et l'île d'Alcatraz en buvant son verre de vin blanc. Il réalisait la chance qu'il avait d'avoir grandi dans une ville avec autant de charme. Même s'il passait la plupart de son temps à travailler au centre médical de l'Université de Californie à San Francisco, quand il était disponible, il aimait se promener au parc du Golden Gate ou boire un verre avec Aria et leurs amis à l'Hobson's Choice, à Haight-Ashbury.

La sonnerie de son téléphone le sortit de sa rêverie. C'était Jessica. Il se raidit d'un coup et rangea son téléphone. Il finit son verre d'une traite en regardant la vue. À ce moment-là, des bras lui entourèrent la taille. Surpris, il se retourna et vit Aria.

— Désolée d'être en retard. Je regardais des annonces et je n'ai pas vu le temps passer.

— Ne t'inquiète pas, tu arrives à temps.

Aria vit Jenna leur faire un signe de la main.

— Je crois que ta mère nous appelle.

— Allons la voir.

— Attends, je ne suis pas prête.

— Prête pour quoi ?

— Pour lui faire une bonne impression.

— Qu'est-ce que tu racontes ?

— Son fils adoré, qui est médecin, sort avec une bénévole sans emploi stable. Je dois trouver quelque chose d'intéressant à lui dire.

— Ma mère t'apprécie beaucoup. Tu n'as qu'à lui dire que son fils adoré est dingue de toi et elle t'appréciera encore plus !

Aria lui sourit, nerveuse. Ils allèrent voir Jenna.

***

Francis observait Rose qui mangeait un amuse-bouche.

— Tu es magnifique, ce soir. Tu es toujours magnifique.

— Merci.

Il ne pouvait s'empêcher de la regarder.

— Qu'est-ce qu'il y a ? J'ai quelque chose sur le visage ?

— Non.

— Tu as l'air préoccupé. Tu as quelque chose à me demander ?

— Non. Tout va bien.

Un tintement de verre résonna. Les invités rejoignirent Linda et Alan qui étaient dans le séjour, dos à la grande bibliothèque murale en acajou. Plusieurs personnes s'assirent sur les deux canapés en velours beige crème et les trois fauteuils en velours bleu marine.

Rose sourit à Francis et regarda ses parents. Il finit son verre d'une traite et le posa.

Une fois que le silence se fit, Linda prit la parole.

— Alan et moi vous remercions d'être venus. Votre présence nous touche énormément. Aujourd'hui marque nos trente-deux ans de mariage. Eh oui, déjà ! Nous avons eu une chance extraordinaire de nous rencontrer dans un train alors que nous étions enfants. Je me rappellerai toujours ce dimanche matin. C'était le début des vacances. J'étais assise à côté de ma mère, et une femme et son fils se sont assis en face de nous. Le garçon avait mon âge et tenait fièrement un appareil photo. C'était son cadeau d'anniversaire. Pendant le trajet, il prenait discrètement des photos des passagers. Comme je ne comprenais pas, je lui ai demandé pourquoi il ne prenait pas en photo le paysage plutôt que des inconnus. Il m'a répondu qu'il connaissait la route par cœur, alors qu'il n'avait jamais vu les personnes assises à côté de nous. Chacune d'entre elles était unique et son appareil lui permettait d'immortaliser leurs différentes expressions. En me voyant sourire, il m'a prise en photo. Au début, j'étais timide, mais je me suis vite prise au jeu. Qu'est-ce que nous avons ri ! Nos mères ont fait connaissance et se sont rendu compte que nous habitions dans la même ville. Nous avons conservé ces photos qui ont marqué le début d'une belle amitié. Puis, vers l'adolescence, cette amitié s'est transformée en une autre sorte de sentiments. Vous connaissez la suite. Je suis très reconnaissante d'avoir un homme aussi bon et généreux dans ma vie.

Alan avait trop bu et se contentait de sourire.

Francis prit Rose par la taille. Captivée par le discours de sa mère, elle posa une main distraite sur son épaule.

— Nous avons trois filles qui sont notre fierté.

La voix de Linda tremblait légèrement. L'émotion, sans doute. Elle fit une pause et regarda Alan qui affichait un sourire crispé.

Rose sentit que quelque chose n'allait pas.

— Nous avons vécu de merveilleuses années ensemble, mais, après mûre réflexion, nous préférons découvrir d'autres chemins et avoir d'autres expériences.

Rose se raidit d'un coup, son pouls s'accéléra.

— Nous avons réalisé qu'une complicité amicale avait pris le dessus sur l'amour. Nous allons donc divorcer.

Rose, Iris et Dahlia se figèrent, choquées.

La main de Rose se crispa sur l'épaule de Francis. Ce dernier n'en revenait pas non plus.

— Il est important pour Alan et moi que vous respectiez notre décision.

Iris et Dahlia burent leur verre de champagne cul sec.

— J'espère que cette nouvelle ne gâchera pas la soirée. Soyez heureux pour nous, car nous le sommes.

Pour finir son discours, Linda leva son verre. Les invités suivirent son exemple, troublés.

— Joyeux Noël ! s'exclama-t-elle en souriant.

Elle but quelques gorgées et lança un regard à Alan qui croisait les bras, mal à l'aise. Elle s'avança vers ses filles, mais sa sœur lui barra le chemin.

— Qu'est-ce qui t'a pris ?! Tout le monde est gêné, maintenant.

— Merci de ton soutien, Jenna. Tu devrais être soulagée, tu ne vas plus être la seule divorcée de la famille.

Jenna fut choquée.

— Maman et papa avaient raison, Alan mérite mieux que toi !

Linda ignora sa remarque et marcha vers ses filles.

Jenna se tourna et vit que Matthew la regardait avec consternation. Gênée, elle s'apprêta à lui parler, mais il s'éloigna.

Rose pleurait. Sa mère la prit dans ses bras. Dahlia et Iris se tenaient les mains, déconcertées. Linda leur fit signe de la suivre. Ils allèrent dans la chambre parentale. Francis préféra les laisser en famille.

Une fois seul, il mit sa main dans sa poche et toucha la boîte. Il avait besoin d'air.

Aria rejoignit Matthew.

— Ça va ?

— Moi oui, mais je n'en dirais pas autant pour mes cousines. Je pense que la soirée va être chaotique. Tu devrais aller chez tes parents.

— Ils ne m'attendent pas avant demain. Je peux rester si tu as besoin de moi.

— Non, je ne préfère pas. Va voir ta famille. Je vais rester avec mes cousines.

Elle l'embrassa, prit ses affaires et sortit.

Le téléphone de Matthew sonna. C'était encore Jessica. Il inspira profondément et décrocha en s'éloignant de la foule.

— Salut, comment vas-tu ? demanda-t-il, nerveux.

***

Dahlia faisait les cent pas, Iris regardait ses parents avec incompréhension et Rose séchait ses larmes, assise dans un fauteuil.

— C'était quoi, ça ?!

— Dahlia, calme-toi, ma chérie.

— Vous avez annoncé votre séparation devant tout le monde et tu veux que je me calme ?!

— Pourquoi ce soir ? Pourquoi vous ne nous en avez pas parlé avant ?

— Iris a raison ! s'exclama Dahlia. Nous aurions dû être prévenues avant les autres !

— Je suis sincèrement désolée, nous ne savions pas comment l'annoncer autrement.

— Je vais être malade, dit Iris en se passant les mains sur le visage.

— Nous, nous, toujours nous ! Et toi, papa, tu n'as rien à dire ?

— Dahlia, je…

Alan n'arriva pas à finir sa phrase.

— Excusez-moi, dit-il en quittant la pièce.

Rose était perdue dans ses pensées. Son couple modèle venait de s'écrouler.

— Mais qu'est-ce qu'il s'est passé ? demanda Iris. Je ne comprends pas.

Linda posa une main réconfortante sur celle d'Iris.

— Cela fait presque un an que nous en parlons, votre père et moi.

Dahlia et Iris étaient sidérées.

— L'année dernière, un couple d'amis a fait un magnifique voyage autour du monde. Plus je les écoutais parler de leurs aventures, plus j'avais envie de prendre mes valises et de partir moi aussi. J'ai toujours eu envie de découvrir d'autres pays et d'autres cultures, mais ce n'est pas le cas de votre père. Je suis tombée amoureuse de lui tel qu'il est et je ne lui reproche rien. Cependant, plus les années passent, plus j'ai des regrets. Un jour, il m'a vue feuilleter un atlas et je lui ai confié mon mal-être. Divorcer nous a alors semblé être la meilleure solution.

— Papa a toujours craint les transports en commun. Alors, les avions et les bateaux…

Iris lança un regard noir à Dahlia.

— Maman, ce n'est pas parce que tu veux voyager et lui non que vous devez divorcer. Tu pourrais partir avec des amis. Je suis sûre qu'il serait ravi d'écouter tes aventures.

— Iris…

— Non, écoute-moi. Vous avez traversé des crises, mais vous avez toujours réussi à passer au travers. Tous les couples ont des problèmes, mais tous n'arrivent pas à rester ensemble. Vous vous aimez, tout le monde le sait.

— Nous sommes devenus un couple d'amis, il serait hypocrite de le nier. Et puis, il y a aussi…

Linda se tut.

— On en parlera plus tard, dit-elle en se levant. Nous avons des invités.

Dahlia vit leur cadeau posé sur une chaise. Elle le prit, déchiqueta l'emballage et tendit le cadre photo à sa mère.

— Joyeux anniversaire de mariage.

Linda regarda la photographie d'Alan et elle avec leurs filles à Thanksgiving.

— Merci, mes chéries, c'est une très jolie attention.

Elle posa le cadre par terre, contre le mur, et sortit de la chambre.

— C'est un cauchemar ! s'exclama Dahlia.

— De quoi d'autre est-ce qu'elle voulait nous parler ?

— Je n'en sais rien, Iris. J'ai besoin d'air !

Dahlia sortit et Iris s'approcha de Rose.

— Tu viens ?

Rose prit la main que lui tendait sa sœur et se leva.

***

Les invités s'étaient réunis à côté du buffet et l'ambiance semblait s'être détendue.

Rose partit à la recherche de Francis. Il ne répondait pas à son portable.

Elle était en train de regarder dans chaque pièce quand une voix éveilla son attention. Elle s'approcha du bureau de son père et colla son oreille à la porte.

— Bien sûr que non, je ne leur ai pas parlé de Jarod !

— Ni de Jarod ni de votre voyage ?!

— Non ! Cela compliquerait les choses.

— De quoi avez-vous parlé, alors ? Vous êtes restées long-temps dans la chambre.

— Justement, tu le saurais si tu n'étais pas parti. Qu'est-ce qui t'a pris ? Les filles sont très contrariées et j'étais seule pour les réconforter. Je comptais sur ton soutien.

— Je te rappelle que c'est toi qui as pris cette décision.

— C'était le meilleur choix. Nous étions d'accord.

— J'ai changé d'avis.

— Ah non, ne recommence pas ! Est-ce vraiment trop te demander de me soutenir dans ma démarche ?

— Si tu voulais du soutien, tu n'avais qu'à demander à Jarod de venir.

— On ne peut vraiment pas te parler quand tu as bu ! Je retourne auprès des invités. Tu devrais rester ici pour dessoûler.

Rose eut tout juste le temps de se cacher derrière un mur avant que la porte s'ouvre. Linda sortit et se regarda rapide-ment dans un miroir avant de retourner au salon.

— Ça va mieux, ma chérie ?

Elle se retourna en sursautant. Francis était inquiet. Elle l'éloigna du bureau.

31

— Non, ça ne va pas mieux du tout ! Cette soirée est de pire en pire !

— Comment ça ?

— Il semblerait que le divorce ne soit pas seulement dû à une baisse de sentiments ou à des intérêts différents. Je crois que ma mère a un amant. Et, apparemment, mon père est au courant.

Francis était très étonné.

— J'ai la nausée, dit-elle en fermant les yeux.

— Tu veux prendre l'air ?

— Je veux rentrer chez moi.

— Et la soirée ? C'est le réveillon de Noël.

— Je ne suis pas d'humeur festive, désolée.

— D'accord, je te raccompagne.

— Non. J'ai besoin d'être seule.

Elle l'embrassa et partit sans dire au revoir aux autres.

Francis se sentait mal. Cette soirée ne s'était pas du tout déroulée comme il l'avait prévu.

3

Rose entra dans la cuisine en pyjama. Elle se servit une tasse de café et rejoignit ses sœurs sur le canapé du salon. Iris lisait un article de magazine féminin et Dahlia regardait son portable.

— Bien dormi ? lui demanda Iris.

Rose hocha la tête. Elle but son café en admirant leur sapin. C'était comme un esprit bienveillant qui les protégeait.

— Quelle ambiance de merde ! râla Dahlia. Noël n'aura plus jamais le même symbolisme !

— Ce jour a définitivement perdu sa saveur, ajouta Iris.

— Ils auraient pu attendre janvier pour annoncer leur divorce ! Au moins, on aurait passé de joyeuses fêtes !

— Ils ne voulaient plus faire semblant, dit Rose.

— Maman nous a dit qu'ils en parlaient depuis un an, alors ils auraient pu faire semblant encore quelques semaines !

Rose et Iris approuvèrent du regard.

— On les voit toujours ce midi ? demanda Rose.

— Non. Maman a téléphoné tout à l'heure et on a préféré annuler.

— Tant mieux, dit Rose.

— Mais ce n'est pas parce qu'on ne déjeune plus avec eux qu'on ne peut pas se faire un repas de fête entre nous, pas vrai ?

— Oui, mais il faut que je travaille…

— Non, Rose, l'interrompit Iris. Aujourd'hui, c'est Noël.

Un peu plus tard, Rose et Iris cuisinaient des spaghettis à la carbonara pendant que Dahlia préparait des cocktails sur l'îlot central, avec la bande originale de *Home Alone*, de John Williams, en fond.

Rose portait un legging et un pull avec un renne au nez rouge très joyeux. Iris et Dahlia étaient en jogging et sweat-shirt.

Pendant que ses sœurs étaient occupées, Dahlia s'approcha du sapin. Elle prit le cadeau sur lequel était écrit son prénom et le secoua légèrement pour deviner ce qu'il contenait.

— Après manger ! lui ordonna Iris de la cuisine.

Elle reposa le cadeau avec agacement.

Quand le plat de spaghettis fut prêt, elles débouchèrent une bouteille de vin rouge et s'installèrent devant la télévision. À Noël, elles tiraient toujours au sort une comédie romantique. Cette fois-ci, elles regardèrent *The Holiday*.

Quand le film se termina, ce fut le moment d'ouvrir les cadeaux ! Elles avaient aussi pour tradition de tirer au sort la personne qui serait leur père Noël – ou, dans ce cas, leur sœur Noël ! Iris adora les boucles d'oreilles que Dahlia lui avait offertes. Rose fut ravie du carnet et du stylo-plume qu'Iris lui avait trouvés. Et Dahlia fut touchée de recevoir un porte-clés montre en forme de coccinelle de la part de Rose.

Après une deuxième tournée de cocktails, ce fut l'heure de leur jeu préféré. Elles coupaient le son d'un film et parlaient à la place des acteurs. La deuxième comédie romantique tirée au sort fut *Love Actually*. Plus elles burent, plus les dialogues allèrent dans tous les sens. Plus elles s'éloignèrent de la trame de l'histoire, plus elles rirent. Elles s'amusèrent à trouver des voix bizarres et des accents divers. Parfois, elles imitèrent les personnages dans leurs mouvements. Elles firent ce qui leur passait par la tête sans se sentir jugées. Au milieu de leurs nombreux fous rires, elles arrivèrent à se concentrer tant bien que mal sur le film. Les répliques n'eurent souvent aucune logique, ni de lien entre elles, mais cela ne les dérangea pas. Après tout, la vie n'était-elle pas illogique et délirante, parfois ?

***

Le lendemain, Rose était avachie sur son bureau et contemplait la guirlande de Noël collée à son étagère. Elle tapait son stylo sur son bloc-notes au même rythme que le tic-tac de l'horloge murale au-dessus de sa tête. Aucune de ses collègues n'était là.

— Bonjour, lui dit Monica, une tasse de café à la main.

Elle se redressa aussitôt et reprit ses esprits.

— Je ne m'attendais pas à vous voir d'aussi bonne heure le lendemain de Noël. D'ailleurs, je ne m'attendais pas à vous voir du tout. La plupart de vos collègues travaillent de chez elles pendant les fêtes.

— Mes parents nous ont annoncé qu'ils divorçaient.

— Je suis sincèrement désolée.

— Ma mère a une liaison. Je croyais que leur amour durerait toujours.

— Voyons, cela n'existe que dans les contes de fées.

Rose baissa les yeux tristement.

— Vous devriez vous servir de cette histoire pour votre article.

Elle regarda sa supérieure avec étonnement.

— Je ne peux tout de même pas écrire sur le divorce de mes parents.

— Bien sûr que si vous pouvez.

— Mais c'est un sujet bien trop personnel et délicat.

— Une rédactrice peut écrire sur tout. C'est une façon de tester votre professionnalisme. Analysez les comportements et réactions de vos parents, ainsi que de votre entourage. N'oubliez pas : observation, analyse et rapport.

— Je ne sais même pas qui est son amant.

— Renseignez-vous.

— Et s'il porte plainte ?

— Renseignez-vous discrètement. Je suis certaine que vous avez envie de savoir qui est la personne qui a causé cette infidélité ? Autant satisfaire votre curiosité en écrivant l'article qui vous permettra, sans doute, de gagner la promotion.

Rose était dubitative.

— À moins que vous préfériez qu'une de vos sœurs ne rédige cet article et parte à New York à votre place.

— Elles ne feraient jamais ça.

— Vous seriez étonnée. Quoi qu'il en soit, vous avez toutes vos chances. Vos collègues m'ont fait part de leurs sujets et c'est votre histoire qui m'inspire le plus.

Rose hésitait.

— À vous de jouer ! l'encouragea Monica en s'éloignant.

Rose vit une collègue un peu plus loin, concentrée sur son écran d'ordinateur. Quand Rose regarda ailleurs, Andie l'observa avec curiosité. Rose se tourna à nouveau vers elle et leurs regards se croisèrent un instant. Puis, l'air de rien, Andie retourna à la rédaction de son article. Rose n'y prêta pas attention. Ses yeux se posèrent sur une photo de famille scotchée à son étagère.

Était-elle capable d'écrire sur la relation de ses parents ?

***

— Tu vas faire quoi ?!

— Tu as bien entendu, Dahlia. Elle va écrire un article sur nos parents.

— Ils ne sont pas un sujet de divertissement ! Pourquoi tu veux faire ça ?

Rose était assise à la table de la cuisine, les mains crispées et le dos courbé. Elle aurait espéré que ses sœurs la soutiennent dans sa démarche.

— Tu es devenue sourde ?

— Tu n'as pas envie de savoir qui est son amant ? se défendit Rose.

— Si, mais pas comme ça ! Mes ambitions professionnelles ne prennent pas le dessus sur mes valeurs familiales !

Dahlia, furieuse, faisait les cent pas dans la cuisine.

— Tu exagères Dahlia, dit Iris en s'asseyant en face de Rose.

— Parce que toi, tu trouves ça normal ?

— Je n'ai pas dit ça.

Iris regarda attentivement Rose.

— Tu es certaine de ce que tu avances ?

— Oui, affirma Rose.

— Nous savons que tu as une imagination débordante, ajouta Dahlia. Tu as sûrement mal interprété ce qu'ils ont dit.

— Je sais ce que j'ai entendu.

Iris réfléchit.

— C'est difficile à croire que maman ait une liaison, mais ils ont agi bizarrement toute la soirée. Comme s'ils cachaient quelque chose.

— Papa était très émotif et mal à l'aise, ajouta Rose.

— Il est toujours comme ça quand il a bu, dit Dahlia.

Iris s'approcha de Rose.

— C'est si important pour toi d'écrire sur eux ?

— Je veux connaître la vraie raison de leur divorce et savoir qui est Jarod.

Dahlia prit une bière dans le frigo et l'ouvrit.

— Certaines sont vraiment prêtes à tout pour aller à New York.

— Ça n'a rien à voir ! répliqua Rose. Avoue que tu as aussi des doutes sur les motivations de maman.

Dahlia roula des yeux et but une gorgée de bière.

— Et si mon article nous aidait à comprendre ce qu'il se passe ? insista Rose.

Iris lui prit les mains.

— Je ne suis pas entièrement d'accord avec ton idée, mais tu as mon soutien.

Dahlia soupira.

— Tu vas espionner nos parents. C'est malsain.

— Non. Je vais me renseigner, trouver des indices et…

— On dirait une détective ! Pourquoi tu ne leur demandes pas simplement qui est Jarod ?

— C'est ce par quoi je vais commencer.

***

Rose était au téléphone avec Francis.

— C'est bizarre d'écrire un article sur ses parents, non ?

— Pas plus bizarre que de dessiner sa mère quand elle a le dos tourné.

— Mes dessins restent privés. Tu ne crains pas leur réaction ?

Rose détestait devoir se justifier, surtout avec Francis.

— Tu sais bien que je changerai les noms. Ils ne se douteront de rien.

— Je ne vois pas du tout ta mère avoir une liaison. Ce serait contraire à tous ses principes.

— Pourtant, Jarod existe.

— Sur quoi écrivent tes sœurs ?

— Iris écrit sur un couple d'amis qui se trompent mutuellement et Dahlia ne sait pas encore.

— On se voit quand ?

— Bientôt. Je dois passer un coup de fil.

— D'accord. Bisou, ma chérie.

— Bisou.

Francis raccrocha et soupira.

— Tu veux en parler ? demanda une voix derrière lui.

Il se tourna et vit sa mère lui sourire.

— Il n'y a pas grand-chose à dire.

— Je suis désolée pour ta demande en mariage. Comment va Rose ?

— Elle a changé.

— Comment ça ?

— Depuis l'annonce du divorce, elle se renferme sur elle-même.

— Tu penses qu'elle ne voudra pas se marier avec toi ?

— Apparemment, sa mère trompe son père. Je pense que ça lui fait tout remettre en question.

— Cela m'étonne beaucoup que Linda ait une liaison. Il doit y avoir un malentendu.

— Les gens ne sont pas toujours ce qu'ils paraissent, n'est-ce pas ?

— Je suis ravie de savoir que tu m'écoutes de temps en temps.

— Je t'écoute toujours, mais je ne retiens que les choses qui me semblent importantes.

Tania sourit et s'apprêta à partir.

— Maman, tu sais où mon père habite ?

Elle le regarda, surprise.

— Tu as son adresse ?

— Pourquoi veux-tu savoir ?

— J'aimerais le rencontrer.

Tania hésita à répondre et regarda sa montre.

— Je dois sortir. On en reparlera plus tard.

Dès qu'elle fut partie, Francis sortit un dossier du tiroir de son bureau. Il l'ouvrit et étala une vingtaine de visages qu'il avait dessinés sur son lit. La plupart d'entre eux représentaient sa mère, Rose, Iris et Dahlia. Il y avait aussi des inconnus qu'il avait dessinés dans des parcs.

Son regard se posa sur une feuille où seuls les contours d'un visage étaient dessinés. La photo d'un homme d'une trentaine d'années y était attachée. Francis prit la photo et se mit devant le miroir. Il l'approcha de son visage et regarda son reflet. La ressemblance était indéniable.

***

Rose téléphona à sa mère, qui décrocha à la première sonnerie.

— Bonjour, ma chérie. Comment vas-tu ?

Elle eut du mal à répondre. Sa gorge était nouée, son cœur battait fort et ses mains étaient moites. Elle avait préparé ce

39

qu'elle voulait lui dire. Pourtant, à la seconde où celle-ci avait décroché, elle avait bloqué.

— Ça va, parvint-elle à articuler. Comment va papa ?

— Il va bien.

S'ensuivit un long silence.

— Tu m'appelais pour une raison particulière ?

Rose se jeta à l'eau.

— Est-ce que tu as un ami qui s'appelle Jarod ?

Encore un silence.

Les secondes défilèrent lentement. Son ventre se noua de plus en plus.

— Non, pourquoi ? demanda Linda d'une voix calme.

Rose s'était préparée à cette question.

— J'ai rencontré un homme qui s'appelle Jarod. Il m'a dit être un ami à toi.

— Ah bon ? Où et quand l'as-tu rencontré ? Il a dit autre chose ?

— C'était à l'heure du déjeuner, au parc. Il était étonné que tu ne m'aies pas parlé de lui. Est-ce que papa le connaît ?

— Ma chérie, je suis en retard pour un rendez-vous. Nous en reparlerons plus tard.

— Bien sûr.

Quand Linda raccrocha, Rose eut la certitude qu'elle lui cachait quelque chose.

4

— Joyeux anniversaire !

Iris laissa échapper un cri de surprise. Une vingtaine de personnes étaient dans son salon. Elle remercia un à un ses copains d'université et ses collègues pour leur accueil. Dès qu'elle eut dit bonjour à tout le monde, les verres défilèrent sur un fond de Daft Punk.

— Tu ne t'y attendais pas, hein ?! s'exclama Rose en la prenant dans ses bras.

Dahlia les rejoignit avec des shots de tequila.

— Encore un an avant que je te souhaite la bienvenue dans la trentaine ! Nous avons contacté toutes les personnes avec qui tu serais susceptible de passer une soirée inoubliable.

Elles trinquèrent et burent cul sec. Iris regarda autour d'elle. Rose et Dahlia avaient transformé le salon en piste de danse. Des lumières vacillaient dans tous les sens et un buffet, soigneusement décoré, était au fond de la pièce.

Iris alla dans la cuisine pour se servir un verre de vin. Rose la rejoignit.

— Je suis surprise que vous vous soyez donné autant de mal pour organiser une soirée. Surtout après les évènements récents.

— Justement, c'est une bonne occasion pour se détendre. Qu'est-ce que tu as fait aujourd'hui ?

— Un tour à Berkeley.

— Tu es allée à l'université ?

— Oui. J'avais besoin de me remémorer certains souvenirs. Évidemment, j'ai remis toute ma vie en question. Ensuite, j'ai fait un tour dans les hauteurs pour me changer les idées. J'avais oublié à quel point la vue de San Francisco est magnifique.

— Tu regrettes d'avoir quitté l'université ?

— Parfois oui, car j'aurais aimé avoir mon diplôme de littérature. Mais c'était la meilleure décision. Le revoir aurait été un cauchemar.

Rose la regarda avec compassion.

— Peut-on vraiment oublier quelque chose qui nous a marqués ? demanda Iris.

— Certains évènements restent gravés en nous, mais ça n'empêche pas d'aller de l'avant. Tu es heureuse maintenant, non ?

— J'y travaille. J'ai eu beaucoup de chance de me faire embaucher par Monica. Elle m'a permis de tourner la page.

— Le jour où nous avons rencontré Monica, ma vie a aussi pris un nouveau tournant.

— Travailler pour elle va nous ouvrir des portes.

— À la promotion ! dit Rose en levant son verre.

Elles s'apprêtaient à trinquer quand Dahlia déboula dans la cuisine avec sa bière vide.

— Ne m'attendez surtout pas ! Ah, j'vous jure !

Elle prit deux bouteilles de bière dans le réfrigérateur et les ouvrit.

— C'est bon !

Elles levèrent leurs verres et bouteilles.

— À une nouvelle année qui t'apportera le succès que tu souhaites !

Iris sourit à Rose.

— À la promotion qui me permettra de draguer des New-Yorkaises !

Dahlia leur fit un clin d'œil et elles trinquèrent.

Rose et Iris burent en se regardant. Elles savaient ce que cette promotion représentait pour chacune.

— Allons danser ! s'exclama Dahlia en sortant de la cuisine.

— Je me ressers et j'arrive !

Rose prit un paquet de chips pendant qu'Iris se resservait du vin rouge.

— Quoi qu'il arrive, j'espère que nous serons toujours proches.

— Bien sûr, Rose. Nous pourrons toujours compter les unes sur les autres. Allons célébrer ma nouvelle année de célibat !

Un peu plus tard, la musique était rythmée et Iris dansait avec un homme au style hipster qui n'avait pas l'air désintéressé.

Rose avait essayé d'appeler Francis, mais il ne répondait pas. Il était sorti au restaurant avec sa mère et devait avoir son téléphone éteint. En entrant dans le salon, elle vit Iris se déhancher devant l'homme et fit un signe de la tête à Dahlia. Cette dernière jeta un coup d'œil à Iris et tira la langue à Rose qui rigola.

D'un coup, la musique devint plus sensuelle et Iris commença à danser de manière plus provocante. Son partenaire, ravi, en profita pour se coller à elle et déplacer ses mains lentement jusqu'à la chute de ses reins. L'esprit ailleurs, Iris ne montra aucune résistance. Elle se tourna en envoyant ses longs cheveux bruns en arrière et en se déhanchant de plus belle. L'homme se colla davantage à elle. Sa main droite descendit vers la hanche droite d'Iris et sa main gauche se rapprocha de son sein gauche. Iris ne sembla pas soucieuse de son image et encore moins de son sex-appeal. Tout à coup, il lui toucha le sein. Malgré l'alcool, elle réagit en s'écartant de lui. Il essaya de la prendre par la taille, mais elle recula. Sa deuxième tentative fut plus brusque et, cette fois-ci, elle le repoussa brutalement. Les invités les regardèrent avec étonnement. Le type s'avança vers elle, mais un homme se positionna entre eux. Ils s'observèrent un instant, puis le hipster partit sans rien dire.

L'homme se tourna vers elle.

— Ça va, Iris ?

Sa voix était douce. Son regard bienveillant l'apaisa. Elle hocha la tête timidement. Sa peur s'était transformée en gêne. L'homme était grand et musclé. Il avait les cheveux blonds et les yeux foncés. En l'observant, elle eut une sensation de déjà-vu. Alors qu'elle s'apprêtait à parler, elle sentit une main sur son épaule.

Elle se retourna d'un coup et vit Matthew.

— Joyeux anniversaire, cousine !

Rose et Dahlia se joignirent à eux.

— Tu es venu seul ? demanda Dahlia en finissant sa bière.

Il hocha la tête.

— Je croyais qu'Aria devait venir, dit Rose.

— Elle travaille.

Iris se retourna vers l'homme qui n'avait pas bougé.

— Merci, lui dit-elle timidement.

Il lui sourit légèrement.

— C'est super qu'elle ait trouvé un job ! s'exclama Dahlia.

— Elle a été prise à l'essai comme serveuse.

Matthew était visiblement tendu.

— Qu'est-ce qui ne va pas ? lui demanda Rose.

— J'ai besoin de votre aide.

Dahlia leur fit signe de la suivre. Iris leur emboîta le pas et vit l'homme s'éloigner parmi les invités.

Ils entrèrent dans la chambre de Dahlia qui s'installa sur son lit avec Iris. Matthew s'appuya contre le mur et Rose s'assit au bureau.

— C'est qui ce mec avec lequel tu dansais ? demanda Rose à Iris.

— Je n'en sais rien.

— Et qui était l'autre mec ?

— Je n'en sais rien.

— Tu l'as forcément croisé quelque part, insista Dahlia.

— C'est vous deux qui avez organisé cette soirée, alors ce serait plutôt à moi de vous demander qui sont ces mecs.

Rose et Dahlia étaient confuses.

— Nous avons dit à tes copains et à nos collègues qu'ils pouvaient inviter d'autres personnes.

— On ne pensait pas que l'une d'elles provoquerait une scène, ajouta Rose.

— En même temps, Iris l'a bien allumé !

— Ça suffit, nous ne sommes pas ici pour parler de moi.

Iris se tourna vers Matthew qui se rongeait les ongles, inquiet.

— Qu'est-ce qu'il s'est passé ? C'est grave ? lui demanda Rose.

— Non. C'est juste compliqué. Jessica veut qu'on se remette ensemble.

Elles se rappelaient le premier amour de leur cousin. La situation était, en effet, compliquée.

— J'ai l'impression d'être coincé dans l'un des triangles amoureux de vos articles et j'ai désespérément besoin de vos conseils.

Dahlia eut un déclic.

— J'ai trouvé mon histoire ! s'exclama-t-elle en levant les bras, victorieuse.

— Tu ne vas pas écrire sur Matt, quand même ?! dit Rose.

— Tu es mal placée pour dire quelque chose, se défendit-elle.

— Moi, j'écris pour découvrir la vérité !

— Et moi je vais l'aider !

— Tu te sers de lui. Tu ne penses qu'à la promotion !

— Et toi non, peut-être ? La concurrence te fait peur ?

— Arrêtez ! intervint Iris fermement.

Rose et Dahlia détournèrent le regard l'une de l'autre.

— Dahlia, tu devrais lui demander sa permission avant d'étaler sa vie amoureuse dans un article.

— Si vous m'aidez à régler cette situation, tu peux écrire ce que tu veux, dit-il.

— Je pensais que tu étais heureux avec Aria, s'inquiéta Rose.

— Moi aussi, jusqu'à ce que je revoie Jessica, il y a deux jours. Je suis perdu et je n'ai pas envie de faire n'importe quoi.

Les sœurs s'échangèrent un regard. Autant la rédaction d'un article était une tâche facile à accomplir, autant écrire un sujet sur l'un des membres de sa famille était moins évident. Surtout s'il fallait aussi trouver des solutions. Cette promotion s'avérait plus difficile que prévu.

— Je crois qu'il est préférable de poursuivre cette conversation quand nous serons sobres, proposa Dahlia.

— Oui, mes soucis peuvent attendre. Allons faire la fête.

Dès qu'ils sortirent de la chambre, Iris se fit traîner jusqu'au salon par ses amis.

La tension entre Dahlia et Rose était palpable. Matthew les prit chacune sous un bras.

— J'espère qu'Iris gardera un souvenir mémorable de cette soirée. Allons boire un verre, les filles !

Les heures défilèrent rapidement. Iris enchaîna les verres en dansant et Dahlia s'amusa à se dandiner contre les invités. En voyant Rose et Francis danser ensemble, Matthew pensa à son ex. Il aimait Aria ; pourtant, Jessica le hantait.

Si nous sommes dans une relation épanouie, pourquoi nous laissons-nous déstabiliser par une tierce personne ? Est-ce le signe que quelque chose manque dans notre relation ? Ou est-ce dans notre nature d'être testé par nos sentiments ? Peut-être les deux ?

Iris avait essayé de retrouver le charmant inconnu qui était venu à son secours. Déçue qu'il soit déjà parti, elle s'était consolée en buvant plus que d'habitude. La frustration de ne pas connaître son prénom l'accompagna toute la soirée. Pourtant, elle était sûre de l'avoir déjà vu quelque part. Elle se résolut à envoyer un message aux invités afin de mettre un nom sur cet homme mystérieux.

Les verres défilèrent au rythme des chansons et Iris n'arriva presque plus à tenir debout. Plantée au milieu du salon, elle chercha ses sœurs du regard. Dahlia dansait collée serrée avec une fille et Rose semblait avoir une discussion passionnante avec Francis et Matthew. Tout d'un coup, Iris sentit deux mains l'attraper doucement par la taille. Elle se retourna et reconnut un flirt de l'université. L'homme la prit contre lui et l'embrassa dans le cou. Après quelques instants de caresses au milieu de la foule, l'alcool eut raison d'elle.

Alors que la chanson se terminait, la porte de la chambre d'Iris se referma à clé derrière eux.

***

— Où est Iris ? demanda Linda en apportant la salade à table.

— Elle avait du mal à sortir du lit, répondit Rose.

— Bientôt la trentaine, se moqua Dahlia.

— Pourtant, toi, tu es en forme, remarqua Rose.

— J'ai eu une année de pratique, répondit-elle, fièrement.

— J'espère qu'elle va venir, dit Linda. Je lui ai fait son gâteau préféré.

— Elle a promis, la rassura Rose.

— J'ai mal à la tête, dit Dahlia en se levant de table.

— Il ne faut pas prendre deux cachets en moins de quatre heures, la prévint sa sœur.

— C'est vital pour le bon déroulement du déjeuner.

Quand Dahlia partit vers la salle de bains, Linda posa sa main sur celle de Rose.

— Je m'inquiète pour ta sœur.

— Laquelle ?

— À vrai dire, les deux.

47

— Pourquoi ?

— Elles boivent trop et ne prennent rien au sérieux.

— Hier soir était une occasion spéciale. Tu t'inquiètes pour quoi, au juste ?

Linda hésita.

— Je n'ai pas l'impression que vous êtes heureuses et je me sens impuissante.

Rose fut muette devant cette confession.

À ce moment-là, Iris fit son apparition.

— Bonjour ! s'exclama-t-elle.

Elle embrassa sa mère et s'assit à côté de Rose en regardant les plats avec envie.

— Où est papa ?

— Il rentre bientôt de son rendez-vous avec un client.

— Et Dahlia ?

— Présente ! répondit-elle en s'asseyant à côté de Linda, face à Iris.

— Elle est arrivée avant 13 heures, j'ai gagné ! lança Rose, fièrement.

Dahlia lui tira la langue. Ce qui fit sourire Iris, mais agaça Linda.

Peu de temps après, Alan se joignit à elles. Quand il s'assit en bout de table, les sœurs se turent. Depuis l'annonce du divorce, c'était la première fois qu'ils mangeaient ensemble.

Le déjeuner se déroula silencieusement. Quand le gâteau au chocolat recouvert d'une fine couche de beurre de cacahuète et de confiture arriva sur la table, Iris fit un vœu et souffla les bougies.

— Ce n'est pas très bon pour mon cholestérol, soupira Alan.

— Tu as raison. Comme ça, il y en aura plus pour moi, dit Iris en se servant une énorme part.

Après le déjeuner, ils allèrent dans le salon. Iris s'assit entre ses parents et ouvrit le cadeau qu'ils lui avaient offert. C'était un magnifique foulard en soie mauve.

— Je me souviens de ton regard quand nous sommes passés devant la vitrine.

— Le coup de foudre, ajouta Alan en souriant à sa fille.

— Merci beaucoup, dit-elle, très touchée.

Iris contempla le foulard. Une larme coula sur sa joue.

— Qu'est-ce qu'il y a ? demanda sa mère.

— C'est mon dernier anniversaire chez vous. Et c'est peut-être la dernière fois que nous serons tous ensemble dans notre maison.

Cette vérité était douloureuse à accepter.

Linda posa sa main sur celle d'Iris et regarda ses filles.

— Même si nous divorçons, nous serons toujours réunis pour les anniversaires et les fêtes. Nous serons toujours… une famille.

Alan acquiesça et posa aussi sa main sur celle d'Iris.

— Quoi qu'il arrive, il y aura toujours de l'amour dans notre famille, ajouta-t-il.

Iris sécha ses larmes.

Dahlia fit un signe à Rose.

— Voici notre cadeau, dit Rose en donnant à sa sœur un paquet joliment emballé.

— Je décline toute responsabilité si tu ne l'aimes pas, la prévint Dahlia. Rose a tellement insisté que je n'ai pas pu refuser.

Iris déchira l'emballage et découvrit un joli réveil doré. Elle regarda attentivement la boîte.

— C'est un réveil avec des sons de la nature, expliqua Rose.

— Ça t'aidera à mieux dormir, ajouta Dahlia.

— Merci, les filles.

— Tu dors mal ? s'inquiéta sa mère.

— Ça dépend des périodes.

— Elle dort mieux quand elle ramène un homme, se moqua gentiment Dahlia.

Iris fut un peu gênée. Leurs parents préférèrent ne rien dire.

Après avoir bu un café, les sœurs se préparèrent à partir. Elles devaient travailler sur leurs articles. Par ailleurs, l'ambiance devenait tendue à cause des questions qu'elles voulaient poser à leurs parents sur le divorce. Rose et Dahlia s'étaient promis de ne pas gâcher l'anniversaire de leur sœur. Les réponses attendraient.

***

Dès qu'elles furent rentrées, le ton monta entre Iris et Dahlia.

— Qu'est-ce qui t'a pris de leur parler de ma vie sexuelle ?! Ils croient que je couche avec un mec différent tous les soirs !

— C'est vrai, non ?

— C'est ma vie privée ! Est-ce que je leur parle de tous tes partenaires sexuels, hommes et femmes ?

— Ça ne me dérangerait pas, car moi, j'assume mes actes. Je connais les prénoms de toutes les personnes avec qui j'ai couché. Est-ce que tu peux en dire autant ?

Iris l'ignora et essaya d'accrocher sa veste au portemanteau.

— D'ailleurs, le mec avec qui tu as couché hier soir, tu lui as demandé son prénom ? Non, car tu t'en fous.

La veste d'Iris lui échappa des mains et tomba par terre.

— Du moment que tu t'envoies en l'air, n'importe qui fera l'affaire !

— La ferme ! s'exclama Iris.

— Dis-moi que j'ai tort !

Iris fuit le regard de Dahlia.

— Si je te fais la morale, ce n'est pas parce que je veux t'humilier devant nos parents, mais parce que je t'aime et que j'essaie de te faire réagir. Tu te rends compte que ton mode de vie est de pire en pire ? Depuis ce qu'il s'est passé avec ce connard à l'université, tu n'as plus aucune estime personnelle.

Iris se baissa pour prendre sa veste et l'accrocha fermement au portemanteau. Puis elle partit dans sa chambre sans rien dire.

Dahlia se tourna vers Rose.

— Est-ce que je suis la seule à m'inquiéter ?

Rose fit non de la tête.

5

Pendant tout le week-end, la tension entre Dahlia et Iris fut omniprésente. Rose s'isola pour travailler sur son article. Son bureau et son lit étaient couverts de brouillons et de photos de famille. Elle ne savait plus où donner de la tête et s'énervait contre elle-même de son manque de productivité. Elle était bloquée. Pourquoi avait-elle accepté la suggestion de Monica ?

Contrariée, elle nota des idées sur son bloc-notes pour se forcer à avancer. Le jugement de sa supérieure résonna dans sa tête. Elle se passa les mains sur le visage et relut les mots qu'elle avait écrits. Elle les raya et tapa nerveusement son stylo sur le bureau.

Habituellement, cela ne la dérangeait pas de travailler sous pression. Au contraire, elle était plus efficace lorsqu'elle devait rédiger un article rapidement, car cela lui évitait de se poser trop de questions. Elle effectuait des recherches et écrivait en suivant son intuition. Cette fois-ci, le sujet touchait une corde sensible : sa mère trompait son père. Quoi qu'elle écrive, elle devait être professionnelle dans ses propos. Alors qu'elle avait envie de hurler, taper contre un mur et, surtout, savoir pourquoi. Pourquoi sa mère faisait une chose aussi abominable ? Comprendre le comportement de cette femme qui l'avait élevée. Son acte s'opposait à toute l'éducation qu'elle et ses sœurs avaient reçue. Rose devait comprendre le pourquoi du comment. Par ailleurs, elle ne voulait pas décevoir Monica. Cette dernière l'avait complimentée à plusieurs reprises pour son professionnalisme et son talent.

Depuis la préadolescence, Rose avait une passion pour l'écriture. Elle avait écrit des histoires courtes, des poèmes, et avait commencé son douzième journal intime. Quand Dahlia lui a proposé de travailler pour le magazine *What if ?*, un nouveau monde s'est ouvert à elle. Rose a grandi en regardant la série télévisée *Sex & The City* et a eu un coup de cœur pour la rubrique de Carrie Bradshaw. Bien entendu, elle n'était pas assez experte pour écrire sur le thème de la sexualité, et encore moins pour prodiguer des conseils. Après tout, elle n'avait eu qu'un petit ami. Néanmoins, elle était fière de sa relation avec Francis. Aucun de ses proches n'était en couple depuis aussi longtemps. Cela lui redonna le moral. Elle regarda ses notes et se demanda si ses sœurs avaient autant de difficultés qu'elle.

Quelqu'un frappa à sa porte.

— Entrez.

Dahlia ouvrit.

— Il y a eu une tornade ici ? Tu es en pleine action, à ce que je vois.

— De l'action non productive ! Ces six pages sont plus difficiles que prévu.

— Tu devrais t'aérer l'esprit.

Dahlia vit une photo sur le lit. Elle s'approcha pour la prendre.

— Je me souviens de ce jour-là. C'était l'anniversaire de maman. Papa l'avait emmenée à Angel Island pour un pique-nique.

— Prendre le ferry avait été un exploit pour lui. Elle était si heureuse.

Dahlia contempla la photo.

— Qui aurait cru qu'ils divorceraient ?

— Selon Monica, l'amour éternel n'existe que dans les contes de fées.

— C'est vrai que les contes ne sont pas très réalistes et ne nous préparent pas à affronter les peines de cœur. Néanmoins, je suis certaine qu'on peut aimer une personne toute sa vie et que les âmes sœurs existent.

— Vraiment ? s'étonna Rose.

— Je pense que certaines personnes ne connaîtront qu'une seule histoire d'amour, alors que d'autres seront heureuses en ayant plusieurs grands amours. Certains trouveront l'amour tôt et d'autres plus tard. Je crois aussi au Karma et aux vies antérieures.

— Qui êtes-vous et qu'avez-vous fait de ma sœur ?

Dahlia sourit.

— Tu crois vraiment que des personnes peuvent s'aimer toute leur vie ?

— Jusqu'à présent, tu en es la preuve.

— Personne ne peut prévoir si Francis et moi resterons ensemble.

— C'est vrai. Surtout dans une société où nous sommes en permanence confrontés à la tentation et où il est plus facile de rompre que d'essayer de sauver son couple.

Rose regarda la photo que Dahlia tenait.

— Il y a plusieurs formes d'amour. Deux personnes qui ne sont plus amoureuses peuvent continuer à s'aimer différemment.

— Je l'espère.

— Tu m'en veux toujours d'écrire un article sur eux ?

— J'ai peur du dénouement. Fais attention à ce que tu vas écrire.

Dahlia reposa la photo sur le lit et sortit.

En passant devant la chambre d'Iris, elle entendit *Girls Just Want to Have Fun* de Cyndi Lauper. Elle s'approcha de la porte et hésita à frapper. Elle écouta la musique un moment, puis s'éloigna.

Iris buvait un thé en relisant ce qu'elle avait écrit. Satisfaite, elle posa son mug et sauvegarda son document. Puis elle consulta ses mails en espérant découvrir qui était l'homme mystérieux de son anniversaire. Malheureusement, ses amis et collègues ne lui donnèrent aucune réponse favorable. Elle soupira et éteignit son ordinateur.

***

Iris et Matthew étaient assis sur le canapé du salon. Elle tenait un calepin et un stylo.

— Je vais être dans un magazine, c'est génial !

Il était visiblement nerveux.

— Ton histoire sera dans le magazine et permettra sûrement d'aider des lecteurs. Raconte-moi tout ce que tu veux, je changerai les noms. Tu es prêt ?

Il hocha la tête.

— Parle-moi de Jessica.

Il toussa pour s'éclaircir la gorge.

— Jessica est mon premier amour.

— Comment vous êtes-vous rencontrés ?

— Nous avions dix-sept ans. Elle était très belle, mais c'est son charisme qui m'a séduit. Je me souviens que son énergie débordante attirait tout le monde. Ceux qui la côtoyaient tombaient sous son charme très rapidement. C'était le genre de fille un peu rebelle qui préférait fumer des cigarettes, manger des cookies au cannabis et boire des bières plutôt que d'étudier. Je me rappellerai toujours notre rencontre.

Dahlia commença à écrire.

« Stanislas s'assit à côté d'une fille sur un banc dans la cour du lycée.

— Avec tous les bancs libres, il faut vraiment que tu t'assoies sur celui-ci ? lui demanda-t-elle sans lever les yeux de son livre.

Gêné, il n'osa plus bouger. Elle le regarda avec un air sérieux.

— Désolé.

Il s'apprêtait à se lever lorsqu'elle éclata de rire.

— Décrispe, je déconnais ! Tu peux t'asseoir où tu veux.

Il la regarda et tomba immédiatement sous le charme de ses grands yeux noisette.

55

— C'est dingue comme vous pouvez être timides, les mecs. Tu t'appelles comment ?

— Stan.

— C'est quoi ton nom complet ?

— Stanislas.

— Alors, je t'appellerai Stanislas. Je déteste les diminutifs.

— Et toi ?

— Jennifer. Si un jour tu m'appelles "Jen", je ne te parlerai plus. Compris ?

Il hocha la tête en souriant. »

Matthew était ému.

— Nous sommes rapidement devenus amis. Plus tard, j'ai appris que Jessica n'avait jamais connu ses parents et avait passé toute son enfance et adolescence dans des familles d'accueil. Elle m'a parlé de sa passion pour la littérature et le fantastique. Elle m'a confié que depuis qu'elle avait appris à lire, sa vie avait changé. Du coup, elle passait son temps dans les livres. C'était sûrement un moyen de s'échapper de sa réalité. J'ai vraiment été impressionné par sa culture littéraire. Pour ses dix-huit ans, je lui ai offert *Le Magicien d'Oz*. Ce jour-là, son visage s'est illuminé. Je suis instantanément tombé amoureux et je l'ai embrassée sans réfléchir. C'était comme une évidence. La fin du lycée est vite arrivée et l'été qui suivit fut merveilleux.

Il était plus détendu.

Dahlia lui jetait des coups d'œil en écrivant sur son calepin.

— C'était ma première relation sérieuse.

Il hésita à poursuivre.

— Est-ce que c'est maintenant que je dois parler de notre rupture ?

— Maintenant ou plus tard. Comme tu préfères.

Rose arriva dans le salon.

— Ça va, Matt ?

— Oui. Comment se passe ton article ?

— J'ai connu mieux.

— Tu vas vraiment t'inspirer du divorce de vos parents ? Elle hocha la tête.

— Tu vas les interviewer ?

— Non, elle va jouer à la détective, dit Dahlia.

— Vous pouvez écrire sur la vie privée des gens sans leur consentement ?

— Officiellement non, mais officieusement… Monica nous a demandé la vérité. C'est à nous de gérer le reste.

Dahlia regarda son calepin, agacée.

— Quand vont être publiés les articles ? demanda Matthew.

— Les trois meilleurs paraîtront le 1ᵉʳ février.

— Donc, mon histoire ne sera pas forcément dans le magazine ?

— Si, car elle sera l'une des meilleures, répondit Dahlia avec conviction.

Les sœurs s'échangèrent un regard.

— J'ai hâte de lire l'article de janvier, dit-il pour détendre l'atmosphère. Quel était le sujet ?

— La jalousie, répondit Rose.

— Qui l'a écrit ?

— Nous trois. Dahlia a fait l'interview et Iris et moi avons récolté les informations.

Dahlia gribouillait sur son calepin, impatiente.

— C'est la première fois que vous êtes en compétition pour un article ?

— Non, mais pour une promotion, oui, répondit Rose.

— Alors, chaque mois, vous avez une dizaine de jours pour rédiger un article sur un sujet choisi par les lecteurs ?

— Oui, il y a un sondage sur le site internet du magazine.

— Et Monica publie les trois meilleurs ?

— C'est ça. Il y a aussi certains passages des autres articles dans le magazine. Au moins, nous ne travaillons pas pour rien.

— Et le reste du temps, qu'est-ce que vous faites ?

— On s'occupe des autres rubriques. On écrit sur la famille, la santé, l'alimentation, les voyages. Tout ce qui fait notre quotidien.

— Sans oublier la correspondance avec nos lecteurs, ajouta Dahlia.

— Il fallait que Dahlia écrive sur moi pour que je m'intéresse de plus près à votre métier. Heureusement qu'Aria lit votre magazine, sinon je ne serais au courant de rien. Elle m'en prête un de temps en temps, mais j'avoue que j'ai quelques mois de retard.

— Nous avons principalement des lectrices, dit Dahlia.

— Je suis certain que tout le monde peut apprendre quelque chose d'un magazine, quel que soit le public visé. En fait, il y a beaucoup de compétition dans votre milieu. Qui aura son article publié ? Qui sera la meilleure rédactrice ?

— La compétition a du bon, parfois, dit Rose.

— Tu peux nous laisser, maintenant ? lui demanda Dahlia, agacée.

— Bon courage, Matt, dit-elle en s'éloignant.

6

— On part dans cinq minutes ! prévint Dahlia en mettant ses chaussures.

Rose fixait la page blanche sur son écran d'ordinateur en mâchant nerveusement son stylo. Iris entra dans la chambre et tourna sur elle-même pour lui montrer sa nouvelle robe rouge.

— Qu'en penses-tu ?

Rose l'ignora.

— Tu n'es toujours pas habillée ?! On va être en retard, va te préparer !

— Il faut rendre l'article dans trois jours !

— Ce n'est pas parce que cette fin d'année a été un cauchemar que tu dois t'enfermer dans le travail. Ce n'est pas sain.

— Je n'arrive pas à écrire une satanée phrase !

— Tu n'as pas encore parlé à maman ?

— Elle m'évite depuis que je lui ai demandé si elle connaissait Jarod. Au moins, nous sommes certaines qu'elle cache quelque chose.

Iris soupira.

— Ce n'est pas grave. Je peux écrire leur histoire plus tard. Pour le moment, je dois développer ma thèse. Mais encore faudrait-il que j'arrive à surmonter mon blocage.

— Pourtant, tu as écrit tout un tas de brouillons.

— Les idées, je les ai. C'est mettre de l'ordre dans les idées qui s'avère plus compliqué.

— Tu as besoin de t'aérer l'esprit.

— Ce n'est pas en allant dans un bar que je vais prendre l'air.

— Tu ne vas quand même pas rester ici pour le Nouvel An.

Francis frappa à la porte.

— Vous êtes prêtes ?

— Je compte sur toi pour la décoller de son ordinateur, lui dit Iris en sortant. Rendez-vous à l'entrée dans trois minutes !

Rose se leva de son bureau et s'affala sur son lit. Il s'assit à côté d'elle.

— Tu ne veux plus sortir ?

— Je n'ai pas envie de faire la fête.

— On boit un verre et on rentre, d'accord ?

— Si tu insistes.

Une vingtaine de minutes plus tard, les sœurs et Francis arrivèrent au Churchill sur Church Street. Ils se frayèrent un chemin parmi la foule pour rejoindre Matthew et Aria au comptoir.

Dès qu'ils furent servis, ils s'installèrent à une table.

— On trinque à quoi ? demanda Matthew en levant son verre.

— À l'amour ! répondit Aria en lui faisant un clin d'œil.

— À la famille ! dit Iris.

— À la promotion ! s'exclamèrent Rose et Dahlia en chœur. Elles se regardèrent, agacées.

— À New York ! enchaîna Rose.

— À nous ! dit Francis en regardant tout le monde.

Ils trinquèrent.

***

Il était 23 heures quand Francis et Aria commandèrent une deuxième tournée au bar.

Pendant qu'Iris jouait au billard avec des connaissances, Rose et son cousin s'amusaient à observer les gens. Tout d'un coup, le téléphone de Matthew vibra sur la table. C'était Jessica. Il le mit dans sa poche discrètement. Son regard croisa celui de Rose.

— Ça va ?

— Non, avoua-t-il. Il suffit que Jessica m'appelle pour que j'aie l'impression d'être infidèle. Qu'est-ce qui ne va pas chez moi ? Je suis heureux avec Aria, mais…

— Tu ne peux pas t'empêcher de penser à ton ex.

Il croisa les bras, énervé.

— J'aimerais pouvoir t'aider.

Il réfléchit un moment.

— Où commence l'infidélité ?

— Ça dépend. Qu'est-ce que l'infidélité pour toi et Aria ?

Il hésita à répondre.

— Est-ce que tu as déjà eu des sentiments pour une autre personne que Francis ?

— Non.

— Tu aurais aimé ?

Elle s'apprêtait à répondre quand Francis et Aria arrivèrent avec plusieurs verres. Dahlia se joignit à eux et but plusieurs gorgées de bière.

— Ça fait du bien. Il y avait beaucoup trop de monde dans ces toilettes !

Elle posa sa bière et vit Iris près du billard en train de flirter avec un homme couvert de tatouages.

— Quel cliché !

— Laisse-la tranquille, dit Rose en buvant sa vodka cran-berry.

— Je serais ravie de la laisser tranquille à condition que les parents ne nous fassent pas une scène à chaque fois qu'ils s'inquiètent pour elle.

— C'est normal qu'ils comptent sur vous pour avoir de l'influence les unes sur les autres.

— Oui, Matt, mais ça ne veut pas dire que nous sommes responsables de ses fréquentations.

— Tu es l'aînée, alors tu te dois de donner le bon exemple, la taquina Aria.

— Je crois que j'ai déshonoré cette tradition depuis longtemps.

— Nous sommes des « aînées modernes ». Aucune responsabilité vis-à-vis de nos cadets.

— J'aime ta façon de penser, Aria. Être l'aînée de deux
frères ne doit pas être simple.

— Ça dépend des jours.

Rose observa Iris qui flirtait avec l'homme tatoué. D'un
coup, sa sœur sembla troublée par une présence. Rose scruta
les environs et reconnut aussitôt la personne. C'était l'homme
qui avait défendu Iris à son anniversaire.

Il se rapprochait d'Iris quand le téléphone de Rose sonna.
Elle décrocha, distraite.

— Allô ?

— Vous passez une bonne soirée ?

— Oui, maman. On est au bar. Je t'entends mal.

— D'accord. Je voulais juste m'assurer que tout allait bien.

Rose regarda Iris qui était entre les deux hommes. Elle essaya de comprendre ce qu'il se passait, mais, de là où elle était,
elle ne voyait pas grand-chose.

— Ma chérie, une nouvelle année commencera bientôt et
beaucoup de belles choses s'offriront à vous. Profitez bien de
votre soirée. Je vous embrasse fort. Je vous appellerai demain.

— Oui, d'accord. On t'embrasse aussi. Bonne soirée.

Au moment de raccrocher, elle entendit la voix d'un homme.

— Tu es avec papa ?

— Non, pourquoi ?

Elle fronça les sourcils. La main agrippée sur son portable,
elle se concentra pour entendre à nouveau l'autre voix.

— Pour rien. À demain.

Juste avant que sa mère raccroche, la voix grave d'un
homme parvint à ses oreilles. Dépitée, Rose remit son téléphone dans son sac à main.

— Ils étaient ensemble ? lui demanda Dahlia.

— Si tu veux parler de maman et de son amant, oui, ils étaient ensemble.

Rose but plusieurs gorgées de vodka cranberry.

— Elle te l'a dit ou tu as entendu sa voix ?

— La voix de qui ? demanda Iris qui venait de les rejoindre.

— Jarod, répondit Dahlia.

— Tu es sérieuse ?

Rose hocha la tête. Iris était dégoûtée.

— Alors, Iris, tu as finalement demandé son prénom au bel inconnu ?

— Oui, Dahlia, je lui ai demandé.

Iris était soûle. Ses sœurs s'échangèrent un regard agacé en buvant leurs verres.

— Ça suffit ! Arrêtez de me juger ! Vous êtes pénibles !

— Fais attention, dit Rose, gentiment.

— Ne t'inquiète pas, ma belle, je sais ce que je fais.

— Vraiment ? lui demanda Dahlia, sarcastique.

Iris la toisa du regard.

— Il y a beaucoup trop de mauvaises ondes ici !

Elle prit sa veste.

— Tu vas où ? lui demanda Rose.

— Finir l'année en beauté, loin de vos jugements.

Iris finit son verre cul sec et retourna voir l'homme. Après quelques mots échangés, ils sortirent du bar.

— Si elle chope une MST, qu'elle ne vienne pas se plaindre !

Dahlia finit sa bière et se tourna vers Rose qui était pensive.

— Je connais ce regard, dit-elle, suspicieuse.

— Moi aussi, je vais finir l'année en beauté.

— Tu ne vas pas sérieusement rentrer travailler ?

Rose finit son verre cul sec et prit ses affaires.

— Bonne fin de soirée.

Elle rejoignit Francis qui discutait avec Matthew et Aria. Dahlia baissa les yeux vers son verre vide.

Une femme dans la trentaine s'approcha d'elle.

— Bonsoir. Je m'appelle Cynthia. Je t'offre un verre ?

Dahlia la considéra un instant et se tourna vers le bar. Rose parlait à Francis qui se passait la main sur la nuque, embêté. Finalement, ils dirent au revoir à Matthew et à Aria, puis sortirent.

Dahlia regarda à nouveau la femme.

— Moi c'est Dahlia, enchantée. Un verre et on va chez toi ?

Cynthia lui sourit.

***

Rose marchait vite.

— Tu es si pressée que ça ? demanda Francis, agacé.

— Tu n'es pas obligé de venir.

— C'est le Réveillon, je veux être avec toi. De plus, je n'ai pas envie de regarder Matt et Aria s'embrasser toute la soirée.

— Je suis désolée, mon chéri. Tu aurais dû aller à Tahoe.

— Il est vrai que j'aurais adoré faire la fête dans un chalet à la montagne avec nos potes, mais j'ai préféré rester pour être avec toi. Ce n'est pas grave si je dois passer une fin de soirée à te regarder travailler. Au moins, on commencera la nouvelle année ensemble.

Elle lui sourit et pressa son allure.

— Je m'excuse d'avoir écourté la soirée. C'est juste que… Je dois finir cet article.

Francis la força à s'arrêter et la regarda droit dans les yeux.

— Ton travail est important, je t'assure que je comprends. Mais, s'il te plaît, ne te coupe pas du monde pour un article.

— Cet article peut m'ouvrir des portes importantes pour ma carrière. Il peut aussi m'aider à comprendre…

Elle s'interrompit, mal à l'aise.

— Comprendre quoi ?

— Pourquoi rien ne dure ?

Elle avait les larmes aux yeux.

— Je sais, Rose. Quand nos parents divorcent, c'est nul et ça fait mal, mais c'est la vie.

— Ma mère trompe mon père parce que c'est la vie ? C'est ça ta réponse ?!

Il ne sut quoi répondre.

Les gens autour d'eux s'animèrent. Le compte à rebours avait commencé.

10… 9…

— Je suis là, Rose. Je t'aime.

8… 7…

Elle lui sourit, mais son esprit était ailleurs.

6… 5…

Il mit la main dans sa poche et toucha la petite boîte.

4… 3…

Il s'apprêta à sortir la boîte de sa poche.

2… 1…

Rose posa sa main sur le bras de Francis, ce qui l'arrêta dans son mouvement.

— Bonne année ! crièrent des passants.

Des klaxons retentirent de partout.

— Je t'aime aussi, mais je préfère être seule cette nuit. Bonne année, mon chéri.

Elle l'embrassa et s'éloigna.

Seul sur le trottoir, Francis sortit la boîte de sa poche et la serra fermement. Deux hommes soûls passèrent à côté de lui.

— Bonne année, mec !

Francis serra les dents et rangea la boîte dans sa poche.

***

Il était presque une heure du matin. Les yeux rivés sur son écran, les mains prêtes à taper, Rose était déterminée à écrire son article. Elle avait un trop-plein d'émotions. Les mots et les idées se bousculaient dans sa tête. Elle jeta un coup d'œil à ses notes. Par où allait-elle commencer ?

Un souvenir lui revint. Matthew lui avait posé une question : « Où commence l'infidélité ? »

Rose sourit et commença à taper. Elle rédigea une page, puis une deuxième, puis une troisième.

Quand ses bâillements devinrent trop répétitifs, elle jeta un œil à sa montre. Il était quatre heures du matin, alors elle se résigna à aller se coucher.

Elle s'endormit, le sourire aux lèvres. Cette année, elle irait à New York !

7

Rose prenait son petit-déjeuner dans la cuisine en lisant un magazine. La porte d'entrée s'ouvrit et Dahlia la rejoignit pour se servir un bol de céréales.

— Tu portes les mêmes vêtements qu'hier, remarqua Rose. J'en déduis que la soirée s'est bien terminée.

— Mes sœurs m'ont plantée, alors fallait bien que je me console.

Rose baissa les yeux et but son café.

Iris entra à son tour, posa ses affaires dans l'entrée et marcha lentement jusqu'à la cuisine, où elle se laissa tomber sur une chaise.

— J'avais l'appartement pour moi et je n'en ai même pas profité. La prochaine fois, prévenez-moi.

Dahlia l'ignora et Iris bâilla.

— J'ai besoin d'un café en urgence, dit Iris en se frottant les yeux.

— Tu n'as qu'à te servir, lui répondit Dahlia d'un ton sec.

Iris se tourna vers Rose.

— Tu as passé une bonne fin de soirée ?

— Oui, répondit-elle en souriant.

Devant le regard fatigué de sa sœur, Rose poussa son mug vers elle. Cette dernière le prit et but plusieurs gorgées de café. Dahlia finit ses céréales et lava son bol.

Elle s'apprêtait à partir quand Iris l'interpella.

— Apparemment, je ne suis pas la seule à avoir fini l'année en beauté !

— Tu es sérieuse, là ?

Iris regarda Dahlia, perplexe.

— Tu es partie t'envoyer en l'air alors que la nouvelle année n'avait même pas commencé !

— Je ne pensais pas que ça te dérangerait.

— Tu ne penses pas beaucoup, en ce moment. Franchement, les filles, après les derniers évènements, c'était trop vous demander de passer cette soirée ensemble ?

Elles ne surent quoi répondre.

— Entre l'une qui ne pense qu'à coucher et l'autre qui est obsédée par son travail, j'en ai marre !

Elle partit dans sa chambre et claqua la porte.

Iris et Rose se regardèrent, embarrassées.

— Tu vas le revoir ? demanda Rose.

— Non.

— Pourquoi ? Ce n'était pas bien ?

— Si, au contraire.

— Alors, pourquoi… ?

— C'est mieux comme ça.

Iris se servit un verre d'eau.

— Alors, comment vas-tu t'y prendre pour savoir qui est Jarod ?

Rose sourit d'un air mystérieux.

***

Dahlia et Matthew étaient dans le salon pour la deuxième interview.

Rose arriva.

— Bonne année, Matt !

— Bonne année, dit-il en souriant.

— Désolée de vous interrompre. Je voulais m'excuser d'être partie tôt hier soir.

— Aucun souci. Alors, tu as été inspirée ?

— Oui, répondit-elle, fièrement.

Elle mit sa veste et prit son sac à main.

— Tu vas où ?

— Affronter ma mère.

Dahlia la regarda partir et se concentra sur ses notes.

— Matt, tu es prêt à me parler de ta séparation avec Jessica ?

Il but une gorgée d'eau et acquiesça.

Elle commença à écrire.

« Stanislas était conscient que ses études en médecine le rendaient souvent indisponible et que cela agaçait Jennifer. Leur relation était tendue depuis quelques mois, alors il lui avait préparé son plat préféré pour son anniversaire.

Il posa les lasagnes sur la table.

— Je suis impressionnée, dit-elle.

— J'espère que tu le seras aussi après les avoir goûtées.

Elle posa sa main sur la sienne.

— Merci. Tu es un amour.

Il la servit et déboucha une bouteille de vin rouge.

— Je te conseille de garder de la place pour le dessert. Aussi fait maison.

Elle sourit. Il leur servit du vin et ils trinquèrent.

— Joyeux anniversaire, ma chérie.

— Merci pour ce merveilleux repas.

Après avoir mangé une bouchée, elle le regarda, admirative.

— C'est délicieux.

— Merci. Au fait, il faudrait que tu sois disponible un week-end le mois prochain pour ton cadeau.

— Mon cadeau ?

— Ce repas n'était que pour t'impressionner. Et il fallait un cadeau si je ratais mes plats.

— Tu me gâtes, dit-elle, un peu mal à l'aise.

— Ça va ?

— Je dois te parler de quelque chose.

— Qu'est-ce qu'il y a ?

— Je pars en mission humanitaire le mois prochain.

— Encore ? Pourquoi ?

— Parce que j'ai besoin de me sentir utile. Ces expériences me font du bien.

— Pendant combien de temps ?

— Quatre mois.

Un silence s'installa.

— Et après ça ?

Elle le regarda sans comprendre.

— Ce ne sera pas ta dernière mission, n'est-ce pas ?

— Non.

— C'est difficile d'avoir une relation dans ces conditions.

— Je ne suis pas la seule qui manque de disponibilité, se défendit-elle.

— Je sais. Je ne nous ai pas rendu la vie facile ces dernières années.

— Nos projets nous passionnent et nous prennent beaucoup de temps.

Ils savaient tous les deux ce que cela signifiait. La réalité était difficile à accepter.

— Tout est une question de bon timing, pas vrai ?

Il lui prit la main.

— Ça ne change rien à mes sentiments.

— Je t'aime aussi, mon chéri. Quand on dit que les relations qui commencent tôt durent rarement, je comprends pourquoi. C'est difficile de tout concilier. D'autant plus quand on est jeunes et qu'on a besoin de se découvrir soi-même avant de se découvrir en couple.

Elle avait les larmes aux yeux. Il lui caressa la main.

— J'espère que la vie nous offrira une jolie surprise et que nos chemins se recroiseront.

— Je l'espère aussi, dit-elle. »

Matthew avait l'impression de revivre ce moment. L'odeur des lasagnes, le goût du vin, le regard de Jessica, sa main sur la sienne. Les larmes lui montèrent aux yeux.

— Ce fut notre dernière soirée.

— Tu veux faire une pause ?

— Non, ça va. Deux semaines plus tard, Jessica est partie pour sa mission au Burkina Faso. Quant à moi, je passais tout mon temps à étudier. Les examens me servaient de prétexte pour ne pas sortir. Après sept ans de relation, je ne savais plus qui j'étais sans Jessica. Malgré le soutien de mes proches, je n'arrivais pas à aller de l'avant. Heureusement, trois ans après, j'ai rencontré Aria.

Dahlia se remit à écrire.

« Stanislas venait de finir son café et s'apprêtait à sortir de la brasserie. En passant devant un tableau où étaient affichées des petites annonces, son regard s'arrêta sur un flyer. Il était écrit : "Envie d'apporter votre aide et votre soutien ? Rejoignez-nous pour une mission humanitaire au Burkina Faso." Il observa le flyer un moment et se dirigea vers la sortie.

Il s'arrêta à l'entrée et sourit. Il avait eu un déclic. La douleur de la rupture avait disparu. Où que soit Jennifer, il espérait qu'elle était heureuse.

— Excusez-moi, fit une voix derrière lui.

Il se retourna et vit une jeune femme qui tenait un sandwich et une bouteille d'eau. Leurs regards se croisèrent.

Elle sortit de la brasserie et rejoignit un homme assis dans la rue qui devait avoir la cinquantaine. Ses habits étaient sales. Elle lui tendit le sandwich et la bouteille d'eau. Il la remercia avec un grand sourire.

Stanislas la regarda s'éloigner et ne put s'empêcher de la suivre. Plus loin, il la vit entrer dans un refuge pour animaux. »

Matthew but une gorgée d'eau.

— Dès que je l'ai vue, j'ai su que je devais la rencontrer. Alors, j'ai fait du bénévolat.

Dahlia fut amusée.

— Peu de temps après mon inscription, je l'ai aperçue dans la rue. Elle discutait avec une femme qui était de dos. Je me suis enfin décidé à aller lui parler. Le bénévolat était un bon sujet de conversation. Tu n'imagines pas ma surprise quand j'ai vu qu'elle discutait avec Rose. Du coup, j'ai hésité, mais dès que Rose m'a vu, c'était trop tard. Elle nous a présentés et Aria et moi sommes rapidement devenus amis.

Il but quelques gorgées d'eau.

— Aria m'a expliqué pourquoi elle était bénévole. Ses parents adoptifs sont très riches. Ils ont participé à beaucoup de missions humanitaires et ont fait de nombreuses donations à des refuges animaliers. Ils ont même collecté des fonds afin d'ouvrir une maison d'accueil pour les sans-abris. Bref, ils ont le cœur sur la main. Alors, Aria a aussi voulu apporter sa contribution. Elle passe son temps libre dans les refuges. Occasionnellement, ça lui arrive d'accompagner ses parents en mission, mais elle préfère apporter son aide dans la baie de San Francisco. Nul besoin de dire qu'elle m'a rappelé mon ex. En plus, elles se ressemblent physiquement.

— Apparemment, tu as un type, dit Dahlia.

Il acquiesça, amusé.

— Est-ce que ces ressemblances ont été un problème ?

— Je ne pensais pas que ça le serait jusqu'à ce que Jessica me recontacte, il y a un mois. Tous mes sentiments pour elle ont refait surface. J'ai paniqué.

— Pourquoi ?

— Parce que je ne suis plus sûr de rien. Est-ce que mes sentiments pour Aria sont sincères ? Est-ce que je suis avec elle seulement parce qu'elle me rappelle Jessica ?

— Pourquoi est-ce qu'elle t'a recontacté ?

— Pour qu'on se donne une nouvelle chance. Quand elle m'a appelé, j'étais à la fois heureux et dégoûté. Cela fait plus de deux ans que je suis avec Aria et j'ai envie de faire ma vie avec elle. Pourtant, dès que j'ai entendu la voix de Jessica, j'ai tout remis en question. Il n'y a aucune logique.

— On n'oublie pas un premier amour.

— Je ne veux pas l'oublier. Je ne veux juste plus me sentir attiré par elle.

— Qu'est-ce qui t'attire chez elle ?

Matthew sourit nerveusement.

— J'ai l'impression de faire une thérapie.

Il se passa la main dans les cheveux.

— C'est la question que je me pose depuis qu'elle m'a recontacté.

— Vous vous êtes revus ?

Il baissa les yeux.

— Oui, deux fois. Mais il ne s'est rien passé. On a discuté et on s'est remémoré les bons souvenirs.

— Elle sait que tu es en couple ?

— Je le lui ai avoué la deuxième fois qu'on s'est vus.

— « Avoué » ?

Il se toucha la nuque nerveusement.

— Je ne sais pas pourquoi j'ai dit ça.

Dahlia l'observa un moment.

— Peut-être parce que votre relation ne s'est jamais officiellement terminée ?

— Comment ça ?

— En vous séparant, vous aviez envie de vous retrouver plus tard.

Elle regarda ses notes.

— Tu lui avais dit : « J'espère que la vie nous offrira une jolie surprise et que nos chemins se recroiseront. »

— C'est vrai.

— Alors, c'est un peu comme si votre histoire n'était pas finie. Quand tu lui as « avoué » être en couple, tu étais inconsciemment gêné d'aimer une autre personne.

Il était perplexe.

— Tu ferais une bonne thérapeute.

— Tu sais ce qu'on dit ; il est plus facile de conseiller quelqu'un que d'appliquer ses propres conseils. Tout comme il est plus facile de juger les autres que de se juger soi-même.

— Dahlia, qu'est-ce que je fais ? Je ne veux pas être le cliché du mec qui trompe sa copine avec son ex.

— Alors, ne le sois pas.

— Mais je le suis déjà. On n'a rien fait ; pourtant, j'ai l'impression d'être infidèle.

— Est-ce qu'Aria sait que tu revois Jessica ?

— Non.

— Voilà pourquoi tu as l'impression de la tromper.

— Mais elle ne comprendrait pas pourquoi j'ai envie de la revoir. Elle n'a plus de contact avec ses ex, elle.

— Si elle le découvre ou qu'elle l'apprend, tu ne penses pas que ce sera pire ?

— C'est un risque que je suis prêt à courir. Le plus important pour moi est de savoir où j'en suis dans mes sentiments.

— La chroniqueuse en moi te conseillerait de voir Jessica. Le meilleur moyen de combattre sa peur, c'est de l'affronter. Ce qui doit arriver arrivera.

— Et qu'est-ce que ma cousine dirait ?

— De ne pas tenter le diable. Si tu tiens à ton couple, raye Jessica de ta vie. Les sentiments partiront un jour ou l'autre.

Il hocha la tête et regarda son portable.

— Je dois y aller.

— D'accord. Merci, Matt.

— Merci à toi.

Il l'embrassa sur la joue et s'en alla.

8

Rose arriva devant la porte d'entrée de ses parents. Comment allait-elle s'y prendre ? Elle aurait dû avoir un plan. Quels étaient les faits ? Ses parents divorçaient, Jarod existait et sa mère lui cachait quelque chose. Que dirait Monica ? Il faut aller dans le vif du sujet, poser une question précise et observer la réaction. Oserait-elle demander à sa mère si Jarod était son amant ? Son anxiété augmenta. Pourquoi ses parents n'avaient-ils pas été honnêtes ? Sans doute pour ne pas les faire souffrir, ses sœurs et elle. Mais en agissant ainsi, ils l'obligeaient à découvrir la vérité par elle-même et cela la mettait extrêmement mal à l'aise.

Eh bien, soit ! D'une manière ou d'une autre, elle saurait la vérité. Ensuite, elle l'exposerait dans son article à la vue de tous.

Son métier la passionnait, mais quelle était sa motivation profonde ? Dénoncer un adultère ? La fierté d'écrire un article qui serait en première page ? Voyager ? Être meilleure que ses sœurs ? Se prouver à elle-même qu'elle avait choisi la bonne carrière ?

Bien qu'elle ne se considérât pas carriériste, elle avait toujours accordé une grande importance à sa profession. Son ambition était sa fierté. Cela la poussait à relever des défis. Sans défis, elle s'ennuyait.

La porte s'ouvrit.

— Rose ? Qu'est-ce que tu fais ici ?

Linda regarda sa fille avec étonnement.

— Euh… Je voulais te parler. Bonne année !

— Bonne année, ma chérie. Il n'y a rien de grave, j'espère ?

— Non, hésita-t-elle.

— Je préfèrerais qu'on discute plus tard. J'ai un rendez-vous. Ton père est là.

Sa mère lui sourit nerveusement et s'éloigna.

Rose attendit un moment, puis la suivit.

Quelques rues plus loin, en arrivant à Fillmore Street, elle vit sa mère entrer dans un bar-restaurant. Elle patienta une minute et y entra à son tour.

Le Good Times était un restaurant à l'ambiance décontractée avec une clientèle de tous âges et tous milieux. Les vingt tables étaient joliment décorées avec des fleurs dans des petits vases. Des photographies de paysages californiens étaient accrochées aux murs. Rose avait entendu parler de cet endroit qui était connu pour ses brunchs, mais elle n'y était jamais venue.

Linda était assise seule à une table dans le fond. Rose s'approcha du bar discrètement et s'installa sur une chaise haute, dos à sa mère.

Le barman s'approcha d'elle.

— Bonjour et bonne année ! Qu'est-ce que je vous sers ?

— Bonjour. Un soda, s'il vous plaît.

Pendant que Rose fixait sa mère, attentive à ses moindres gestes, le barman lui servit un soda.

Un homme s'approcha de Linda. Il la prit dans ses bras et s'assit en face d'elle. De là où elle était, Rose ne voyait pas son visage. Déçue, elle se tourna vers son soda.

— Pourquoi espionnez-vous ce couple ? demanda le barman.

Elle le considéra avec surprise.

— Je n'espionne pas. J'observe.

— Pourquoi les observez-vous ?

— Je suis étudiante. L'observation fait partie d'un examen.

Intrigué, il se pencha vers elle.

— Alors, que pouvez-vous me dire sur eux ?

Elle hésita et se tourna vers eux.

Linda paraissait à l'aise et confiante. Bien que son sourire fût sincère, il cachait une profonde tristesse. L'homme avait les cheveux bruns et portait un jean avec un pull noir. Rose devina par leur attitude que leur conversation était plaisante.

— Je pense qu'ils se connaissent depuis assez longtemps. Ils sont à l'aise l'un avec l'autre. Elle paraît heureuse, mais cache quelque chose.

— Pas mal.

Linda avait posé sa main sur celle de l'homme. Rose remarqua que sa mère ne portait plus son alliance. Elle cacha sa tristesse en buvant son soda.

— Quoi d'autre ? demanda le barman.

Linda décala sa main et Rose vit que l'homme portait une alliance. Elle faillit s'étouffer et reposa son verre.

— Ça va ?

Elle acquiesça en toussant discrètement. C'était une chose que sa mère divorce, mais c'en était une autre que son amant soit marié !

— À propos, vous avez raison, dit-il.

— À quel sujet ?

— Ils se connaissent depuis plus d'un an.

— Vous aussi, vous les avez observés pour un examen ? ironisa-t-elle.

— Non, je les connais.

Elle le dévisagea.

— Ce sont des clients réguliers. Ils se sont rencontrés ici. En revanche, vous, c'est la première fois que je vous vois. Je m'appelle Jimmy.

Ennuyée par son air dragueur, elle prit son porte-monnaie et posa un billet de cinq dollars sur le comptoir.

— Merci, dit-elle en se levant.

— Est-ce que je vous reverrai ?

— Est-ce que vous êtes toujours aussi bavard avec vos clients ?

— Seulement avec celles qui m'intéressent.

Elle roula des yeux et s'apprêta à partir.

— Si vous restez, je pourrai vous parler d'eux. Est-ce que cela vous aiderait pour votre examen ?

Elle hésita.

— Ils se sont confiés à moi à plusieurs reprises. Linda est mère de trois filles. Elle m'a récemment avoué qu'elle aurait préféré partir sans rien dire à personne sur sa situation. Mais Jarod essaie de la convaincre de parler à sa famille.

Rose regarda Jimmy, intriguée.

— Je vous raconte leur histoire et vous me racontez la vôtre ?

Il lui fit un clin d'œil.

— Euh… Je ne peux pas.

— Dommage.

Elle réfléchit un instant. Cet article était sa priorité, elle devait jouer le jeu et ne surtout pas être émotive.

Elle se rassit avec détermination.

— Tout compte fait, j'aimerais en savoir davantage. Je m'appelle Joyce. Enchantée de faire ta connaissance, Jimmy.

Il lui sourit. Le téléphone de Rose sonna. C'était Francis. Elle l'éteignit et le rangea dans son sac.

— Depuis combien de temps es-tu barman ?

— Assez longtemps pour savoir quel alcool tu préfères.

— Ah oui ?

— Tu dois habituellement boire des vodkas cranberry, mais je pense qu'aujourd'hui, tu devrais goûter ma nouvelle création : Un bon moment en bonne compagnie.

Elle sourit, intriguée.

— Notre sujet d'examen s'apprête à partir, dit-il en lui faisant un signe de la tête.

Rose se retourna d'un coup. Sa mère et Jarod se dirigeaient vers la sortie. Le bras gauche de l'homme entourait la taille de Linda. Comme il avait retroussé ses manches, Rose aperçut un tatouage rond sur son avant-bras qui ressemblait à la Terre.

Son téléphone sonna à nouveau. C'était encore Francis. Troublée, elle le posa sur le comptoir et observa sa mère et l'homme jusqu'à ce qu'ils soient sortis.

Jimmy jeta un coup d'œil au téléphone.

— Deux appels en quelques minutes. Peut-être que Francis a quelque chose d'important à te dire ?

— Non, c'est juste mon copain.

Elle s'interrompit, gênée.

— Enfin, un copain. Je le rappellerai plus tard.

Elle rangea son smartphone dans son sac.

Jimmy était dubitatif.

— Jusqu'à quelle heure tu travailles ?

— Encore une petite heure.

— Profitons-en, alors. Ton cocktail a éveillé ma curiosité. Je me sens en excellente compagnie pour passer un bon moment.

Il sourit, flatté.

— Ce n'est pas trop dur de travailler un 1er janvier ?

— Ça l'est moins quand je fais des rencontres intéressantes.

Pendant que Jimmy préparait le cocktail, elle sortit un stylo et un carnet de son sac.

— Tu m'as dit qu'ils se sont rencontrés ici il y a un an ?

— C'est exact.

Jimmy lui servit le cocktail. Elle le goûta.

— Délicieux.

***

Rose rentra chez elle à la fois fière et triste.

Elle croisa Matthew qui sortait.

— Comment ça s'est passé ? lui demanda-t-elle.

— Plutôt bien. Et toi ?

Elle afficha un léger sourire.

— J'ai ce qu'il faut pour mon article.

— Tu as l'air déçue.

— Je ne peux pas obliger ma mère à rester avec mon père.

— C'est difficile, je sais. Surtout quand le divorce ne se fait pas en bons termes. Au moins, tes parents seront amis.

— Si j'avais pu l'empêcher de rencontrer Jarod, peut-être que ça aurait changé les choses.

— Quel genre de mec c'est ?

— La soixantaine, taille et corpulence normales, brun, cheveux courts. Il a un tatouage sur l'avant-bras. La Terre, je crois.

Rose avait les larmes aux yeux. Son cousin la prit dans ses bras pour la réconforter.

9

Rose s'assit sur le canapé à côté d'Iris, avec un café et un sandwich au beurre de cacahuète et à la confiture.

Sa sœur lisait l'article qu'elles avaient coécrit le mois dernier.

— J'aime bien l'image qu'ils ont choisie pour la couverture.

— Moi aussi, répondit Rose, pensive.

— C'est ton article qui te préoccupe ?

— Non, mentit-elle en buvant son café.

— Tu veux en parler ?

— Ne t'inquiète pas, ça va.

Voyant qu'elle n'arriverait à rien, Iris retourna à sa lecture.

— On le garde jusqu'à quand, le sapin ? demanda Rose.

— Encore une petite semaine ?

Elle acquiesça et vit Dahlia qui discutait au téléphone en faisant des allers-retours dans la cuisine. Leurs regards se croisèrent et Dahlia s'éloigna.

— Son rencard vient d'être reporté pour la deuxième fois, expliqua Iris.

— Homme ou femme ?

— Sûrement un homme.

— Comment tu sais ?

— Si c'était une femme, elle ne galèrerait pas autant.

Rose but son café, amusée, et finit son sandwich.

— Je ne sais pas comment tu fais pour relire nos publications.

— Aurais-tu peur de ne pas être satisfaite de ce que tu as écrit ?

— Évidemment. Je suis très autocritique, pas toi ?

— Si, mais je ne regrette jamais ce que j'ai écrit. J'accepte que l'opinion que j'ai eue soit différente que celle que j'ai maintenant. On évolue entre l'écriture d'un article et sa publication. Cela fait partie des choses que j'apprécie le plus dans notre métier. Nos articles nous permettent de réfléchir et de constamment nous remettre en question.

— Que penses-tu de l'histoire, maintenant ?

— C'est difficile de juger une situation que tu n'as pas vécue. Je sais juste que je préfère écrire avec mes sœurs plutôt qu'être en compétition avec elles.

Iris ferma le magazine et regarda Rose.

— Dahlia et toi, vous vous inquiétez pour moi, mais moi, je m'inquiète pour vous deux. Cette promotion est plus importante pour vous que pour moi. J'espère que cette compétition ne vous éloignera pas l'une de l'autre.

Elle rouvrit le magazine et continua sa lecture.

Rose jeta un coup d'œil à la couverture et se remémora son premier jour dans la compagnie.

Il y avait presque cinq ans, Iris et elle étaient entrées dans la salle de conférence où étaient assises Dahlia et une dizaine de femmes. Toutes partageaient le même rêve : être rédactrice. Monica avait annoncé le sujet du mois en demandant à son équipe de travailler en groupes de trois. Instinctivement, les sœurs s'étaient regardées, prêtes à écrire leur premier article ensemble. Monica avait été si impressionnée qu'elle leur avait demandé de coécrire la plupart de leurs articles.

Francis sonna à la porte. Rose se leva pour lui ouvrir. Iris venait de finir sa lecture quand ils entrèrent dans le salon.

— Salut, Iris, tu profites bien de ta matinée ?

— Je fais de mon mieux, répondit-elle en s'étirant.

— Monica est gentille de vous laisser dix jours de repos pour écrire vos articles.

— Tout est relatif, dit Iris. Pendant ces dix jours, nous devons aussi nous occuper de la correspondance avec nos lecteurs.

— Au moins, nous avons le choix entre rester chez nous ou aller au bureau.

Francis jeta un coup d'œil au magazine que tenait Iris.

— C'est celui de janvier sur la jalousie ?

Elle acquiesça et le lui tendit.

Il lut un extrait.

— Deux adolescentes se sont rencontrées au lycée et sont devenues meilleures amies. Au fil des mois, cette amitié a rendu jalouse la petite sœur de Vanessa. À tel point que cette dernière s'en est prise physiquement à l'amie de sa sœur. Les autorités ont retrouvé l'amie dans une rue, inconsciente. Pour justifier son acte, la petite sœur avait écrit en rouge sur les vêtements d'Eva : « Elle m'a volé ma grande sœur. »

Francis leva les yeux, surpris.

— C'est une histoire réelle ?

— Oui. Nous avons eu de la chance que leurs parents acceptent d'être interviewés.

— Mais l'amie… Elle est…

— Elle a été hospitalisée et elle va mieux.

— Cette histoire s'est passée il y a un an. La petite sœur a fugué après le drame. Heureusement, quelques jours plus tard, la police l'a retrouvée. Des spécialistes lui ont fait passer des tests. Il s'avère qu'elle a de gros problèmes psychologiques. Ses parents l'ont changée de lycée et elle est attentivement surveillée.

— Bien que le sujet soit dramatique, cet article était passionnant à écrire. Monica était fière de nous.

— Vous vous y connaissez en histoires de famille. Surtout les rivalités fraternelles.

— Nous sommes spécialistes, dit Rose avec fierté.

Francis remarqua la signature à la fin de l'article : « D. I. R. Sunwatt »

— J'espère que les prochains auront autant de succès.

— Merci, dit Iris. Et toi, tu ne travailles pas aujourd'hui ?

— Je commence à 15 heures.

— Cela fait combien de temps que tu es chef d'équipe au Palace Hotel ?

— Bientôt cinq ans.

— Devenir manager ne t'intéresse toujours pas ?

— Non. J'ai une bonne équipe, de bons horaires et un bon salaire.

— Tout le monde n'a pas des ambitions professionnelles, dit Rose.

— Du moment que tu es heureux. Chacun a sa propre définition du succès.

Iris fit un clin d'œil complice à Francis.

— En parlant de succès, je vais me remettre au travail, déclara Rose.

— On se voit toujours pour un café après manger ? lui demanda Francis.

— Oui. Laisse-moi deux petites heures et je te rejoins.

— Parfait. Je serai près de Powell avec Natalie.

— Qui est Natalie ? demanda Iris.

— C'est sa collègue. Ils se voient souvent pour déjeuner et prendre un verre.

Iris fut étonnée.

— Elle est hétérosexuelle et célibataire ?

— Oui, mais elle sait que je suis en couple, répondit Francis.

— Comme si ça en arrêtait certaines !

— Ça suffit, Iris. Arrête de voir le mal partout.

Iris fit la moue à sa sœur qui lui tira la langue.

Rose embrassa Francis et partit vers sa chambre. Iris attendit qu'elle s'éloigne et se tourna vers lui.

— Est-ce que Rose sait qui est Jarod ? Je sens qu'elle me cache quelque chose.

Il hésita à répondre.

— Qu'est-ce que tu sais ? Est-ce qu'il est l'amant de ma mère ?

— Demande à ta sœur, répondit-il avant de partir.

***

Rose rédigeait son article en jetant des coups d'œil à ses notes quand Dahlia frappa à la porte.

— Entrez seulement si c'est urgent, prévint-elle.

Dahlia ouvrit.

— Je vais faire des courses. Tu veux quelque chose ?

— On n'a pas la même définition du mot « urgent », répondit-elle sur un ton sec.

— J'essaie juste d'être sympa, se défendit Dahlia.

— La seule chose que je veux, c'est être tranquille !

— C'est bon, je te laisse tranquille ! Au fait, tu devrais parler avec Matt au sujet d'Aria.

Rose se tourna vers elle, inquiète.

— Pourquoi ?

— Il m'a dit certaines choses… Je ne veux pas m'en mêler davantage, car je dois être impartiale pour mon article, mais peut-être que tu peux le conseiller.

Dahlia sortit en fermant la porte derrière elle.

***

Aria était à la laverie automatique. Après avoir inséré huit pièces de 25 cents dans la machine, elle s'assit et mit ses écouteurs. Elle s'apprêtait à lire le dernier numéro de *What if ?* quand Matthew lui téléphona.

— Je rejoins Fred à Castro pour dîner, dit-il.

— Vous allez dans un bar gay ?

— Oui. Il est à nouveau célibataire.

— D'accord. Bonne soirée.

— À plus tard, ma chérie.

Elle raccrocha au moment où un jeune homme entra avec un sac rempli de linge.

— Salut, Aria !

— Ah, salut, Carl !

Il la regarda en mettant son linge dans une machine.

— Vous n'en avez toujours pas acheté une ?

— Non.

— Ça ne t'embête pas de venir chaque semaine ?

— Non. On habite au-dessus, c'est pratique. Et j'aime bien discuter avec mes voisins.

Carl sourit.

— Pareil. Et Matt, ça ne le dérange pas ?

— Il bosse comme un dingue, alors c'est moi qui fais la plupart des lessives.

— Une vraie femme au foyer.

— Oui, j'aime bien m'occuper des tâches ménagères. Mais s'il m'agace trop, je ne fais plus rien jusqu'à ce qu'il se fasse pardonner. En général, il ne tient pas une demi-journée.

— Attention, il pourrait trouver une autre femme au foyer plus accommodante, dit-il en plaisantant. Enfin, je n'aurais rien contre le fait que tu sois célibataire.

Aria sourit, flattée.

Il mit du produit dans la machine.

— Il ne t'a toujours pas fait sa demande ?

— Carl…

— Je sais, ce ne sont pas mes affaires. C'est juste que je n'aurais pas attendu aussi longtemps. Peut-être que quelque chose le fait hésiter ?

Elle leva les yeux de son magazine, dubitative.

Il inséra des pièces et appuya sur un bouton.

— Je vais prendre un café, dit-il. Tu veux quelque chose ?

— Non, merci.

Aria le regarda marcher jusqu'au café d'en face. Il n'avait peut-être pas tort. Était-il possible que Matthew hésite à s'engager avec elle ?

***

Matthew sortait du métro à Castro quand son téléphone vibra. Il le regarda et s'arrêta net. Jessica lui avait écrit : « Tu me manques, Matthew. Je veux te voir. » Il s'apprêtait à le ranger quand il vibra à nouveau. C'était encore elle : « Je sais que tu penses à moi. Moi aussi, je pense à toi, tout le temps. » Il soupira et descendit Castro Street qui menait au Blush.

Le Blush était un bar-restaurant connu pour ses excellents vins et ses plateaux de fromages et de charcuteries. Une fois par mois, la compagnie française la D-Boussole y jouait des sketches, faisait de l'improvisation et chantait des chansons. Matthew, Aria, Rose et Francis venaient souvent les applaudir.

Matthew entra et vit Fred assis au milieu du bar avec un verre de vin rouge.

— Avec toutes les places libres, tu devais t'asseoir ici ?

— Tu sais bien que j'aime être au centre de l'attention. Au fait, tu es en retard.

— De cinq minutes !

— Oui, mais j'ai faim !

Le barman demanda à Matthew ce qu'il voulait boire.

— La même chose. Merci.

Fred observait discrètement les gens autour d'eux.

— Tu es célibataire depuis hier, tu ne perds pas de temps.

— Chez les gays, un jour équivaut à un mois.

— Tu es sérieux ?

— Pour moi, oui. Tu ne peux pas comprendre, tu es avec Aria depuis trop longtemps.

Le barman servit un verre de rouge à Matthew.

— Je suis dégoûté, dit Fred. Le seul mec potable a jeté son dévolu sur toi.

— Comment ça ?

— Sur ta droite, au bout du bar. Il te mate depuis que tu es arrivé.

87

— Comment tu sais que ce n'est pas toi qui l'intéresses ?

— Chéri, fais-moi confiance, je sais. De plus, les mecs qui ont des tatouages ne sont jamais attirés par les petits Asiatiques à lunettes comme moi.

— Qu'est-ce qu'il a comme tatouages ?

— Une planète, je crois. Ça ressemble à la Terre.

Matthew fronça les sourcils, surpris.

— Tu as quelque chose contre les planètes ?

Il but son vin, préoccupé.

Fred était perplexe.

— L'amant de ma tante a un tatouage similaire.

— Ce genre de tatouage est commun. Et ce mec est gay.

Matthew jeta un regard discret vers l'homme tatoué.

— J'hésite à aller lui parler. J'ai peut-être une chance.

— Il a deux fois notre âge, Fred !

— Ça n'a pas l'air de le déranger vu qu'il te mate !

À ce moment-là, un homme entra dans le bar-restaurant.

— Jarod ! s'exclama-t-il en s'avançant vers l'homme tatoué.

Matthew regarda Fred, surpris.

— Ne me dis pas que l'amant de ta tante s'appelle Jarod.

Il acquiesça d'un signe de tête et se passa la main derrière la nuque nerveusement.

— Eh bien, je crois que tu vas devoir t'improviser gay.

Il fronça les sourcils.

— C'est le seul moyen de faire la connaissance de ce Jarod.

— Et pourquoi devrais-je être gay ?

— D'une part, parce que c'est plus drôle. Et d'autre part, parce que tu vas le draguer.

Il faillit s'étouffer en buvant son vin.

— Demande-lui où il a fait son tatouage. Ensuite, improvise.

Il inspira profondément.

— Décrispe, ça va aller.

Matthew se leva et se dirigea vers l'homme tatoué. À quelques mètres, il se retourna vers Fred qui passait sa commande auprès du barman. Son ami lui fit un signe de la tête pour l'encourager.

Matthew arriva près de l'homme.

— Bonsoir. Excusez-moi de vous déranger.

Il se tourna vers lui et afficha un énorme sourire.

— Votre tatouage est magnifique. Pourrais-je savoir où vous l'avez fait ?

— Quel est ton nom, jeune homme ?

— Matt.

— Enchanté. Moi, c'est Jarod, et voici mon ami Andreas.

Matthew les regarda en souriant timidement.

— Nous parlions justement du deuxième tatouage que je vais faire lors de mon prochain voyage.

Fred observait la scène discrètement en buvant son vin et en regardant son portable.

— Celui-ci, continua Jarod en montrant son avant-bras, je l'ai depuis dix ans. Mon mari me l'avait fait. Nous n'étions pas mariés à l'époque, mais c'était tout comme.

— Votre mari a beaucoup de talent, dit Matthew.

— Oui, il était très talentueux.

— Je suis désolé, dit-il, gêné.

Jarod lui sourit.

— Pourquoi ce tatouage plutôt qu'un autre ? demanda Matthew.

— Comme tu peux le voir, il représente la Terre. Je suis un voyageur.

— Vous avez fait le tour de la Terre ?

— J'y compte bien ! Je me suis lancé le défi de visiter autant d'endroits que possible avant de mourir.

— Vous avez le temps de faire quelques tours du monde, alors.

— Si seulement. J'ai un cancer.

Matthew le regarda avec compassion.

— Quand la mort se présente à toi, tu prends vraiment conscience de tes priorités.

Andreas acquiesça, tristement.

— C'est une expérience que j'aurais aimé partager avec mon mari. Néanmoins, j'ai la chance de vivre cette merveilleuse aventure avec une amie qui m'est chère. Elle aussi est atteinte d'un cancer.

— D'ailleurs, elle a une famille, ton amie, non ? demanda Andreas.

— Oui, sa situation est plus compliquée que la mienne. Elle préfère ne rien dire à ses enfants. Elle veut tout quitter et réaliser son rêve.

Matthew se sentit mal.

— Tu es pâle, mon garçon. Ça va ?

Il eut un vertige et se tint au bar.

Fred le vit et se précipita vers lui.

— Qu'est-ce qu'il se passe, Matt ?!

Il n'arriva pas à parler. La situation agaça son ami qui se tourna vers Jarod.

— Bonsoir, c'est vous l'amant de Linda ou pas ?

— Mais vous êtes qui, tous les deux ? demanda-t-il.

— Je suis le neveu de Linda, répondit Matthew, très confus.

Jarod fut stupéfait.

***

Rose imprimait son article dans le salon quand Dahlia passa à côté d'elle avec deux poubelles.

— Tu peux m'aider ?

— D'abord, je finis ça.

— C'est bon, ton article ne va pas s'envoler.

Elle soupira et prit la poubelle que sa sœur lui tendait.

— Prends aussi celle-ci, je vais chercher celle de ma chambre.

Elle prit l'autre et se dirigea vers la porte de derrière. Dahlia attendit qu'elle soit sortie et jeta un coup d'œil à l'article. Elle lut un passage et fronça les sourcils.

— Quoi ?! Elle a vraiment… ?

— Qu'est-ce que tu fais ?

Dahlia se retourna vers Iris, surprise.

— Rien. J'allais sortir les poubelles.

Elle alla vers sa chambre sous le regard suspicieux d'Iris.

Quand Rose revint, elle vérifia les pages imprimées, puis elle lança un regard à Iris qui regardait la télévision.

— Je ne m'y suis jamais prise aussi tard, avoua Rose.

— Ça arrive aux meilleurs d'entre nous, plaisanta sa sœur.

— Du moment que la machine ne plante pas et qu'il y a assez d'encre…

— Arrête ou tu vas te porter la poisse !

Rose reçut un appel de Matthew.

— Allô ?

— Il faut que je te parle, c'est urgent !

— J'imprime mon article, ça peut attendre ?

— Justement, non. Arrête tout !

— Qu'est-ce qu'il se passe ?

— Ton article est faux !

Rose sentit son cœur s'accélérer.

— Rejoins-moi à l'adresse que je t'envoie par texto, dès que possible.

Elle raccrocha, choquée.

— Qu'est-ce qu'il se passe ? lui demanda Iris, inquiète.

Rose fixa les pages imprimées, consternée.

***

Rose rejoignit son cousin devant un bâtiment à Mission. Au-dessus de la porte d'entrée, il était écrit : « Life Happens. We React[1]. »

---

[1] « La vie se passe. On réagit. »

— C'est un cabinet thérapeutique. Qu'est-ce qu'on fait là ?

— Tu vas comprendre. Suis-moi.

Ils entrèrent et marchèrent vers l'accueil.

— Bonsoir, puis-je vous aider ? leur demanda l'hôtesse.

— Bonsoir. Nous aimerions participer à la thérapie de groupe.

Rose jeta un regard étonné à Matthew.

— Bien sûr. La salle commune est au bout du couloir à droite. La séance va bientôt commencer.

Matthew la remercia et se dirigea vers la salle. Rose le suivit avec hésitation. Il s'arrêta devant une porte entrouverte et passa discrètement la tête dans l'entrebâillement. Rose l'observait, de plus en plus perplexe.

Après un moment, il recula et lui fit un geste pour qu'elle regarde. Elle se pencha et vit l'intérieur d'une salle de conférence. Quelques plantes dans les coins servaient de décoration. Au fond, il y avait une table avec des prospectus et un distributeur d'eau. Une quinzaine de personnes était assises sur des chaises en cercle. Rose vit sa mère et Jarod, assis côte à côte.

Elle se tourna aussitôt vers son cousin.

— Qu'est-ce qu'elle fait ici avec lui ?

Comme il ne répondit pas, elle regarda à nouveau sa mère. Une femme d'une quarantaine d'années rejoignit le groupe.

— Bonsoir. Aujourd'hui, nous allons discuter de nos peurs. Qui veut commencer ?

Linda leva la main. La femme lui sourit et hocha la tête.

— Bonsoir. Je m'appelle Linda. Cela fait plusieurs mois que je viens à ces réunions et je suis très reconnaissante du soutien que ce groupe m'apporte.

Elle inspira profondément.

— Je mens à mes filles pour les protéger. Quand elles découvriront la vérité, j'ai peur qu'elles me détestent.

Rose était de plus en plus nerveuse.

— Quelle vérité ? lui demanda la femme.

Linda se tourna vers Jarod. Son regard bienveillant l'encouragea.

— Je suis très malade et je voudrais réaliser mon rêve avant de mourir.

Rose sentit son cœur s'accélérer.

— Quel est votre rêve, Linda ?

— Voyager. Je n'ai pas peur de partir, car je serai avec Jarod. Il est mon meilleur ami. Mais je crains la réaction de mes filles. J'espère qu'elles comprendront mon choix.

Rose avait les larmes aux yeux.

— Tu veux partir ? lui demanda Matthew.

Elle hocha la tête.

***

Rose était allongée sur son lit et fixait le mur. Francis était assis à côté d'elle.

— Qu'est-ce que tu vas faire ?

Elle soupira.

— Tu vas en parler à tes sœurs ?

Elle ferma les yeux. Il s'allongea et essaya de passer son bras autour de ses épaules, mais elle s'écarta de lui.

— Qu'est-ce que je peux faire, Rose ?

— Rien.

— Tu veux que je parte ?

— Fais ce que tu veux. Je dois finir mon article.

— Ta mère a annoncé qu'elle était gravement malade et tu penses à ton article ?

— Elle l'a annoncé à un groupe d'inconnus. Comment peut-elle nous cacher ça ?

— Elle a dit qu'elle avait…

— Quoi ? Peur ? C'est pour ça qu'elle divorce ? Parce qu'elle a peur ?!

— Il doit y avoir une explication.

— Peut-être. Mais je dois présenter mon article demain.

— Ton cousin t'a dit que Jarod était gay. Ce que tu as écrit est faux.

— Tant pis. Personne ne vérifiera.

— Tu m'as souvent dit que Monica savait reconnaître les articles mensongers.

— Seulement quand elle effectue des recherches approfondies. Elle veut absolument qu'on parle d'histoires vraies. C'est pour ça que le magazine a autant de succès.

— Tu risques ta carrière à publier cet article.

— Je prends encore plus de risques à ne rien publier du tout.

— Tu auras d'autres opportunités, Rose.

— Pas comme celle-ci. Laisse-moi, s'il te plaît.

— Et tes sœurs, tu vas leur parler ?

Elle ne répondit pas.

Francis sortit de la chambre, très ennuyé.

10

En fin de journée, Monica se pencha sur le bureau de Rose qui leva la tête de son ordinateur.

— Vous ne m'avez pas encore rendu votre article. Dois-je m'inquiéter ?

Rose fut confuse. Elle regarda son article devant elle et le prit avec hésitation.

— Il y a un problème ? s'impatienta Monica.

— Non, répondit-elle en le lui tendant.

Monica le prit et s'éloigna sans rien dire.

Rose sentit son cœur s'accélérer. Il était trop tard pour faire machine arrière.

— Salut, Rose, j'ai hâte de lire ce que tu as écrit.

Rose se retourna vers Andie qui lui souriait.

— Comment ça se passe avec tes parents ?

— Euh, ça va, répondit Rose, un peu étonnée.

— Je t'ai entendu parler d'eux. Ma mère aussi a été infidèle. Je voulais que tu saches que je suis là, si tu as besoin de te confier à quelqu'un.

— Merci, Andie. Sur qui as-tu écrit ?

— Ma famille. Ma mère a eu une liaison avec la sœur jumelle de mon père. Elles sont ensemble depuis cinq ans.

— Ça n'a pas dû être simple pour toi.

— C'est surtout pour mon père que ça a été difficile. Depuis, il s'est remarié avec une femme formidable et ils sont très heureux.

— Tant mieux. Est-ce que tu as interviewé tes parents et ta tante ?

— Oui, ça les a amusés. En tout cas, je voulais te remercier, car tu m'as donné l'idée d'écrire sur ma famille.

Rose sourit légèrement.

— À plus tard, dit Andie en s'éloignant.

Rose soupira et se remit au travail.

***

Rose entra au Good Times et s'approcha du bar.

Jimmy servait un client. Il sourit en la voyant.

— Bonjour, Joyce ! Tu as envie d'Un bon moment en bonne compagnie ?

— Je ne veux pas de ton cocktail.

Il fut surpris par son ton sec.

— Qu'est-ce qu'il y a ?

— Pourquoi tu m'as menti ?

— Pardon ?

— Tu m'as raconté une fausse histoire.

Il fut un peu gêné.

— Désolé, mais j'ai horreur des menteuses opportunistes.

— Quoi ?

— Tu as répondu à mes avances pour parvenir à tes fins, alors que tu as un copain.

— Comment tu as su ?

— Tu ne sais pas mentir.

— D'accord, j'ai un peu profité de la situation, avoua-t-elle, embarrassée. Mais cet article, enfin cet examen, est très important pour moi.

— Tu es dévouée à ton travail, c'est bien. Mais attention, il n'y a qu'une petite frontière entre le dévouement et l'obsession.

Un client fit un geste de la main et Jimmy lui resservit un verre de vin. Pendant ce temps, le téléphone de Rose sonna. C'était Francis qui l'appelait pour la troisième fois. Elle remarqua un appel manqué d'Iris et un message vocal. Elle s'apprêtait à l'écouter quand Jimmy revint vers elle.

— Si tu es au courant de la vérité, tu sais que Linda et Jarod sont atteints d'un cancer. Mets ton examen de côté un mo-

96

ment et pense à l'épreuve qu'ils traversent et à ce que doivent ressentir leurs proches.

Elle eut les larmes aux yeux.

Francis entra dans le restaurant et s'avança vers elle.

— Rose ! Pourquoi tu ne réponds pas à ton téléphone ?

Elle se tourna vers lui, surprise.

— Comment tu savais que j'étais ici ?

Jimmy les regarda en rangeant des verres.

— Matt m'a parlé de cet endroit. Tes parents veulent vous parler à tes sœurs et à toi. Tu viens ?

Elle acquiesça, confuse.

— À une prochaine, Rose, dit Jimmy.

Francis se tourna vers lui.

— Salut, je ne savais pas que vous vous connaissiez. Je m'appelle Francis.

Jimmy se présenta et ils se serrèrent la main.

Francis reçut un appel. Il décrocha en se dirigeant vers la sortie. Rose regarda Jimmy avec mécontentement et s'apprêta à sortir.

— Juste un copain, hein ?

Elle se retourna vers lui, gênée.

— Et Joyce, c'est ton pseudo de détective ?

Sa gêne se transforma en tristesse.

— Linda est ma mère.

Elle sortit du restaurant sous le regard désolé de Jimmy.

***

Rose, Iris et Dahlia étaient assises sur le canapé du salon familial. Elles regardaient leurs parents assis en face d'elles.

Un silence pesant régnait.

— Bon, qui est mort ? s'impatienta Dahlia.

— Personne, répondit Alan, calmement.

— Alors, qui va mourir ?

— Dahlia, tais-toi ! intervint Iris.

— Vous nous avez demandé de venir pour nous parler, alors parlez-nous.

Linda lança un regard à Alan.

— Votre mère et moi voulons vous annoncer l'autre raison de notre divorce.

— Nous sommes au courant de ta liaison, maman, dit Iris.

Linda et Alan furent déconcertés.

— Je n'ai jamais trompé votre père. Nous divorçons pour les raisons que je vous ai expliquées à Noël et parce que…

Elle hésita.

— Quoi ? s'impatienta Dahlia.

— Je suis malade.

Alan posa sa main sur la cuisse de sa femme.

— Qu'est-ce que tu as ? demanda Iris.

— Un cancer du sein de stade 4.

Les sœurs encaissèrent le choc.

— Pourquoi vous divorcez, alors ? demanda Iris. Ça n'a pas de sens.

— C'est simple, expliqua Rose, maman veut finir sa vie en voyageant, sans attaches. Elle ne voulait pas nous en parler, car elle avait peur de notre réaction.

Ils se tournèrent tous vers Rose.

— Comment tu sais ça, toi ? demanda Dahlia.

— Je le sais, c'est tout.

Dahlia regarda sa mère qui était en état de choc.

— Tu avais l'intention de partir sans rien nous dire ?

Linda était désemparée. Elle regarda Rose qui fixait le sol.

— Pourquoi tu ne nous as rien dit ?! insista Dahlia.

— Dahlia, s'il te plaît, calme-toi, dit Alan.

Linda voulut répondre, mais sa gorge était nouée.

Le regard bienveillant de son père énerva Dahlia. Ne pouvant contenir sa colère, elle se leva.

— Comment vous avez pu nous cacher ça ? C'est complètement dingue !

Elle sortit de la maison précipitamment et claqua la porte
derrière elle.

— Est-ce que vous nous cachez autre chose ? demanda Iris.

Alan s'apprêtait à répondre quand Linda lui prit la main.

— Non, vous savez tout, répondit-elle.

Il baissa les yeux, ennuyé.

— Où veux-tu voyager, maman ?

— Je suis en train de m'organiser, Iris. C'est aujourd'hui que
vous deviez rendre vos articles, non ?

— Oui.

D'un coup, Rose leva les yeux vers ses parents.

— Est-ce que vous attendiez qu'on finisse nos articles pour
nous dire la vérité ?

— Oui. Nous ne voulions pas que cette nouvelle affecte
votre travail.

Rose eut un petit rire nerveux.

— Qu'est-ce qu'il y a ? s'inquiéta Alan.

Elle se passa nerveusement la main dans les cheveux.

— Le sujet de Rose était votre divorce, expliqua Iris. Plus
précisément, l'infidélité de maman.

Rose jeta un regard furieux à sa sœur.

Linda n'en revint pas.

— Mais je ne suis pas infidèle ! Pourquoi as-tu écrit ça ?

— C'était un malentendu ! se défendit-elle.

— Elle pensait que tu avais une liaison avec Jarod, car elle
a mal interprété votre conversation à Noël.

— Tu as entendu notre discussion dans mon bureau ?

— Comment as-tu pu croire que… ?

Anéantie, Rose fuit le regard de ses parents.

— Tu ne peux pas publier cet article, dit Linda fermement.

— C'est trop tard.

Linda et Alan étaient consternés.

***

En rentrant, Rose et Iris virent Dahlia affalée sur le canapé avec une bière.

— Depuis quand tu le savais ? demanda-t-elle à Rose d'une voix agressive.

Rose ne répondit pas.

— Ce n'était pas à elle de nous le dire. Cette situation est suffisamment dramatique comme ça pour que nous soyons en colère les unes contre les autres.

Dahlia partit dans sa chambre sans les regarder.

Dépitée, Rose s'assit sur le canapé et admira le sapin de Noël pour se calmer.

— Pourquoi tu ne veux pas dire la vérité à Monica ?

— Je ne veux pas la décevoir.

— Ah, et moi qui croyais que c'était une question d'ego.

— Ça n'a rien à voir avec ma fierté.

— J'espère que tu ne le regretteras pas.

— Mon article ne sera peut-être pas publié.

— Nous le saurons à la fin du mois, dit Iris en s'en allant.

Rose pensa à sa mère. Une larme coula sur sa joue.

***

Les semaines qui suivirent, Rose et Dahlia se parlèrent rarement. Elles n'allèrent plus ensemble au bureau et mangèrent séparément. Leurs collègues remarquèrent une tension, mais ne s'en soucièrent pas.

La première semaine, Rose passa ses journées à rédiger des articles pour la rubrique « Santé ». Dahlia s'occupa de la section « Famille » et Monica confia à Iris la correspondance avec les lecteurs. Cette tâche pouvait paraître simple, mais c'était la plus complexe. Elle devait répondre à chaque lecteur en lui adressant un mail personnalisé dans lequel elle le remerciait pour sa fidélité, commentait brièvement leurs articles récents et lui donnait un avant-goût des prochaines parutions.

La semaine suivante, d'autres rubriques furent confiées à Iris et à Dahlia, tandis que Rose gérait les correspondances.

Un jour, Rose reçut un mail qui la toucha profondément. Une adolescente lui confiait ne pas savoir à qui s'adresser au sujet de la sclérose en plaques de son grand frère. Elle souffrait d'être impuissante et n'arrivait pas à en parler avec sa mère, qui était trop occupée à gérer deux métiers, ni avec son père, qui avait quitté le foyer familial après le diagnostic de son fils. Cela faisait trois ans que le frère luttait contre cette maladie dégénérative qui perturbe la capacité du corps à communiquer avec son système nerveux, et dont les causes restent encore inconnues. Depuis le divorce de ses parents, l'adolescente ne leur parlait quasiment plus. Sa mère s'était renfermée sur elle-même et son père ne donnait presque plus de nouvelles depuis qu'il avait refait sa vie.

Quand elle avait découvert le magazine *What if?* dans un kiosque, elle avait pris l'habitude de l'acheter chaque semaine. La rubrique « Voyage » était sa préférée, car elle l'aidait à s'échapper de son triste quotidien.

Dans son mail, Laura la remerciait pour son article sur la santé. Rose y avait évoqué les maladies incurables comme la sclérose en plaques, la maladie de Crohn et l'Herpès, entre autres. Ces quelques paragraphes avaient été douloureux à rédiger, car elle n'avait pu s'empêcher de penser au cancer de sa mère.

Rose relut le mail et pleura. À ce moment-là, Dahlia passa dans le couloir et la vit. Elle hésita un instant à aller la voir, mais continua son chemin.

À la fin de la semaine, les sœurs insistèrent pour accompagner Linda à son rendez-vous chez le cancérologue, afin de mieux comprendre cette réalité trop abstraite. Le médecin leur expliqua que le dépistage trop tardif avait permis l'évolution des cellules cancéreuses et que si Linda refusait un traitement, il ne pourrait pas l'aider à guérir. Leur mère fut formelle : c'était un traitement lourd et elle ne le supporterait pas. De plus, il n'y avait aucune garantie que cela marche. Elle devait accepter sa mort imminente et profiter de ses derniers moments. Les sœurs encaissèrent le choc difficilement. Elles comprenaient la décision de leur mère, mais cela n'était pas pour autant facile à accepter.

***

Monica entra dans la salle de conférence.
— Bonjour !
Rose vérifia à nouveau que son smartphone était éteint.
— Ce mois-ci, nos lecteurs ont choisi comme sujet : « La monotonie ». Lorsqu'on évoque quelque chose de monotone, cela veut dire qu'il y a un aspect répétitif et peu varié. Y a-t-il des solutions ? Si oui, lesquelles ? Vous pouvez évoquer une situation ou une relation monotone. Allez, les filles, au travail !

Elles se levèrent toutes pour rejoindre leur bureau. Dahlia s'avança vers sa supérieure. Après un court échange, Monica acquiesça et s'adressa au groupe.
— Je dois réorganiser les équipes. Pour le moment, travaillez chacune de votre côté.

Rose regarda Dahlia avec agacement. Cette dernière l'ignora.

***

Alan entra dans la chambre. Linda était dans le lit.
— Tu ne veux toujours pas que je dorme ailleurs ?
— Non, sauf si cela te dérange.
— J'ai essayé de dormir dans la chambre d'amis, mais je n'ai pas pu fermer l'œil.
— Cela ne m'étonne pas, notre matelas est plus confortable.

102

Il sourit et s'allongea à côté d'elle.

— Je m'inquiète pour Dahlia et Rose. Elles ne se parlent plus depuis des semaines. Qu'est-ce qu'on peut faire ?

— Je pense qu'on en a assez fait. Ne t'inquiète pas, elles se réconcilieront.

Il l'embrassa sur la joue et éteignit sa lampe.

Soucieuse, Linda regarda leur photographie de Thanksgiving qui était accrochée au mur.

***

C'était le grand jour ! Les sœurs et leurs collègues attendaient impatiemment dans la salle de conférence.

— Bonjour ! dit Monica en entrant.

Les discussions laissèrent place au silence.

— Je vais vous annoncer quelles auteures auront leurs articles publiés dans notre numéro de février. Ensuite, j'annoncerai qui a gagné la promotion.

La tension était palpable.

Rose lança un regard à ses sœurs. Dahlia avait les mains crispées sur la table et Iris semblait mal à l'aise. Son visage était blême.

— Iris, ça va ? s'inquiéta Rose.

Elle hocha légèrement la tête.

— Les auteures qui ont écrit les meilleurs articles sont Rose, Dahlia et Andie.

Dahlia et Andie sourirent fièrement.

Rose regardait Iris avec inquiétude.

— L'auteure qui a gagné la promotion est Rose.

Tous les regards se tournèrent vers elle. Rose n'en revint pas.

Monica lui sourit.

— Félicitations, votre article vous emmène à New York. Venez dans mon bureau demain à 9 heures pour l'organisation de votre voyage.

Elle hocha la tête, heureuse et troublée.

Ses collègues la félicitèrent. Elle s'efforça de sourire modestement en les remerciant, mais elle avait trop honte pour savourer sa victoire.

Andie lui fit un clin d'œil en souriant.

— Nous pouvons être fières de nous ! Tu es libre ce soir pour fêter ça ?

— Euh, je ne sais pas… Je te tiens au courant.

— D'accord, à plus tard, dit Andie en prenant ses affaires.

Rose s'approcha d'Iris qui eut un haut-le-cœur et sortit précipitamment. Elle fit un signe de la main à Dahlia qui parlait à des collègues.

— Dahlia, je crois qu'Iris ne va pas bien.

Sa sœur lui lança un regard noir et continua à discuter.

Rose quitta la salle en colère.

***

Rose était dans les toilettes du magazine. Elle s'aspergeait de l'eau sur le visage quand elle entendit un bruit derrière elle.

— Iris, c'est toi ?

— Oui.

— Tu es malade ?

Iris ouvrit la porte et s'avança vers un lavabo.

— Tu as mangé quelque chose de mauvais ?

— Sûrement, répondit-elle en s'essuyant la bouche.

— Je vais aux toilettes et on sort prendre l'air, insista Rose.

Sa sœur acquiesça.

— Tu aurais un tampon ? demanda Rose.

Iris réalisa quelque chose et ouvrit grand les yeux. Elle compta sur ses doigts et regarda sa main, horrifiée. Après un moment, elle regarda le pouce de son autre main.

***

Alan était assis à son bureau. Il regardait les papiers du divorce, un stylo à la main. Linda avait signé. Il ne restait plus que sa signature pour rendre le divorce officiel. Il se pencha en arrière et jeta un coup d'œil aux photos de famille sur les étagères. Il sourit et baissa les yeux vers les papiers. Comment pouvait-il mettre fin à trente-deux ans de mariage d'un coup de stylo ?

Son regard s'arrêta sur une pile de photos professionnelles. On pouvait y voir une femme d'âge mûr avec de longs cheveux roux. Il les observa un moment, puis admira l'unique cadre posé sur son bureau. C'était une photo de sa femme et lui à leur mariage. Linda rayonnait. Il se remémora ce samedi ensoleillé au mont Tamalpais, dans le comté de Marin, au nord de la baie de San Francisco. Ils avaient fait la fête tout le week-end avec quelques membres de leurs familles et leurs amis. Alan soupira et reboucha son stylo.

Quelqu'un frappa à la porte. Il rangea aussitôt les papiers dans un dossier.

— Entrez.

Linda ouvrit.

— Le dîner est prêt.

— Merci. J'arrive dans un instant.

Elle s'approcha du bureau.

— C'est bientôt ton anniversaire. Est-ce que tu voudrais quelque chose en particulier ?

— Personne ne peut m'offrir la seule chose que je voudrais.

— Tu es sûr ?

Elle regarda sur le bureau et vit un presse-papier en forme de tortue.

— Que dirais-tu d'un nouveau presse-papier ?

— Je pense que Rose serait vexée si je remplaçais le cadeau qu'elle m'a fait à l'école primaire.

— Qui a dit que tu ne pouvais pas en avoir deux ? demanda-t-elle, amusée.

— J'aime te voir sourire.

Ils se regardèrent un moment.

— On devrait tout leur dire, non ?

Elle parcourut du regard les objets sur le bureau. En voyant les photos du modèle, son sourire disparut.

— Elles ne comprendraient pas, répondit-elle fermement.

— Comme tu voudras, mais sache que je ne suis pas d'accord.

DEUXIÈME PARTIE

« *Si vous êtes fidèles à vos idéaux personnels et à vos désirs les plus profonds, alors votre vie est une immense réussite.* »

Edward Bach

1

— Ce restaurant te plaît ?

Rose sourit à Francis.

— Oui, merci.

— C'est normal que j'invite ma copine à dîner pour célébrer sa promotion.

— C'est très gentil.

— Alors, quelles sont les nouvelles ?

— Eh bien, mes parents m'ignorent depuis que je leur ai parlé de mon article. Iris ne sait pas comment leur avouer qu'elle est enceinte. Et Dahlia ne me parle plus.

— Iris est sûre d'être enceinte ?

— Sa gynécologue le lui a confirmé.

— Elle va le garder ?

— Je pense que oui.

— Je sais que ta sœur peut assumer d'élever seule un enfant, mais elle va quand même prévenir le père, non ?

— Je ne sais pas.

— Il a le droit de savoir.

— Je suis d'accord.

— Sinon, qu'est-ce que tu vas faire pour calmer les tensions avec Dahlia ?

— Elle est juste vexée que j'aie écrit un meilleur article qu'elle. Ça lui passera.

Rose but une gorgée de vin.

— Connaissant les circonstances, je la comprends, dit-il.

— Comment ça ?

— Ton article est mensonger, donc tu ne méritais pas vraiment cette promotion.

Elle fut abasourdie.

— Monica a récompensé mon talent d'écrivain.

— Oui, c'est vrai. Désolé, ma chérie. Parlons d'autre chose.

Le serveur apporta leurs plats thaïlandais et ils mangèrent en silence.

Après dîner, ils marchèrent jusqu'à Fillmore Street. Francis prit la main de Rose en lui souriant. Elle le regarda, distraite, et remarqua la devanture du Good Times derrière lui. Elle lâcha sa main et s'approcha du restaurant. Jimmy essuyait des verres et il n'y avait personne au bar.

Sans réfléchir, elle entra et marcha vers lui d'un pas déterminé. Francis la suivit, intrigué.

— Bonsoir, Jimmy !

Il se tourna vers elle, surpris.

— Bonsoir Joyce, enfin, Rose… Écoute, je m'excuse de t'avoir raconté une fausse histoire. Je ne savais pas que Linda était ta mère. Je suis sincèrement désolé.

— Tu es désolé ?!

Elle était furieuse.

Comme la situation devenait tendue, Francis intervint.

— Bonsoir, Jimmy, je suis Francis, son copain. On a brièvement fait connaissance l'autre jour.

— Bonsoir. Écoutez, je ne pensais pas que cette histoire prendrait des proportions aussi grandes. Je voulais juste l'aider pour son examen.

— Examen ?

Rose, gênée, évita le regard de Francis.

— J'ai aussi cru qu'elle était célibataire, alors je pensais que… bref, désolé, mec.

— Pas de souci. En fait, Rose a écrit un article sur l'infidélité pour le magazine *What if ?* Et il s'est avéré que ton histoire a eu du succès. Elle a d'ailleurs gagné une promotion.

Jimmy fut à la fois surpris et déçu.

— Félicitations ! Dis-moi, Rose, tu te fais souvent passer pour une étudiante ?

— Je n'en veux pas de tes félicitations ! Je ne peux même pas célébrer ce projet qui me tient à cœur depuis des mois, car je me sens coupable d'avoir écrit un article basé sur des faits que tu as inventés. Mes parents se font harceler de questions et ma sœur ne me parle plus !

— Je suis sincèrement navré pour ta famille, mais c'est plutôt cool pour ton article. Ton talent et mon imagination t'ont rendue célèbre.

L'attitude de Jimmy l'agaça encore plus.

— Ton histoire n'est que le quart de l'article que j'ai rendu. Je m'en serais très bien sortie sans ton incroyable imagination. Au fait, tu devrais revoir ta manière de draguer, car elle est pathétique.

— Permets-moi de te rafraîchir la mémoire, mais la drague était réciproque. La seule différence, c'est que moi, j'étais sincère. Tu aurais dû raconter ta propre histoire ; celle d'une étudiante qui prétend s'intéresser à un barman pour arriver à ses fins. Penses-y pour un prochain article sur l'opportunisme.

Rose lui lança un regard noir et sortit du restaurant.

***

Iris entra dans le salon et vit Rose allongée sur le canapé.

— Comment s'est passée ta soirée en amoureux ?

— Affreuse. J'ai vu Jimmy. Ce type m'énerve.

Elle reçut un appel de Francis.

— Je le rappellerai plus tard. Comment tu te sens ?

— Bien, répondit Iris en s'asseyant à côté d'elle.

— Quand est-ce que tu vas le dire aux parents ?

— Le plus tard possible.

— Tu as encore deux mois, peut-être trois, pour garder le secret. Après ça, ils te conseilleront de faire un régime.

Iris sourit, amusée.

— Tu veux vraiment le garder ?

— Oui, je pense.

— Tu seras une mère géniale. En plus, avec une tante comme moi, cet enfant aura une vie merveilleuse.

— Au moins, cette affreuse soirée n'aura pas eu raison de ta modestie.

***

Rose s'allongeait sur son lit quand son téléphone sonna. C'était encore Francis. Elle l'ignora.

Quelqu'un frappa à la porte.

— C'est qui ?

Francis entra.

— Merci de m'avoir laissé dans une situation pas du tout inconfortable, ironisa-t-il.

Elle le regarda, gênée.

— Tu vas mieux ?

— Non. J'ai besoin d'être seule.

Il s'approcha d'elle et l'embrassa sur le front.

— Bonne nuit, ma chérie.

— Bonne nuit.

Il sortit en fermant la porte derrière lui.

Rose ferma les yeux et essaya de dormir.

***

Pendant la nuit, Rose entra dans la cuisine. Elle ouvrit le réfrigérateur et prit une bouteille d'eau. En fermant la porte, elle tomba nez à nez avec Dahlia et sursauta.

— Le succès te rend insomniaque ?

— Ça suffit, Dahlia ! Vide ton sac et passe à autre chose !

Dahlia s'éloigna sans rien dire.

— Je comprends que tu m'en veuilles. Crois-moi, je culpabilise tous les jours.

— Toi, tu culpabilises ?

— Oui. Même si une part de moi regrette de l'avoir écrit, une autre part voulait aller jusqu'au bout. Je sais que tu aurais fait la même chose.

— Non. Je n'aurais pas rendu l'article.

— Tu n'en sais rien.

— Je sais que c'est le mien qui aurait dû gagner cette promotion, car il est tiré de faits réels.

— Pas forcément. Celui d'Andie était très bon aussi.

— Tu as triché et tu l'auras toujours sur la conscience.

— Arrête de dramatiser, ce n'est qu'un article ! J'ai travaillé dur et j'ai mérité cette promotion. De toute façon, ce qui compte pour toi, c'est d'être publiée. Tu t'en fiches du voyage à New York. Peut-être que tu as juste du mal à accepter que ta petite sœur soit meilleure que toi ?

— Tu dis vraiment n'importe quoi ! Tu n'as pas honte d'avoir accusé notre mère d'infidélité ? Tu imagines la réaction de nos proches ?

— C'était un malentendu ! Ils ne liront pas mon article, ils liront le tien. Tu devrais être ravie, tu sauveras l'honneur de la famille. Tu as vu, moi aussi, je peux être dramatique !

— Tu sais très bien que tout le monde lira ce que tu as écrit. En acceptant de publier tes mensonges, ton ego a pris le dessus sur ton intégrité.

— Je suis restée professionnelle. Je devais écrire, alors j'ai écrit !

— Très professionnelle, dit-elle, sarcastique.

Elles se regardaient, furieuses, quand Iris entra dans la cuisine, la main sur le ventre, inquiète.

— Qu'est-ce qu'il y a ? lui demanda Rose.

— Je saigne.

— Allons aux urgences, dit Dahlia.

Rose prit Iris par la taille pour l'accompagner.

***

Dahlia faisait les cent pas dans la salle d'attente de l'hôpital, tandis que Rose s'achetait un café à une machine.

Quand Linda et Alan arrivèrent, Dahlia alla à leur rencontre et une infirmière vint leur parler. Rose les observa en attendant que son café soit prêt.

Après un court échange, Linda regarda l'infirmière, choquée. Alan blêmit.

Rose prit son café et s'avança vers eux. Quand elle arriva à leur hauteur, l'infirmière partit vers un patient.

— Tu étais au courant ? lui demanda Linda.

Rose fut perplexe.

— Tu savais qu'Iris était enceinte ? demanda Alan.

Elle se figea.

— Alors ?

— Oui.

— Pourquoi ne nous a-t-elle rien dit ? Qui est le père ?!

Devant le regard paniqué de sa mère, Dahlia intervint.

— Iris répondra à vos questions quand elle se sentira prête.

— Je n'arrive pas à y croire !

— Papa, calme-toi. Elle est adulte…

— Adulte ou pas, pour le moment, elle est à l'hôpital ! Ça aurait pu être grave !

Alan était dans tous ses états.

— L'infirmière a dit que les saignements étaient dus à un petit décollement du placenta. Elle a juste besoin de repos. Tout va bien se passer.

Rose n'osa rien dire.

— Rentrez, leur proposa Dahlia. Je vais rester. S'il y a quoi que ce soit, je vous appelle.

Leurs parents se regardèrent, indécis.

— Il n'y a rien que vous puissiez faire, de toute façon.

— Je reste aussi, dit Rose.

Ils regardèrent leurs filles avec hésitation.

— S'il y a quoi que ce soit, vous nous appelez, ordonna Alan. Quelle que soit l'heure.

— Rentrez dormir, leur ordonna Dahlia. On a la situation en main.

À contrecœur, ils quittèrent l'hôpital.

Rose et Dahlia s'assirent l'une à côté de l'autre dans la salle d'attente. Pendant un long moment, elles observèrent les allers-retours des infirmiers. Dahlia se rongeait les ongles nerveusement, tandis que Rose feuilletait un magazine. À un moment, Dahlia fouilla dans son sac à la recherche d'un chewing-gum. Ne le trouvant pas, elle le vida sur une table basse. Elle prit un chewing-gum et rangea ses affaires. Rose vit les clés de sa sœur. Elle remarqua qu'elle y avait attaché le porte-clés coccinelle qu'elle lui avait offert à Noël.

— Tu crois que c'est à cause de notre dispute qu'elle a…

— Non, ne t'inquiète pas, la rassura Dahlia.

— Elle sera une mère formidable.

— Sûrement, mais cet enfant a besoin d'un père.

— Quoi qu'elle décide, on respectera son choix.

— Tu feras ce que tu veux, mais je persisterai pour qu'elle convainque le père de faire partie de la vie de leur enfant.

— Et s'il ne veut pas ?

— Au moins, elle aura essayé.

— Elle ne sait même pas qui c'est.

— Si.

— Quoi ?

— C'est le pote d'un pote à moi. Je le lui ai dit, mais elle s'en fiche.

— Pourquoi ?

— Réfléchis. Depuis ce professeur à l'université, elle n'a pas eu d'autres relations. Cette histoire l'a dégoûtée. Même si elle croisait l'homme parfait, elle ne ferait rien pour le retenir.

Rose savait que Dahlia avait raison. Comment pouvait-elle aider Iris à retomber amoureuse ?

2

Les sœurs arrivèrent en taxi devant chez elles.

— Tu es sûre que ça va ?

Iris vit l'inquiétude dans le regard de Rose et lui prit la main.

— Oui, et le bébé aussi.

Rose fut rassurée. Dahlia paya et elles sortirent du taxi.

— Je n'arrive pas à croire que vous soyez restées toute la nuit.

— Tu me dois un massage intégral, dit Dahlia. Et une jolie masseuse, de préférence.

— Je te croyais en meilleure forme, se moqua Iris.

Dahlia lui tira la langue. Son téléphone sonna.

— Iris, il faut que tu rappelles les parents. Je suis trop fatiguée pour leur parler.

— Je leur ai déjà téléphoné tout à l'heure pour les rassurer.

— Ils étaient très inquiets. Rappelle-les pour leur dire qu'on est à la maison.

Rose ouvrit la boîte aux lettres. En voyant le magazine *What if ?*, son cœur faillit exploser. Le titre de son article était en couverture ! Elle parcourut rapidement ce qu'elle avait écrit et ses yeux s'arrêtèrent sur sa signature : « Rose Sunwatt »

— Ma petite sœur est une star ! s'exclama Iris.

Rose lança un regard gêné à Dahlia. Cette dernière lui fit un sourire forcé.

— Ce soir, on fête ça ! annonça Iris.

Rose sourit et regarda l'heure. Son euphorie s'arrêta net. Elle était en retard à son rendez-vous avec Monica.

***

Une heure plus tard, Rose était assise en face de sa supérieure qui l'observait.

— Je vois que vous avez bien fêté votre promotion.

Elle fut perplexe.

— Vous avez une mine déplorable. La prochaine fois, essayez de ne pas venir au bureau avec la gueule de bois.

— Oh non, bafouilla-t-elle, j'ai passé la nuit à l'hôpital. Iris a eu un malaise. D'ailleurs, elle a prévenu votre assistante qu'elle ne viendrait pas aujourd'hui.

— Rien de grave, j'espère ?

— Non. Elle va bien.

— Tant mieux. Au sujet de votre article…

Rose commença à paniquer. Si Monica avait découvert que son histoire était fausse, elle pourrait être renvoyée. Peut-être que si elle avouait tout, elle aurait une chance de se faire pardonner et de garder son emploi.

— Je dois vous dire quelque chose… commença-t-elle.

— Cela peut attendre. Vous m'avez impressionnée, Rose. Parler d'un sujet aussi personnel tout en restant professionnelle, cela en dit long sur votre personnalité et sur votre aptitude à gérer votre carrière.

Ses mains devinrent moites et son cœur s'accéléra.

— Au moins, maintenant, vous savez qui est l'amant de votre mère.

Rose toussota, gênée.

— Votre talent vous emmène à New York aujourd'hui, mais sachez qu'il peut vous emmener encore plus loin demain.

Monica ouvrit un dossier qu'elle posa devant elle.

— Voici les détails de votre voyage. La compagnie prend en charge votre logement et vos déjeuners. Si vous avez des questions, posez-les à mon assistante.

Rose prit le dossier. Ses yeux parcoururent les informations concernant son vol, son logement et le magazine pour lequel elle allait travailler temporairement.

— J'espère que vous saisirez cette opportunité pour sortir de votre cocon familial.

— Que voulez-vous dire ?

— Lorsque vous reviendrez à San Francisco, vous travaillerez en solo.

— Pourquoi ?

— Les temps changent. Vous avez du potentiel. Ce serait dommage de rester dans votre zone de confort, n'est-ce pas ? Maintenant, sortez. J'ai un rendez-vous.

Rose sortit du bureau, à la fois fière et inquiète.

***

Alan était assis dans le salon en train de lire l'article de Rose.

« Infidélité, et si cela vous arrivait ? »

Ce mois-ci, nous nous penchons sur l'un des nombreux sujets liés à l'amour : l'infidélité.

Ce terme est employé lorsqu'une personne manque de fidélité à un engagement vis-à-vis d'une autre personne. Cette situation peut tous nous concerner, de près ou de loin. Qui n'a pas déjà été confronté à la tentation de tromper son/sa partenaire ? Ou, à l'inverse, qui n'a jamais été trompé(e) par son/sa partenaire ? Ce sujet a toujours entraîné de nombreuses polémiques. Afin de mieux poursuivre cette analyse, posons-nous les bonnes questions.

Où commence l'infidélité ? Comment surmonter un adultère ? Existe-t-il des solutions pour ne pas être infidèle ?

À l'évidence, ni nos hormones ni notre nature animale ne suffisent à expliquer notre comportement amoureux. Pas plus d'ailleurs qu'une quelconque nécessité de reproduction ne justifie l'infidélité amoureuse. Il faut donc se tourner vers les sciences de la psyché pour avoir des réponses mieux adaptées à la réalité des couples qui durent. C'est ainsi que le psychologue américain, J. Sternberg, a théorisé le triangle de l'amour. Selon lui, l'amour repose essentiellement sur trois composantes : la passion, l'intimité et l'engagement. Le dosage de ces trois ingrédients colore donc le type de lien amoureux. Un cocktail susceptible d'évoluer au fil du temps et des évènements.

Mais au fait, qu'est-ce que l'amour ? Est-ce une émotion, une attitude, un comportement, une décision ? Probablement tout cela à la fois.

« Un amour passionnel prend le dessus
sur une union de 32 ans. »

Afin d'illustrer cet article, j'aimerais vous raconter l'histoire d'Anna et de Patrick.

Leurs proches s'étaient réunis pour célébrer trente-deux années d'un mariage que beaucoup enviaient. Celui d'une ex-mannequin reconvertie en styliste, âgée de cinquante-huit ans, et d'un photographe renommé, âgé de cinquante-neuf ans. Ils s'étaient rencontrés pendant l'enfance. Bien qu'ils aient des personnalités très différentes, leur amour et leurs valeurs communes les avaient toujours unis malgré les épreuves qu'ils avaient traversées.

Lors de cette célébration, Anna a annoncé qu'ils divorçaient, car ils n'étaient plus heureux ensemble.

J'ai par la suite découvert la liaison d'Anna. Afin de comprendre pourquoi elle avait été infidèle, j'ai mené mon enquête.

« Ce midi-là, Anna attendait son mari au restaurant. Alors qu'elle buvait un Apple Martini, Paul s'approcha timidement d'elle et lui posa une question qu'elle n'avait pas entendue depuis de nombreuses années.

— Bonjour. Il m'a semblé vous reconnaître. Vous êtes mannequin, non ?

Elle fut très surprise.

— Je ne fais plus ce métier depuis longtemps.

— Une beauté et une personnalité comme la vôtre, le monde n'est pas près de vous oublier.

Elle lui sourit. Une sensation qu'elle n'avait pas éprouvée depuis longtemps l'avait réveillée.

— Je suis un grand admirateur. Puis-je vous offrir un verre ?

Le sourire de Paul était charmant, mais ce qui attira le plus Anna était ses yeux. Il avait un regard bienveillant.

À ce moment-là, son mari lui téléphona pour lui dire que sa séance photo durerait plus longtemps que prévu et il la pria de l'excuser. Elle raccrocha, déçue.

Après un moment d'hésitation, elle invita le jeune homme à s'asseoir en face d'elle. Le serveur prit leur commande et ils commencèrent à discuter.

Paul était professeur de littérature américaine. Anna, qui adorait lire, lui demanda son avis sur ses auteurs préférés. Leur deuxième tournée de cocktails arriva alors qu'il la félicitait pour une interview qu'elle avait donnée lorsqu'elle avait été invitée à un défilé à New York. Ils mangèrent en discutant de leurs vies respectives. Paul ne demanda aucun détail sur le mariage d'Anna.

En fin de repas, il la complimenta à nouveau sur son impressionnante carrière. Anna était enchantée. Elle n'arrêtait pas de se passer la main dans les cheveux. Elle sourit en se rappelant qu'elle avait perdu cette habitude peu après la naissance de sa première fille. Paul était un homme cultivé et passionné. Elle l'écoutait attentivement et se sentait rougir à chaque compliment qu'il lui faisait. Elle en avait perdu l'habitude. Après trois décennies, Patrick ne la regardait plus comme avant. Quand ils étaient jeunes, son mari ne cessait de prendre des photos d'elle. Elle avait été sa muse, sa passion. Aujourd'hui, ils ne parlaient plus de cette époque. Patrick était passé à autre chose. Plus elle discutait avec Paul, plus elle sentait ce goût de nostalgie qui lui restait de cette carrière non aboutie.

Le succès l'avait accompagnée toute son adolescence jusqu'à ce qu'elle tombe enceinte à vingt-six ans. Puis sa vie avait pris un nouveau tournant. Anna s'était accommodée de sa nouvelle vie de mère au foyer. Sa famille la comblait et le succès et la gloire lui avaient semblé dérisoires en comparaison des joies de la maternité. Quand ses filles furent en âge d'être autonomes, Anna était déjà trop âgée pour redevenir mannequin. La réjection lui laissa un goût amer. Le business de la mode est sévère et elle dut se faire une raison. Elle essaya alors de retrouver sa passion en devenant styliste. Bien que cette nouvelle expérience lui plût, elle ne fut pas comblée. Alors, quand Paul est venu lui parler ce jour-là, elle s'est sentie à nouveau exister.

Au moment de se dire au revoir, ils avaient le sentiment de se connaître depuis longtemps. Anna accepta de lui donner son numéro et le remercia pour le déjeuner.

Le lendemain soir, comme à son habitude, Patrick travailla tard. Anna décida donc d'accepter l'invitation de Paul et ils sortirent boire un verre.

Ils se virent régulièrement pendant plusieurs mois. Paul l'écoutait et la comprenait. Ce léger flirt la flattait et lui redonnait confiance en elle. Elle avait retrouvé une nouvelle jeunesse. Quand Patrick rentrait du travail et qu'il voyait sa femme en train de lire tranquillement, il sentait que quelque chose avait changé dans son comportement. Elle semblait apaisée et moins en demande d'attention. Si bien qu'il commença à vouloir être plus proche d'elle et rentra plus tôt du travail pour qu'ils dînent ensemble. Anna était ravie.

Un soir, alors qu'elle avait préparé un dîner en l'honneur de leur première rencontre et qu'elle attendait Patrick pour ouvrir le champagne, Paul lui envoya un message pour lui dire qu'elle lui manquait. Elle apprécia son geste, mais répondit que ce soir, elle était prise. Paul insista et lui dit qu'il avait préparé un repas aux chandelles pour fêter leur rencontre. Elle se rendit compte alors qu'elle avait rencontré son mari le même jour que Paul. Troublée, elle se servit un verre de vin rouge. Bien qu'elle aimât toujours son mari, ses sentiments pour Paul grandissaient de jour en jour. Elle but son verre d'une traite, comme si la solution de son dilemme se trouvait au fond.

Son téléphone sonna. En voyant "Patrick" s'afficher, elle sut que c'était le moment de prendre une décision. Après quelques paroles échangées, elle lui assura qu'elle comprenait que son travail était important. Cependant, il avait fait un choix et elle aussi devait en faire un.

En raccrochant, une larme coula sur sa joue. C'était la dernière fois que Patrick s'excuserait de reporter un repas pour cause d'imprévu professionnel. Il était, apparemment, tellement occupé qu'il avait oublié que ce jour comptait pour elle. Tant pis, elle irait le célébrer avec une personne plus disponible. Un homme qui la rendait heureuse et qui était présent pour elle.

Ce soir-là, Anna rejoignit Paul et ne rentra pas chez elle. »

Si la relation d'Anna et Patrick avait été plus solide, cette histoire n'aurait pas eu la même fin. Bien entendu, Anna aurait pu prendre du plaisir à flirter légèrement avec Paul pendant un, voire deux rendez-vous. Cela lui aurait fait du bien. Qui oserait prétendre le contraire ? Cependant, n'ayant aucun besoin de plus d'attention, elle serait rentrée auprès de son mari et n'aurait probablement jamais revu Paul.

Dans notre histoire, le final sera digne des grands films hollywoodiens. Avant de rencontrer Paul, Anna se sentait délaissée par son mari. Mannequin pendant quinze ans, elle a dû renoncer à ses années de gloire pour se reconvertir en mère au foyer, tandis que son mari continuait de photographier d'autres célébrités. Par conséquent, elle s'est tout naturellement tournée vers Paul, car la disponibilité et la gentillesse de ce dernier ont su la conquérir. Anna a été tiraillée entre son amour de raison et son amour passion. Bien que son mari ait fait des efforts, elle était trop fatiguée de l'attendre. Si Patrick avait eu la présence d'esprit de revoir ses priorités et si Anna avait fait plus d'efforts pour exprimer son mécontentement, leur mariage aurait peut-être eu une chance. Malheureusement, le manque de communication a eu raison de leur couple.

En apprenant que sa femme le quittait pour un autre homme, Patrick n'a rien fait pour la retenir. Il a consenti au divorce, pensant qu'il était incapable de lui apporter ce dont elle avait besoin. Cette fois-ci, l'amour passion l'a remporté.

Qu'est-ce que l'infidélité ?

Penser à un autre homme, c'est tromper ? Se laisser draguer, c'est tromper ? Embrasser, c'est tromper ? Et si tromper commençait dans la tête ? Certains diront que cela commence par le simple fait de penser à une autre personne. D'autres affirmeront qu'une infidélité a été commise seulement s'il y a eu un rapport sexuel.

Autrement dit, chacun a sa propre définition. Le plus important, c'est que vous et votre partenaire établissiez vos propres règles selon vos valeurs respectives.

Pourquoi sommes-nous infidèles ?

L'Homme n'est pas un être fidèle par nature. La monogamie est dictée par notre société. Ce qui fait que nous en devenons frustrés. Par ailleurs, la société nous pousse quotidiennement à la tentation, que ce soit sur Internet ou dans les magazines.

Si vous commettez une infidélité, cela peut être dû au fait que cette autre personne vous apporte des sensations différentes. Son physique, sa personnalité ou son style de vie vous attirent. Sa compagnie vous fait du bien. Cette nouvelle relation est souvent opposée à celle que vous avez avec votre partenaire. Dans l'une, vous avez une stabilité et une routine, ainsi que des amis de longue date en commun. Votre partenaire vous connaît par cœur et devine facilement vos moindres souhaits. Dans l'autre, vous êtes davantage spontané(e). Cette nouvelle personne vous valorise et vous vous sentez brillant(e) et attirant(e) à ses côtés. Choisir entre ces deux relations peut être difficile, car elles répondent à des besoins différents.

Comment prévenir un adultère ?

Avant d'être infidèle, ayez conscience que votre action entraînera des conséquences et que cela risque de faire souffrir vos proches.

Si vous pensez que l'autre personne est votre « âme sœur », faites les choses proprement. Si vous êtes la personne en couple, rompez. Libre à vous d'en expliquer la raison. Si vous êtes l'autre partenaire, retirez-vous de la relation et laissez leur couple laver leur « linge sale ». Si vous êtes vraiment faits pour être ensemble, ils n'auront pas besoin de vous pour se séparer. Et là, une fois qu'il/elle sera libre, vous pourrez réintroduire votre dossier.

Si vous n'arrivez pas à choisir entre deux ou plusieurs partenaires, demandez-vous ce que ces relations vous apportent. Avec qui pouvez-vous être vous-même ? Avec qui pouvez-vous vous projeter dans le futur ?

N'attendez pas la perfection ni de vous ni de votre partenaire. Exprimez verbalement et physiquement votre amour au quotidien. Rappelez-vous chaque jour les raisons qui vous ont fait choisir cette personne. Si vous sentez qu'il y a un problème, parlez-lui de votre ressenti. N'hésitez pas à vous exprimer. Parfois, se confier à un proche ou un psychologue peut aider.

N'oubliez pas que si l'herbe vous paraît plus verte ailleurs, c'est sans doute parce qu'elle est mieux arrosée.

Comment se remettre d'un adultère ?

L'infidélité peut être positive. Cela peut vous permettre de vous remettre en question et de changer ce qui ne fonctionne pas dans votre couple. Que vous soyez la personne trompée ou celle qui a trompé, l'infidélité peut vous ouvrir les yeux et vous permettre d'avancer plus sereinement dans votre vie.

Par ailleurs, même si un adultère met un terme à votre relation, cette expérience peut vous aider à réaliser des choses sur vous-même.

Cependant, pardonner une infidélité est rarement facile, car une confiance a été trahie. Vous seul(e) saurez si vous pouvez accorder votre pardon. Pardonner veut dire oublier l'obsession de l'infidélité, cesser de juger, favoriser la communication, rebâtir la confiance mutuelle et revaloriser la fidélité.

Pardonner, c'est aussi retrouver l'estime de soi.

Pourquoi l'infidélité passionne-t-elle autant les foules ?

L'adultère est une situation stéréotypée extrêmement fréquente en littérature, au théâtre et dans la fiction en général, depuis des siècles (des millénaires, même). Les hommes, tout autant que les femmes, aiment l'interdit. Nous aimons les films et les romans qui portent sur ce sujet, car cela nous permet de recevoir des émotions et d'y réagir. Nous éprouvons de l'empathie pour les personnages et le fait de ressentir leurs émotions nous rend vivants. D'autant plus si nous avons vécu une situation similaire.

Comme l'infidélité dans les romans, films et autres médias est souvent punie, nous attendons impatiemment le dénouement pour apprécier une fin juste où l'infidèle est dénoncé(e) ou avoue sa faute, et où la personne trompée apprend la vérité et arrive à trouver le bonheur.

Il est vital pour l'Homme de séduire et d'être séduit. C'est un besoin naturel qu'il faut accepter. On contribue à son propre malheur en ignorant ses besoins, ses émotions, ses désirs profonds et les messages que la vie nous envoie par le biais de situations à fortes charges émotionnelles.

L'être humain se retrouvera toujours au milieu de situations complexes et imprévisibles. Le fait de ne pas « contrôler » ses émotions est effrayant, certes, mais nous ne sommes pas des animaux. Nous pouvons prendre conscience du « problème » avant qu'il n'affecte notre entourage. La monogamie n'est pas naturelle pour nous, mais, à l'opposé des animaux, c'est un choix que nous sommes capables de faire.

Selon un sondage IFOP (Institut d'Études Opinion et Marketing), l'infidélité toucherait 49 % des hommes et 33 % des femmes. Au vu des statistiques, l'exclusivité amoureuse peut être associée à une attitude socialement correcte et non à un désir réel de fidélité. Pour parer à cette hypocrisie, certains ont choisi le « polyamour », l'amour sans exclusivité, en toute honnêteté et dans un cadre consenti.

Nous pouvons en conclure que l'infidélité n'arrive jamais par hasard. Si on essayait d'en comprendre les motivations et les raisons, il faudrait alors se remettre en question. Un travail sur soi pourrait permettre d'éviter une rupture du couple ou que ce genre de situation se reproduise. Quand une autre personne vous attire, la première chose à faire est de vous demander pourquoi.

Qu'est-ce qui vous manque dans votre relation ?

L'infidélité n'est pas une fatalité, mais personne n'en est à l'abri. Le plus important est de respecter les sentiments d'autrui et les vôtres.

***

La porte d'entrée s'ouvrit.

Alan interrompit sa lecture et leva les yeux du magazine. Il vit Linda accrocher sa veste au portemanteau.

— Comment va Jarod ? demanda-t-il.

— Ne me pose pas une question dont tu ne veux pas connaître la réponse.

— Si, je veux savoir. Tu passes la plupart de ton temps avec lui, alors…

— La jalousie ne te va pas bien.

Linda alla dans la cuisine pour se servir un verre d'eau.

— Bien qu'elle ait déformé la vérité, Rose a beaucoup de talent.

— Tu ne devrais pas lire son article.

— Ma curiosité devait être satisfaite.

Linda but de l'eau et s'approcha de lui.

— Je me demande où elle est allée chercher ces informations.

— Jimmy.

— Ton ami barman ?

Elle acquiesça et s'assit à côté de lui.

— J'ose à peine imaginer sa réaction quand il lui a raconté cette histoire.

— Écrire sur nous a dû être très difficile, dit-elle.

— Y a-t-il une part de vérité dans cette histoire ?

— Comment ça ?

— Tu as des regrets concernant ta carrière ?

— J'ai fait le choix d'être mère et je ne le regrette pas.

— Et vis-à-vis de nous ? Le mari délaisse sa femme, alors elle va trouver ce qui lui manque chez son amant.

— Non, rassure-toi. Tu m'as toujours comblée.

— Peut-être que si Rose n'avait pas eu de doute à ce sujet, ça l'aurait empêchée de…

— Ce qui est fait est fait. Il faut aller de l'avant. D'ailleurs, à ce propos. As-tu signé les papiers ?

— Lesquels ?

— Tu sais très bien desquels je parle.

— Je n'ai pas eu le temps de tout lire.

— Tu mens. Pourquoi réagis-tu ainsi ?

Alan ferma le magazine.

— Tu sais que je ne veux pas divorcer.

— Cela n'a aucun sens. Tu aimes une autre femme !

Il baissa les yeux, mal à l'aise.

— Notre divorce te donnera la liberté d'être avec elle.

Il leva les yeux vers elle et lui prit les mains.

— Linda, je tiens à t'accompagner jusqu'au bout. Je veux être à tes côtés pour le meilleur et pour le pire.

— Je ne veux pas t'imposer cette situation.

— Tu ne m'imposes rien. Je t'aime.

— Elle aussi, tu l'aimes.

Ils se regardèrent pendant un moment en silence.

— Je m'en veux, dit-il. Cela n'aurait jamais dû arriver.

— Ce n'est pas ta faute. Les sentiments ne se contrôlent pas. L'important, c'est que tu aies été respectueux envers moi.

Il lui embrassa la main.

— Tu as raison. Les filles ont le droit de savoir.

— Tu es sûre ?

— Elles comprendront.

3

Matthew était assis au bar du Good Times. Jimmy lui servit un autre whisky.

— Merci, dit-il, anxieux.

— Ça ne va pas ?

— Pas vraiment, non. J'ai un gros dilemme à résoudre.

— Je ne pense pas que le whisky vous aidera à trouver la solution.

— Avec un peu de chance, il me donnera quelques indices. J'aime bien cet endroit. D'habitude, je viens pour manger. Au fait, je m'appelle Matt.

— Moi, c'est Jimmy.

— Je suppose que ça te soûle quand les clients te parlent de leurs problèmes ?

Le barman afficha un léger sourire et s'approcha de lui.

— Vas-y, je t'écoute.

Matthew but une gorgée de whisky.

— J'aime deux femmes, mais je dois faire un choix.

— Laquelle aimes-tu le plus ?

— L'une est la femme avec qui je veux faire ma vie. L'autre est mon premier amour.

— Tu as la solution.

Matthew fut dubitatif.

— Celle avec qui tu veux faire ta vie.

— Mais comment savoir si je fais le bon choix ?

— Si tu es heureux avec elle, c'est que c'est le bon choix.

Matthew regarda son verre, incertain.

— C'est simple, continua Jimmy, tu l'as évoquée elle en premier. Tu as déjà inconsciemment pris une décision.

— Si ça pouvait être aussi simple dans ma tête. Je sais que je suis amoureux d'Aria. On est heureux ensemble. Mais, récemment, les sentiments que j'éprouvais pour Jessica ont refait surface. Alors, maintenant, j'ai des doutes.

— Ressentir des sentiments pour ton premier amour ne veut pas forcément dire que tu as un choix à faire. Il se peut juste que tu sois attiré par quelque chose chez ton ex que tu ne trouves pas chez ta copine.

Matthew fut perplexe.

— Qu'est-ce qu'il te manque dans ta relation pour être comblé ?

Il but son verre en réfléchissant.

***

Iris sortit de la cuisine et vit Rose assise sur le canapé.

— Comment se passe la préparation de ton voyage ?

— Plutôt bien, répondit Rose.

— Si tu as besoin d'aide, n'hésite pas.

— Merci, mais rappelle-toi ce que le médecin a dit. Tu dois te reposer et…

— Éviter le stress, je sais.

Iris toucha son ventre en le regardant.

— Pourquoi tu ne veux pas contacter le père ?

Iris leva les yeux, agacée.

— Dahlia parle trop.

— Je crains juste que tu regrettes ton choix.

— Je dois y aller.

— Iris…

— N'oublie pas qu'on dîne chez les parents, ce soir.

— J'espère qu'il n'y aura plus de drame !

***

Aria entra au Good Times et vit Matthew sur son portable. Elle s'avança vers lui.

— Salut !

Il se tourna vers elle, surpris.

— Oh, je pensais que tu travaillais ce soir.

— Je n'aimais pas l'ambiance du restaurant.

Elle l'embrassa et s'assit sur un tabouret.

— Dommage. Tu veux boire quelque chose ?

— Non, merci.

— Pas même un petit chardonnay ?

— Tu sais bien que je ne bois que pour me sentir encore mieux et non pour aller mieux.

Jimmy adressa un regard à Aria en rangeant des verres.

— D'ailleurs, tu as bu combien de verres ?

— Deux ou trois.

— Ça ne te ressemble pas de boire autant de whisky. Qu'est-ce qu'il se passe ?

— Euh, rien. Leur whisky est très bon, balbutia-t-il.

Voyant Matthew mal à l'aise, Jimmy s'adressa à Aria.

— Bonsoir. J'aime votre façon de penser. Malheureusement, si tout le monde était comme vous, je perdrais beaucoup de clients.

Elle lui sourit timidement.

— Aria, je te présente Jimmy, le barman le plus cool de la ville.

— Merci, je suis très touché, ironisa-t-il.

— De quoi parliez-vous avant que j'arrive ?

— De travail, répondit Jimmy.

— Oh non, changeons de sujet. J'ai la poisse dans ce domaine.

— Vous travaillez dans quelle branche ?

— Aucune. Je suis bénévole à la SPCA. À part le bénévolat, je ne sais pas vraiment ce que je veux faire. Malheureusement, ça ne paie pas les factures.

— Quels sont vos talents ? À part vous occuper des animaux.

— Le contact humain, rendre service, le travail d'équipe.

— Le manager cherche une hôtesse, si ça vous intéresse.

— Vraiment ?

— À temps plein serait idéal, mais à mi-temps ferait aussi l'affaire.

— Je peux travailler à temps plein.

— Parfait. Vous êtes disponible demain pour commencer une période d'essai ?

— Oui. C'est génial ! Merci, Jimmy.

— Il faut fêter ça ! s'exclama Matthew. Un chardonnay ?

Elle hocha la tête, ravie.

***

Rose et Iris arrivèrent chez leurs parents à 19 heures. Ils les attendaient dans le séjour avec une bouteille de champagne.

— Nous avons des choses à célébrer ce soir, annonça Alan en embrassant ses filles.

Linda ne put s'empêcher de regarder le ventre d'Iris.

— Je vais bien, maman, ne t'inquiète pas.

Sa mère lui prit la main, visiblement tendue.

— Avant que Dahlia arrive, commença Rose, je voulais vous dire que je suis vraiment désolée pour mon article.

— Nous le savons, lui dit son père.

Linda prit la main de Rose.

— Il nous a fallu un moment pour digérer cette nouvelle, mais nous t'avons pardonné. Maintenant, il faut que tu y arrives aussi.

— Moi, je ne t'en ai jamais voulu, dit Iris.

Rose fut plus détendue.

Alan ouvrit la bouteille de champagne.

— Trinquons à un nouveau membre de la famille, dit-il.

— Pour quand est-ce prévu ?

— Pour dans 8 mois.

— Tu aurais encore le temps d'avorter ?

— Alan ! s'exclama Linda, choquée.

— À moins que tu sois sûre de vouloir le garder. Auquel cas, nous respecterons ton choix. C'est juste qu'élever seule un enfant…

— Elle ne sera pas seule, intervint Rose.

Iris touchait son ventre, contrariée, quand Dahlia entra.

— Salut ! Qu'est-ce que j'ai manqué ?

Elle sourit en voyant son père servir le champagne.

— J'espère que vous avez prévu plusieurs bouteilles.

Linda lui lança un regard agacé.

— Je plaisante, maman. J'aurai la part d'Iris.

Dahlia embrassa son père et accepta le verre qu'il lui tendit.

— Nous t'attendions pour faire un toast.

Il leva son verre.

— À Linda pour son amour inconditionnel. À Dahlia, Iris et Rose pour tous ces moments formidables partagés.

— Nous sommes fiers de vous, ajouta Linda. Vous êtes non seulement des auteures talentueuses, mais aussi des femmes merveilleuses.

Iris et Rose s'échangèrent un sourire complice.

— Vous avez lu nos articles ? demanda Dahlia.

— Seulement celui de Rose pour l'instant, répondit Alan.

— Nous lirons le tien très bientôt, ma chérie.

— Qu'avez-vous pensé de ce qu'elle a écrit ?

— Nous en discuterons une prochaine fois, répondit sa mère.

Dahlia regarda son verre, déçue.

— Je finirai mon toast en trinquant à notre famille qui va s'agrandir.

Iris sourit à son père et ils trinquèrent. Au moment de boire, elle trempa ses lèvres dans le champagne.

— Voilà pourquoi je ne serai jamais enceinte, dit Dahlia en la regardant.

— Tu pourrais quand même tenir neuf mois sans alcool, non ? se moqua Rose.

— Peut-être, mais je serais encore plus irritable que d'habitude. Donc, pour votre bien-être à tous, je ne tomberai jamais enceinte.

— Savoir qu'une vie grandit à l'intérieur de moi vaut bien le sacrifice.

Dahlia et Rose furent médusées. La grossesse avait transformé leur sœur.

— J'ai un autre toast à faire.

Linda regarda son mari avec inquiétude.

— Plus tard. Nous devrions passer à table.

— Si je ne le fais pas maintenant, je ne le ferai jamais.

Les sœurs regardèrent leur père avec appréhension.

— J'aimerais faire un toast en l'honneur de votre mère. Cette femme incroyable avec qui j'ai passé les plus belles années de ma vie.

Il la regarda droit dans les yeux.

— Linda, merci de m'avoir donné trois magnifiques filles. Les voir grandir a été le plus beau spectacle auquel j'ai assisté. Je suis si reconnaissant d'avoir pu partager avec toi tous ces souvenirs. J'ai entendu dire que si l'on était chanceux, on avait droit à un grand amour dans sa vie. Depuis que j'ai douze ans, je suis l'homme le plus chanceux du monde.

Linda était touchée.

Alan se tourna vers ses filles.

— Rose pensait que votre mère me trompait. En réalité, c'est moi qui ai fait une rencontre.

— Quoi ?! s'exclamèrent Dahlia et Iris.

— Tu as trompé maman ?!

— Non, je ne l'ai jamais trompée.

— C'est qui ? demanda Rose fermement.

— Une femme avec qui je travaille depuis quelques années.

Linda but plusieurs gorgées de champagne.

— Tu le savais ? lui demanda Dahlia.

Elle hocha la tête, nerveusement.

Les sœurs furent stupéfaites.

— Et si nous passions à table ? proposa leur mère.

— Je n'ai plus faim, dit Dahlia.

Elle posa son verre et se dirigea vers l'entrée. Linda essaya de la retenir.

— Laisse-la, lui conseilla Iris.

Dahlia sortit sans se retourner.

Rose observa ses parents.

— Est-ce que c'est la vraie raison de votre divorce ?

— Peu après notre décision de divorcer, j'ai compris que votre père avait des sentiments pour une autre femme. Nous voulions vous en parler, mais je suis tombée malade. Vous connaissez la suite.

— Et maintenant, papa ne veut plus divorcer ? demanda Rose.

— Non, répondit-il. J'ai envie d'être marié à votre mère et de la soutenir jusqu'au bout.

— Mais toi, maman, tu veux divorcer pour qu'il soit libre d'avoir une autre relation ?

Linda acquiesça.

— J'aurais vraiment besoin d'un verre, dit Iris, perdue.

— Vous connaissez toute la vérité, maintenant. Plus de secret, c'est promis. Tout va bien se passer.

— Non, maman. Tout ne va pas bien se passer. Tu vas mourir.

Linda prit Rose dans ses bras pour la calmer. Alan prit Iris contre lui et l'embrassa sur le front.

— La mort fait partie de la vie, dit Linda. C'est un cycle éternel. Profitons au maximum du temps qu'il nous reste.

***

Après le dîner, Rose entra dans le bureau de son père qui rangeait des photos.

— Quand est-ce que tu vas nous la présenter ?

— Qui ça ? Sophia ?

— Oui.

— Je ne pensais pas que tu voudrais la rencontrer aussi vite.

— C'est sérieux entre vous ?

— Nous nous voyons depuis un an.

Rose accusa le coup.

— Comment a-t-elle réagi face à la maladie de maman ?

— Elle a été très attristée et elle comprend la complexité de notre situation. Tes sœurs et toi la rencontrerez seulement quand vous serez prêtes.

Rose vit la photo du modèle rousse sur le bureau.

— C'est elle ?

Il baissa les yeux vers la photo.

— Oui.

Elle prit la photo et l'observa.

— Ta mère l'a rencontrée il y a quelques mois. Aussi bizarre que cela puisse sembler, ça s'est plutôt bien passé.

Elle reposa la photo en soupirant.

— Ma chérie, je sais que rencontrer Sophia est la dernière chose à laquelle toi et tes sœurs vous pensiez en ce moment. Je ne vous presserai pas.

— Je dois rentrer. Francis m'attend.

Elle s'apprêta à partir.

— Rose, avec le temps, nous voyons souvent les choses différemment. Aujourd'hui, les circonstances font que tu es réticente à la rencontrer. Mais un jour, vous pourriez peut-être devenir amies. Je pense, en tout cas, que tu t'entendrais bien avec son fils, Ethan. Il a ton âge.

Elle regarda son père un moment, puis sortit du bureau. Dans le couloir, elle croisa sa mère qui la prit dans ses bras.

— Ça va, ma chérie ?

Elle hocha la tête tristement.

— Bonne nuit, maman.

— Bonne nuit. Je t'aime.

— Je t'aime aussi.

Rose s'éloigna et Linda frappa à la porte du bureau.

Elle entra et vit Alan qui regardait son presse-papier en forme de tortue.

— Cela aurait pu être pire, dit-elle.

— Je me sens à la fois mieux de leur avoir dit la vérité et à la fois plus soucieux pour le futur.

— Ne sois pas trop soucieux, sinon tu vas attirer les mauvaises ondes. Je vais me coucher. Bonne nuit, Alan.

— Bonne nuit. Au fait, pardonne-moi, si j'y suis allé un peu fort dans mon discours, tout à l'heure.

— Au contraire, cela m'a fait du bien.

Ils se sourirent et Linda sortit du bureau.

✳✳✳

Iris buvait une tisane, installée dans le canapé.

Rose s'assit à côté d'elle.

— Quelle journée !

— C'est dans ces moments-là que je me dis qu'on a rangé le sapin trop tôt, avoua Iris.

Rose posa sa tête sur l'épaule de sa sœur.

— Elle sent bon, ta tisane.

— C'est au gingembre. J'ai beaucoup de nausées.

Rose réfléchit un moment.

— Tu es sûre que le type avec qui tu as couché à ton anniversaire est le père ? Et si c'était celui avec qui tu as couché au Nouvel An ? Tu as regardé les dates ?

— Les deux jours tombaient dans ma période d'ovulation.

— Tu ne t'es pas protégée ?

— Je ne sais plus. De toute façon, même avec un préservatif, il peut y avoir un risque.

Iris eut un rire nerveux.

— Je ne peux même pas dire avec certitude qui est le père. Tu le crois, ça ?

137

4

Rose rejoignit Francis à l'Académie des Sciences dans le parc du Golden Gate.

— Par quoi on commence ? demanda-t-il.

Elle leva les yeux vers les quatre étages de la forêt tropicale d'Osher.

— J'en connais une qui veut rendre visite aux papillons.

Elle plia nerveusement son ticket. Francis la regarda, embêté.

— Je pensais que ça te changerait les idées de venir ici.

— Je suis contente d'être venue. C'est juste que…

— Tu n'arrives pas à penser à autre chose.

— Mets-toi à ma place. En moins de deux mois, mes parents se séparent, j'écris un article mensonger, j'apprends que ma mère est mourante et mon père a une nouvelle copine.

— Je suis désolé. Il n'y a pas de mots qui pourront alléger ta souffrance concernant ta mère.

Il hésita à poursuivre.

— Quoi ?

— Si Sophia est honnête et qu'elle aime vraiment ton père, je pense que c'est bien qu'ils se soient rencontrés.

— Peut-être. Je n'arrive juste pas à l'imaginer avec quelqu'un d'autre. Rien que d'y penser…

— Ça te met en colère ?

— Oui !

— N'oublie pas que c'est ta mère qui a voulu divorcer.

— Elle a peut-être eu un cancer parce qu'elle sentait que mon père avait fait une rencontre ?

— Les gens tombent malades et on ne connaît pas toujours les raisons.

— J'ai lu une étude qui explique que les femmes ont plus de chances de développer un cancer à la suite d'une nouvelle traumatisante.

— Si tu continues dans cette direction, tu vas détester ton père et sa copine. Et cette situation va devenir un cauchemar.

Elle prit une profonde inspiration.

— Tu as raison. J'espère vraiment qu'elle n'est pas avec lui pour son argent. Si elle l'aime sincèrement, je pourrai essayer de m'entendre avec elle.

Il lui prit la main.

— Rassure-toi, il ne l'aimera jamais autant qu'il aime ta mère.

Deux femmes s'approchèrent d'eux.

— Bonjour, Francis ! Quelle jolie coïncidence.

Il se retourna vers elles, surpris.

— Salut, Natalie ! Comment tu vas ?

— Bien, merci.

— Tu te souviens de Rose ?

— Oui, bien sûr.

Natalie observa Rose de haut en bas.

— Voici mon amie, Jo. Nous devons partir, mais je voulais te dire bonjour avant.

— C'est gentil.

— À demain, Francis.

Natalie s'éloigna en affichant un sourire aguicheur.

— C'est toujours un plaisir de voir ta collègue, Francis.

Rose le regarda avec le même sourire aguicheur.

— Allez, viens, dit-il, amusé, je vais te présenter quelqu'un.

Rose le suivit jusqu'à une barrière derrière laquelle il y avait un trou dans le sol.

— Voici Claude.

Elle regarda le marécage situé au niveau inférieur et vit un alligator sortir de l'eau.

— Il est beau, dit-elle, admirative.

— Je ne sais pas s'il aurait autant de succès s'il n'était pas albinos.

Un homme à côté de Rose lui lança un regard.

— Ces bêtes-là sont à la fois effrayantes et fascinantes.

Elle le regarda, étonnée.

— Un ami m'a parlé d'une ville où on visite des alligators dans des marécages.

— La Nouvelle-Orléans ?

— Oui, c'est ça, en Louisiane. Au fait, je suis Ethan.

— Euh, moi, c'est Rose.

— Enchanté.

Il regarda son copain.

— Et tu dois être Francis ?

Ils le dévisagèrent, étonnés.

À ce moment-là, Alan les rejoignit.

— Bonjour, ma chérie. Je vois qu'Ethan et toi avez fait connaissance.

— Rose, ton père m'a tellement parlé de toi que j'ai déjà l'impression de te connaître.

— Ah, oui ? dit-elle, un peu ennuyée.

— Sophia travaille aujourd'hui, expliqua Alan, alors j'ai proposé à Ethan de m'accompagner. Je ne pensais pas que Francis et toi seriez ici. Jolie coïncidence.

— En effet, dit-elle en se forçant à sourire.

— Cet endroit est magnifique, dit Ethan. Il y a tant de choses à voir. D'ailleurs, on pourrait visiter ensemble ?

— Euh, oui, répondit-elle, mal à l'aise.

— Super, qu'est-ce vous voulez voir ? La forêt tropicale ? Le hall africain ?

Devant le silence de Rose, Francis prit la parole.

— On pensait faire l'aquarium.

— Oh, nous l'avons déjà fait.

— Ce n'est pas grave. Rose et moi pouvons aller le voir et on se rejoint après.

— D'accord. À plus tard, alors.

Rose et Francis se dirigèrent vers l'aquarium.

— Bien joué, chuchota-t-elle. C'est bizarre qu'Ethan soit avec mon père, non ?

— Ce n'est pas bizarre, mais ce n'est pas commun.

Rose avait eu un sentiment étrange en rencontrant Ethan et appréhendait beaucoup de faire la connaissance de Sophia. Mais Francis avait raison, elle devait éviter de rendre la situation encore plus difficile qu'elle ne l'était.

***

Dahlia et Iris rejoignirent leur sœur qui se préparait un thé dans la cuisine.

— Alors, comment était l'aquarium ? demanda Iris.

— Bien. En revanche, croiser la collègue de Francis et rencontrer le fils de Sophia, je m'en serais passé.

— Tu n'aimes pas sa collègue ? demanda Iris.

— Comment est Ethan ? demanda Dahlia.

— J'apprécierais davantage Natalie si elle ne faisait pas les yeux doux à mon copain. Ça fait un an que ça dure ! Sinon, Ethan a l'air sympa.

— Francis ne remarque pas qu'elle est intéressée par lui ? demanda Iris.

— Si elle l'invitait à sortir en tête-à-tête pour la Saint-Valentin, il penserait que ce serait juste une soirée entre amis.

— Ce que les hommes peuvent être naïfs, se moqua Iris.

— Sinon, à quoi ressemble Ethan ?

— Il est grand, mince et roux. Il porte des lunettes.

— Ça doit être un intello.

— Nous sommes des intellos et nous n'avons pas de lunettes, remarqua Dahlia.

— Si tu continues à passer trop de temps devant tes écrans, t'y auras sûrement droit.

— Tu y passes autant de temps que moi.

Iris l'ignora.

— Et vous avez discuté de quoi avec Ethan ?

— D'alligators.

— Ah, et c'est quel genre de mec ?

— Tu verras par toi-même samedi prochain au brunch.

— Qui a eu cette brillante idée ? demanda Dahlia avec ironie.

— Nous les avons recroisés en sortant de l'aquarium et Ethan a gentiment proposé qu'on déjeune ensemble le week-end prochain, avec sa mère.

— Formidable ! Je pensais que papa ne nous presserait pas pour la rencontrer.

— Désolée, Dahlia. Il avait l'air si content que je n'ai pas pu refuser.

— Si on y met du nôtre, ça se passera bien.

— Rassure-moi, Iris, tu dis ça pour essayer de t'en convaincre ?

— Écoutez, Sophia est la copine de papa, alors…

— Non officiellement, la coupa Dahlia.

— Quoi qu'il en soit, reprit Iris, ça ne nous sert à rien de nous braquer.

— Si nous ne l'aimons pas, il pourrait rompre avec elle.

— Ou cela pourrait causer des tensions entre papa et nous, dit Rose.

Elles se regardèrent, embêtées.

***

Tania entra chez elle avec une lettre.

— Salut, maman, dit Francis en passant devant elle pour aller à la cuisine.

Elle posa discrètement le courrier sur un meuble et le rejoignit.

— Votre sortie au musée s'est bien passée ?

Il prit un soda dans le réfrigérateur et en but une gorgée.

— Oui, jusqu'à ce qu'on croise son père et le fils de sa nouvelle copine.

— Comment Rose a-t-elle réagi ?

— Aussi bien que possible.

— La nouvelle amie d'Alan n'était pas là ?

— Non, elle travaillait. Mais le week-end prochain, c'est la rencontre officielle.

— Je me doute qu'entre Rose et toi, il doit y avoir des tensions en ce moment, mais…

— Ne t'inquiète pas, maman, même s'il y a des tensions, je fais de mon mieux pour la soutenir. Tu m'as bien élevé.

Elle lui sourit.

— Au fait, il y a du courrier pour moi ?

Tania se raidit.

— Non.

Francis regarda son smartphone en buvant son soda.

Tania sortit de la cuisine et prit le courrier. Elle entra dans sa chambre et ferma la porte. Elle regarda la lettre avec hésitation, puis la mit dans le tiroir de sa table de nuit.

***

Aria était à la laverie automatique. Elle lisait un magazine avec ses écouteurs dans les oreilles. Carl entra et lui fit un signe de la main. Elle lui sourit et retourna à sa lecture.

Quelques minutes plus tard, elle ferma le magazine, s'essuya les yeux discrètement et enleva ses écouteurs.

— Ça va ? lui demanda-t-il.

— Oui et toi ?

— Je n'ai pas à me plaindre. Au fait, je vais écouter un pote jouer avec son groupe samedi au Boom Boom Room. Tu veux venir ?

Elle hésita.

— Je te rassure, on est plusieurs à y aller. Ton copain peut aussi venir.

— Merci. Je vais lui en parler.

— D'accord. Je vais me prendre un café. Tu veux quelque chose ?

— Non, merci.

Quand il sortit, Aria baissa les yeux vers son magazine et regarda le titre : « Infidélité, et si cela vous arrivait ? » En voyant « Rose Sunwatt » sur la couverture, elle sourit fièrement. Puis elle rouvrit le magazine et relut un extrait de l'article de Dahlia : « J'espère que la vie nous offrira une jolie surprise et que nos chemins se recroiseront. »

Aria renifla. Stanislas était-il toujours amoureux de Jennifer ? Elle se moucha et regarda par la fenêtre. Carl discutait avec un ami dans la rue. Elle l'observa un moment. Quand il dit au revoir à son ami et entra dans le café d'en face, elle reprit ses esprits. Elle referma le magazine, légèrement troublée.

***

Le samedi qui suivit, Rose rejoignit son père au restaurant et s'assit en face d'Ethan qui tapotait sur son téléphone.

— Tes sœurs ont bien compris qu'on se voyait à midi, n'est-ce pas ?

— Oui, papa, elles n'ont que cinq minutes de retard.

— Tu es à l'heure, toi.

— Oui, mais je ne suis ni enceinte ni en train d'essayer de me réconcilier avec ma copine.

— Dahlia est homosexuelle ? demanda Ethan en levant les yeux de son portable.

— Plutôt bisexuelle, mais rien n'est officiel.

— C'est génial. J'aurais plein de questions à lui poser.

Rose et son père s'échangèrent un regard amusé.

— Quand arrive ta mère ? demanda-t-il à Ethan.

— Dans quelques minutes. Elle vient de me répondre.

— Parfait. Bon, j'espère que ça va s'arranger avec Dahlia.

— Tu sais comment elle est. Une fois qu'elles se seront réconciliées, Dahlia fera tout son possible, inconsciemment, bien sûr, pour qu'elles se disputent à nouveau. Elle s'ennuierait, sinon.

— Ta sœur a l'air d'aimer les relations conflictuelles, remarqua Ethan.

— En effet, admit-elle.

— J'ai des amis qui n'arrivent pas à être dans des relations sans conflit, de peur de s'ennuyer. Dès que tout va bien, ils vont chercher un problème là où il n'y en a pas.

— Tu as l'air de t'y connaître en relations, remarqua-t-elle.

— Je suis étudiant en psychologie et les relations humaines me passionnent, surtout les relations amoureuses. Moi, je suis polygame, car j'aime être avec plusieurs femmes en même temps. Plutôt que de mentir aux autres et à soi-même, autant accepter qui on est vraiment et vivre sa vie pleinement.

— Ethan, tu devrais lire les articles de mes filles. Tu les trouverais très intéressants.

À ce moment-là, une femme rousse d'une cinquantaine d'années entra dans le restaurant. Elle était accompagnée de Dahlia et Iris.

— Bonjour, Alan ! Regarde qui j'ai croisé en chemin. Tes filles sont magnifiques ! Nous avons un peu discuté avant d'entrer.

Alan embrassa son amie sur la joue et se tourna vers Rose.

— Je te présente Sophia.

Elle se leva et Sophia la prit dans ses bras.

— Je suis ravie de te rencontrer. Vous êtes aussi magnifiques les unes que les autres.

Alan embrassa ses filles et Sophia caressa l'épaule de son fils.

— Tu vas bien, mon chéri ?

Ethan lui sourit en hochant la tête.

Après quelques paroles échangées, ils s'assirent tous et regardèrent leurs menus.

***

Tania prit son manteau et son sac à main.

— À ce soir !

Francis était dans sa chambre en train de dessiner un portrait de sa mère à partir d'une photo où elle avait vingt ans de moins.

— Francis ?!

Il leva la tête, distrait.

— Oui, à plus tard !

Il posa son stylo et observa son dessin. Sa mère avait un sourire différent que celui qu'il lui connaissait. Elle était radieuse. Il réfléchit un moment et ouvrit la porte de sa chambre.

Il s'assura qu'elle était sortie et entra dans la chambre de sa mère. Tout était bien rangé, comme toujours. Il ouvrit un tiroir de la commode et fouilla à la recherche d'autres photos d'elle. Ne trouvant rien, il le referma et s'approcha d'une étagère. Il prit un classeur dans lequel il y avait des documents administratifs. Déçu, il le reposa et s'assit sur le lit. Il regarda autour de lui en essayant de deviner où sa mère aurait pu mettre des photos de famille. Son regard s'arrêta sur la table de nuit.

Il ouvrit le tiroir et vit une lettre sur laquelle était écrit : « Francis Boyle, 3763 20 th Street, 94114 San Francisco. » Il la retourna. Elle avait été envoyée de New York par Thomas Boyle. Francis fut sidéré. Son père lui avait écrit !

Il hésita à l'ouvrir. Francis s'était souvent imaginé leur rencontre. Il voulait le connaître, mais il avait très peur d'être déçu. La date sur l'enveloppe indiquait que la lettre avait été postée il y avait une semaine. Il savait que sa mère l'avait cachée pour le protéger et il comprenait pourquoi. Allait-il la lire ou la remettre à sa place ? Il hésita un long moment et reposa la lettre dans le tiroir.

***

Le serveur prit les menus et s'en alla.

— Alan, ce déjeuner était une excellente idée.

Il sourit à Sophia.

— Je l'espère. En tout cas, Ethan et moi sommes entourés des plus belles femmes du restaurant.

— Quel beau parleur !

En voyant Sophia lui faire les yeux doux, les sœurs s'échangèrent un regard ennuyé.

— Les filles, votre père m'a dit que vous étiez rédactrices. Comment ça se passe ?

— Bien, répondit Iris.

— Quel était le sujet de votre dernier article ? lui demanda Ethan.

— La monotonie.

— Et le sujet précédent ?

— L'infidélité, répondit Rose.

— Ce sont de très bons thèmes, dit-il. J'adorerais écrire pour votre magazine. L'être humain est tellement complexe. Ma mère m'a dit que vous deviez poser des questions à des gens. Qui avez-vous interviewé récemment ?

Voyant que ses sœurs hésitaient à répondre, Iris se lança.

— Pour l'article sur l'infidélité, j'ai questionné un couple qui se trompe mutuellement sans se l'avouer.

— Comment savais-tu qu'ils étaient infidèles ?

— Ce sont des amis d'une connaissance. D'après elle, c'était évident qu'ils avaient tous les deux des liaisons. Au fond, je pense qu'ils s'en doutent, mais n'osent pas se l'avouer.

— Ils ont des enfants ?

— Oui, deux.

— C’est souvent une raison suffisante pour rester ensemble même si l’on n’est pas heureux. Et toi, Dahlia, sur qui as-tu écrit ?

— Sur un homme qui n’arrivait pas à choisir entre sa copine et son premier amour.

Rose but son verre d’eau pour cacher son inquiétude.

— Ce n’est pas une décision facile, dit Ethan. Il trompera sûrement sa copine avec son premier amour avant de se rendre compte qu’il est vraiment amoureux de sa copine, puis il reviendra vers elle.

— Qu’est-ce qui te fait dire ça ? lui demanda Rose, agacée.

— Il faut souvent aller jusqu’au bout d’une situation pour prendre conscience de ce que l’on ressent vraiment. Quitte à être infidèle.

— C’est ton point de vue, dit-elle d’un ton sec.

Le serveur apporta les plats et ils mangèrent.

— Dahlia, j’ai cru comprendre que tu étais bisexuelle.

Elle regarda Ethan, surprise.

— Euh, oui, je le suis.

— J’adore cette ouverture d’esprit. Tu sors plutôt avec des hommes ou des femmes ?

— À vrai dire, je n’en sais rien.

— Quand elle sort avec des hommes, ça ne dure jamais plus de quelques jours. Alors qu’avec les femmes…

Rose regarda Iris, amusée. Dahlia les ignora et continua à manger.

— Est-ce que ça s’est arrangé avec ta copine ? lui demanda son père.

— On a prévu de se revoir.

Ethan se servit de l’eau et en proposa à Iris. Elle le remercia.

— Il faut boire beaucoup d’eau quand on est enceinte. Tu as des nausées ?

— Oui, trop souvent.

Sophia posa sa main sur celle d'Iris.

— C'est tellement injuste que certaines femmes soient malades, alors que d'autres se sentent au meilleur de leur forme. Quand j'étais enceinte d'Ethan, j'ai eu la chance d'avoir très peu de nausées. Vous connaissez le dicton ? Si vous ne vous sentez pas en forme pendant votre grossesse, cela signifie que vous aurez une fille, car elle « vole » la beauté de sa mère.

— Je n'étais pas au courant, dit Iris.

— Peut-être que le dicton se révèlera exact pour toi.

— Tu préfèrerais une fille ou un garçon ? demanda Ethan.

— Je ne sais pas.

— J'espère que ce sera une fille, dit Rose.

— Ah non, il y en a trop dans la famille, dit Dahlia. Il nous faut un petit gars !

Ils rirent tous.

***

Francis et sa mère déjeunaient en silence.

— Maman, est-ce que ça te dérangerait si…

Il hésita un moment.

— … on invitait Rose à dîner ?

— Pourquoi ça me dérangerait ? Invite-la quand tu veux.

Il regarda son assiette, songeur. La lettre de son père le hantait. Il aurait voulu se confier à sa mère, mais il craignait trop sa réaction. À qui d'autre pouvait-il en parler ?

***

En sortant du restaurant, les sœurs remercièrent leur père pour le déjeuner.

— Avec plaisir, dit-il, ravi.

— C'était vraiment délicieux, dit Ethan.

Alan se tourna vers Sophia.

— Et si nous faisions une petite promenade digestive ?

Elle lui prit le bras en souriant.

— Les filles, ce fut un plaisir de vous rencontrer. J'espère qu'on se reverra bientôt.

Alan et Sophia dirent au revoir à leurs enfants et partirent.

— Bon, je dois filer, dit Ethan. À une prochaine !

Il partit dans la direction opposée.

Rose le regarda s'éloigner.

— Qu'est-ce qu'il y a ? lui demanda Iris. Tu sembles énervée.

— Ethan n'a pas remercié papa pour le déjeuner.

— Sophia non plus, mais ça n'a pas eu l'air de le gêner, remarqua Iris.

— Qu'est-ce que vous avez pensé d'elle ?

Dahlia et Iris s'échangèrent un regard.

— Elle est l'opposé de maman, dirent-elles à l'unisson.

— Et alors ?

— Alors, ce n'est pas étonnant, expliqua Iris. Après avoir passé la majorité de sa vie avec une femme posée et réfléchie, il doit apprécier le côté spontané et libéré de Sophia. D'autant plus qu'elle approuve tout ce qu'il dit et fait.

— Maman et Sophia ont quand même une chose en commun, remarqua Dahlia. Ce sont de très belles femmes qui savent se mettre en valeur. Papa sait les choisir.

Iris et Rose acquiescèrent.

— Vous croyez que ça va durer entre eux ? demanda Rose.

— Tant qu'elle sera aux petits soins avec lui, sûrement, répondit Iris.

***

Francis rangeait ses dessins dans un dossier quand Rose frappa à sa porte et entra. Elle l'embrassa et s'assit sur le lit.

— Comment s'est passé votre brunch ?

— C'était… intéressant.

— Je n'arrive pas à savoir si c'est une bonne chose ou pas.

— Sophia est très sophistiquée et plutôt gentille.

— Et Ethan ?

— Il est très intéressé par les relations humaines. Quelque chose me gêne chez lui, mais je n'arrive pas à mettre le doigt dessus.

— Vous ne vous êtes pas entretués, c'est déjà ça.

Elle lui fit une grimace.

— Mon père est différent avec Sophia. Comme si…

— Cette relation dévoilait une nouvelle partie de lui.

— Exactement. C'est bizarre. J'appréhendais de les voir ensemble. Au moins, il a eu la délicatesse de ne pas l'embrasser devant nous.

— Je pense que ça devait être aussi bizarre pour toi et tes sœurs que pour lui.

— Sans doute. Il va me falloir du temps pour accepter sa nouvelle relation.

Francis était songeur.

— Ça va ?

— Oui, je pensais à mon père.

— À ton père ? Pourquoi ?

— J'ai trouvé un courrier qu'il m'a envoyé. Ma mère pensait bien faire en le cachant. Je ne sais pas si je veux le lire.

Elle ne sut quoi répondre.

— Que ferais-tu à ma place ?

— Tu le sais très bien.

5

Un couple entra au Good Times. Aria les accueillit chaleureusement.

— Bonsoir, Madame, Monsieur.

— Bonsoir. Nous n'avons pas réservé. Auriez-vous une table dans un coin tranquille ?

Elle jeta un coup d'œil à sa fiche, prit deux menus et les invita à la suivre. Le couple fut ravi de l'emplacement de leur table et la remercia.

Matthew l'observait en buvant son verre de vin blanc.

— Tu t'assures qu'elle ne se fait pas draguer ? le taquina Jimmy.

— J'ai l'air si jaloux que ça ? demanda-t-il, amusé.

— Tu as encore un peu de marge.

— Alors, comment ça se passe ? Elle a l'air à l'aise.

— C'est son deuxième jour et elle a déjà pris ses repères. Les clients l'apprécient beaucoup.

— Tant mieux. Est-ce qu'il y a un discount pour sa famille ou ses amis ?

Le barman sourit en préparant un cocktail.

— Je devais essayer, dit-il en buvant son verre.

Matthew regarda Aria qui amenait un groupe à une table dans le fond du restaurant, puis il se tourna vers Jimmy.

— Tu es en couple ?

— Je suis marié avec quatre enfants.

— Quatre ? Tu devais être très jeune quand tu as eu le premier. Tu es à peine plus âgé que moi. À moins que tu aies eu des jumeaux ?

— J'aurais dû préciser, je considère mes chats comme mes enfants.

152

Matthew rigola.

— Tu es marié depuis longtemps ?

— Je me suis marié très jeune. Certains disent que j'étais trop jeune, mais elle était l'amour de ma vie.

— « Était » ?

Aria s'approcha de Matthew.

— J'ai dix minutes de pause. Jimmy, je peux avoir un soda, s'il te plaît ?

Il s'exécuta tandis que Matthew le regardait, soucieux.

— Ça va ? lui demanda-t-elle.

— Oui. Alors, comment ça se passe ?

— Très bien. J'aime l'ambiance et les clients sont sympathiques.

Jimmy lui servit un soda. Elle le remercia et en but quelques gorgées.

— Quels sont tes horaires ?

— Il faut que j'en discute avec le patron. Je dois aller aux toilettes. À plus tard.

Elle posa son verre à l'entrée, à côté de sa fiche, et partit aux toilettes.

Matthew finit son verre de vin.

— Tu m'en sers un deuxième, s'il te plaît ?

Jimmy le resservit.

— À quoi tient une relation, selon toi ?

— La confiance, la communication, le respect, les valeurs, les projets communs. La liste est longue. Je pense qu'il faut aussi aimer l'autre personne pour qui elle est vraiment.

— C'est vrai, approuva Matthew. Si on ne comprend pas qui une personne est dans le fond, on ne peut pas l'aimer vraiment.

— Il y a aussi un facteur important : le timing. Si deux personnes connectent à tous les niveaux, mais que ce n'est pas le bon moment pour elles, il y a peu de chances que leur relation marche.

— Qu'est-ce que tu veux dire par « bon moment » ?

— Être vraiment disponible. Beaucoup de célibataires pensent qu'ils sont prêts pour une relation, mais ils sont soit trop occupés, soit trop immatures.

— Quand j'étais adolescent, j'essayais juste de faire rire les filles qui me plaisaient sans me prendre la tête avec le reste. Heureusement, grâce à Jessica, j'ai mûri.

— Oui, l'humour est essentiel, mais pas suffisant.

Matthew but une gorgée de vin.

— Et que penses-tu du mariage ? demanda-t-il.

— Cela a été un moyen pour moi de devenir adulte. Ma relation avec mes parents était chaotique, alors je me suis émancipé, puis je me suis marié. Le mariage m'a aidé à devenir l'homme que je voulais être. Cette union avec ma femme a changé ma vie pour le meilleur.

— Donc, tu recommanderais aux gens de se marier ?

— Seulement si cela a une signification pour eux. Beaucoup de couples se marient à cause de la pression sociale sans vraiment comprendre ce que cet engagement signifie.

— Cette foutue pression.

— Je connais des couples qui ne veulent pas se marier, car, pour eux, un papier ne représente pas grand-chose. Ils n'ont pas besoin de passer devant un prêtre ou un maire pour s'engager l'un envers l'autre. Le mariage n'est pas pour tout le monde.

— Si les gens y réfléchissaient à deux fois avant de se mettre la bague au doigt, il y aurait sans doute moins de divorces.

— Sûrement, dit Jimmy.

Il servit une bière à une femme d'une quarantaine d'années et revint vers Matthew.

— Il n'y a pas si longtemps, divorcer était mal vu par la société. Les gens se mariaient jeunes et restaient ensemble toute leur vie, qu'ils soient heureux ou non.

Matthew acquiesça en buvant son vin.

— De nos jours, poursuivit-il, les gens se séparent et divorcent beaucoup plus facilement. C'est un avantage de ne pas « devoir » rester marié. Cependant, je pense qu'on fait moins d'efforts pour faire marcher son couple. Quand quelque chose ne va pas, on préfère tout arrêter ou aller voir ailleurs, plutôt que de comprendre ce qui ne fonctionne pas, en discuter et se remettre en question.

— Beaucoup de couples seraient encore ensemble avec cette philosophie. Tu penses qu'il y a moins de gens divorcés que de gens séparés ?

Jimmy réfléchit un instant.

— Je pense que oui. J'ose espérer que l'union du mariage, qu'il soit religieux ou non, incite un couple à s'investir davantage dans leur relation. Le fait d'être officiellement engagé l'un envers l'autre peut aider à traverser les périodes difficiles.

— Alors qu'un couple non marié peut se sentir moins « engagé » et donc rompre plus facilement ?

— C'est mon point de vue. En revanche, j'ai des amis non mariés qui ont des enfants et ils se sentent tout autant unis et engagés que d'autres couples mariés.

— Dans un sens, avoir un enfant est un engagement aussi fort que le mariage, si ce n'est plus fort.

— Est-ce que tu penses faire une demande à Aria prochainement ?

— Oui, mais je n'ai pas envie qu'on se marie juste parce qu'on est supposés le faire.

La femme au bar adressa un regard à Matthew.

— Si tu pars de ce principe-là, tu ne te marieras jamais. Est-ce que c'est important pour toi de t'unir officiellement à Aria ?

— Euh, oui. Je crois.

— Est-ce que c'est important pour elle ?

— Oui. Ça l'est toujours plus pour les femmes, non ?

— Souvent, oui. Est-ce que vous êtes religieux ?

— Non. La connaissant, elle voudra une cérémonie simple et atypique. Ce qui me va très bien.

— Genre Las Vegas ?

Matthew sourit et regarda vers l'entrée. Aria s'occupait d'une réservation au téléphone.

La femme au bar se rapprocha de lui.

— Bonsoir, jeune homme.

Il se tourna vers elle, surprise.

— J'ai entendu votre conversation. Pourrais-je vous donner un conseil ?

— Bien sûr.

— Mariez-vous. Faites la fête. Partagez cet heureux évènement avec vos proches et, surtout, honorez vos vœux. Notre monde part en vrille, alors il faut célébrer l'amour tant qu'on le peut encore. Je vous souhaite une belle soirée.

Elle posa un billet de vingt dollars sur le bar et s'en alla. Matthew et Jimmy s'échangèrent un regard, puis le barman alla servir d'autres clients.

Matthew jeta un coup d'œil à Aria qui notait une réservation sur sa fiche. Il but son vin, l'air pensif.

Aria sentit son téléphone vibrer dans sa poche. Elle le regarda discrètement. Carl lui avait écrit : « Comment se passe ta soirée ? Il y a beaucoup de monde ? Le concert de mon pote est génial. À bientôt à la laverie ! » Elle sourit en voyant la photo de Carl avec son ami qui chantait en fond.

Des clients entrèrent. Elle rangea immédiatement son téléphone pour les accueillir.

Alors qu'elle accompagnait les clients à une table, son regard croisa celui de Matthew. Elle lui sourit nerveusement.

***

Francis et Rose entrèrent dans la chambre de Tania. Il prit la lettre dans le tiroir de la table de nuit et hésita à l'ouvrir.

— Tu veux que je te la lise ? proposa-t-elle.

Il la lui tendit et elle ouvrit l'enveloppe.

— « Cher Francis. J'espère que tu liras ce courrier. Cela voudra dire que ta mère m'a pardonné et qu'elle ne s'oppose plus à notre rencontre. Cela voudra aussi dire que tu veux peut-être me revoir. Tu ne te souviens sans doute plus de moi ni des moments que nous avons partagés quand tu étais bébé. Je m'excuse d'avoir tout gâché. Mes erreurs t'ont privé d'un père. Je comprends et respecte le choix de ta mère de nous avoir éloignés. Cependant, si tu veux me revoir, sache que rien ne me ferait plus plaisir. Je t'aime. Ton père. »

Ils furent silencieux un moment.

— Tu savais qu'il vivait à New York ?

Il secoua légèrement la tête.

— Tu ne m'as jamais raconté pourquoi tes parents ont divorcé.

— Ma mère n'a jamais voulu m'en parler.

— Ce serait peut-être l'occasion de lui demander ? Tu veux le rencontrer ?

Il regarda la lettre, ému.

***

Iris entra au Good Times et s'assit au bar, à côté de Rose.

— Tu as fini ton shopping ?

— Oui, répondit Iris. Je suis épuisée.

— C'est gentil d'être passée. Aria sera contente de te voir.

— Je n'arrive pas à croire que je ne sois jamais venue ici.

— Pareil. Je ne connaissais ce restaurant que de nom avant d'espionner maman.

— Ça ne te dérange pas de revenir après ce qu'il s'est passé ?

— J'attends juste Aria. Elle finit bientôt.

Iris pointa discrètement le barman du doigt.

— C'est lui qui t'a raconté… l'histoire ?

Rose acquiesça.

Iris vit Aria accueillir des clients.

— Comment ça se passe pour elle ?

— Très bien. Elle adore travailler ici.

Quand Jimmy s'approcha d'elles, Rose fit semblant de regarder son portable.

— Bonjour, je parie que vous êtes la sœur du milieu.

— C'est exact. Iris, enchantée.

— Enchanté, Iris. Moi c'est Jimmy. Dites-moi, quel est votre alcool préféré ?

— Le vin rouge.

— Classique. Et si je vous faisais goûter ma nouvelle création à base de vodka ?

— Avec plaisir, mais ce sera dans huit mois.

Iris mit sa main sur son ventre.

— Félicitations !

— Merci.

— Le cocktail vous attendra pour célébrer cet heureux évènement. En attendant, que puis-je vous servir ?

— Un soda, s'il vous plaît.

— Ça marche. Rose, tu ne veux toujours rien ?

— Non, merci, répondit-elle froidement.

Pendant que Jimmy servait un soda à Iris, Rose leva les yeux de son smartphone et vit Aria discuter avec deux hommes à l'entrée. Elle les observa.

— Tu dois faire un compte rendu à Matt ?

— Il ne me l'a pas encore demandé. Je suis contente pour Aria. Elle est dans son élément ici.

— Ça va mieux entre Matt et elle ?

— Un peu mieux, je pense. Et toi, comment tu te sens ?

— J'ai rêvé que je revoyais le type, répondit-elle, tendue.

— C'était un bon rêve ?

Jimmy les regarda discrètement en rangeant des verres.

— Je ne sais pas quoi faire. D'un côté, je n'ai aucune envie d'avoir un homme dans ma vie. Mais d'un autre, le bébé a le droit d'avoir un père. Je ne veux pas être égoïste, mais…

— Tu as peur de refaire confiance.

Iris hocha la tête.

— Je suis censée le contacter, non ?

— Je pense que si une partie de toi a un doute, c'est qu'au fond, il n'y a pas vraiment de doute.

Tandis que Jimmy servait des clients au bout du bar, Aria se joignit à elles.

— Salut, les belles ! Comment vas-tu, Iris ?

— Bien, merci.

— Rose, je suis étonnée que tu m'aies attendue ici.

— J'aime bien te regarder travailler.

— En fait, chuchota Iris, je pense qu'elle apprécie Jimmy plus qu'elle ne veut l'admettre.

— Quoi ? Pourquoi tu dis ça ?

— Il y a plein d'autres bars et magasins dans la rue, mais tu préfères attendre Aria ici, alors que tu sais qu'il y travaille tous les jours. Il t'énerve, mais tu l'aimes bien quand même.

Rose, gênée, ne sut quoi répondre. Iris et Aria rigolèrent.

— Je te taquine, ma belle, mais tu sais que j'ai un peu raison.

— Bon, j'ai faim, dit Rose, on y va ? Tu viens, Iris ?

— Non. Je préfère rentrer me reposer.

Aria et Rose prirent leurs affaires et s'apprêtèrent à sortir.

— À plus, les filles ! dit Jimmy.

— À bientôt ! répondit Aria.

Comme Rose ne répondit pas, Aria lui fit un sourire narquois. Rose roula des yeux, ce qui fit rire son amie. Jimmy le remarqua et s'approcha d'Iris.

— J'ai raté quelque chose ?

— Rien d'important. J'aime taquiner ma petite sœur.

— Rose a un sacré caractère, ça ne doit pas être simple tous les jours.

— C'est une passionnée qui a un grand cœur. Parfois, elle est un peu trop émotive et ça joue contre elle.

— J'ai vu ça. Voulez-vous manger quelque chose ?

— Oui, pourquoi pas ? Et on peut se tutoyer, non ?

— D'accord. Je te recommande les burgers. Ils sont copieux, mais tu manges pour deux.

— J'avoue que ça me tente bien.

— Parfait, je lance la commande. Pour la cuisson, à point ?

— Oui.

Il tapota sur son écran.

— Avec frites et salade ?

— Oui, merci.

Iris jeta un coup d'œil à son smartphone et regarda autour d'elle, l'air pensif.

— Tu as déjà choisi des prénoms ?

— Non, pas encore.

Elle l'observa pendant qu'il préparait des cocktails.

— Quand j'étais adolescente, j'avais un ami qui s'appelait Jimmy. Je m'étais promis de donner ce prénom à mon fils, si j'en avais un.

Il lui sourit.

— Confidence pour confidence, ma sœur a des problèmes de santé qui réduisent ses chances de tomber enceinte. Un miracle s'est produit, mais la grossesse n'était pas désirée. Si le père ne l'avait pas convaincue de garder l'enfant, je n'aurais pas de nièce aujourd'hui. Iris est le petit miracle de la famille.

Elle sourit, amusée.

— Joli prénom. Ta sœur doit être heureuse de l'avoir gardée.

— Oui, mais elle a beaucoup douté. Le père a vraiment eu peur qu'elle avorte. Il vient d'une famille catholique et, selon eux, même une grossesse involontaire est une bénédiction.

— Qu'est-ce qui l'a fait changer d'avis ?

— Il lui a dit qu'il voulait s'impliquer dans la vie de leur enfant. C'était le début de leur relation et elle craignait de brûler les étapes. Heureusement, il a su la réconforter. Maintenant, Iris a deux ans et ma sœur vient de se marier avec le papa.

— C'est une belle histoire.

Jimmy la regarda avec attention.

— Toi seule sais ce qui est bon pour toi et ton bébé. Alors, quelle que soit ta décision, ne laisse personne te juger. Ton choix sera le meilleur.

Ses paroles la touchèrent.

— Merci. J'avais besoin de l'entendre.

Il lui sourit et s'éloigna pour servir des clients.

***

En fin de journée, Francis rentra chez lui et vit sa mère qui lisait un livre dans le salon.

Il s'assit en face d'elle.

— Maman, pourquoi tu n'as pas pardonné à mon père ? Qu'est-ce qu'il a fait ?

Elle ferma son livre et le regarda.

— Je préfère ne pas en parler.

— S'il te plaît, j'ai besoin de savoir.

— Ce n'est pas si simple.

— Essaie quand même.

Elle détourna le regard et se leva. Il fit de même.

— Un jour, j'irai à New York pour le rencontrer. Et il me dira la vérité.

— Comment tu sais qu'il… ? Tu as trouvé son courrier ?

Ils furent tous les deux gênés.

— Je suis désolée. Tu es majeur et je ne peux plus t'empêcher de le voir. La décision t'appartient.

Elle s'apprêtait à partir, mais il la retint par le bras.

— Il t'a menti, trompée, frappée ? J'ai le droit de savoir, non ?! Je préférerais que tu me le dises avant de le rencontrer.

— Si je te réponds, tu seras en colère contre lui. Il vaut mieux que tu le rencontres dans les meilleures conditions possibles.

Elle sortit du salon.

Francis frappa sur la table à manger, en colère. Tania l'entendit. Elle hésita un instant à retourner vers lui, mais renonça.

161

***

Francis sonna chez les sœurs.

Rose lui ouvrit.

— Bonsoir, dit-il en entrant.

— Tout va bien ? Tu m'as l'air agité.

— Je vais à New York rencontrer mon père.

— Vraiment ? Tu as parlé à ta mère ?

— Elle s'obstine à ne rien vouloir me dire, mais j'ai sa bénédiction pour le voir.

Elle fut étonnée.

— Si c'est vraiment ce que tu veux.

— Oui, et j'aimerais que tu viennes avec moi.

— Quand ?

— Demain ou après-demain. Dès que possible.

— Je ne peux pas. J'ai du travail à finir. En avril, je pourrai t'accompagner.

— Tu ne comprends pas. J'ai besoin d'y aller maintenant.

— Si, je comprends, mais je ne peux pas tout lâcher pour résoudre une affaire familiale.

— Comment ça ?

— Tu ne m'as jamais dit que tu voulais le rencontrer et d'un coup, c'est une urgence, car tu veux savoir pourquoi tes parents ont divorcé.

Il fut très déçu.

— Je ne parle jamais de lui, mais je pensais que tu savais que je souffrais de son absence. Je croyais que tu me connaissais mieux que personne.

— Francis…

— Moi, je t'aurais accompagnée sans la moindre hésitation.

Il partit précipitamment.

— Francis !

Elle le regarda s'éloigner. Démoralisée, elle ferma la porte.

6

— Un latte pour Iris !

Iris prit le café que le barista lui tendait.

— Merci.

Elle s'éloigna, les yeux sur son latte, et manqua de bousculer quelqu'un.

— Excusez-moi, ça va ?

Un homme se retourna. C'était celui qui l'avait aidée à son anniversaire et avec lequel elle avait fini la soirée du réveillon du Nouvel An.

Il avait l'air aussi surpris qu'elle.

— Bonjour, Iris.

— Je suis désolée.

— Aucun souci. Comment vas-tu depuis… ?

— Le 31 décembre ? Ça peut aller.

— Apparemment, tu as égaré mon numéro ?

— Mais tu ne me l'as pas donné, si ?

— Tu ne te souviens plus de notre soirée, dit-il en souriant. Nous nous sommes moqués des plans d'un soir qui ne se recontactaient pas. Tu m'as alors confié que ton excuse préférée était de dire que tu avais égaré le numéro de la personne.

— En effet, j'ai sûrement dit ça. J'avais beaucoup bu.

Ils se regardèrent un moment. Le téléphone d'Iris sonna, mais elle l'ignora.

— Un cappuccino pour Alex !

Il prit le café que le barista lui tendait.

— Merci.

Iris l'observa pendant qu'il mettait du sucre dans son cappuccino.

— Tu as un moment pour discuter ?

Elle hocha la tête, ravie.

Ils s'installèrent à une table.

— Tu as une jolie écharpe, dit-elle. Le bordeaux te va bien.

— Merci. Cadeau de Noël de ma sœur.

Le téléphone d'Iris sonna à nouveau. Elle l'éteignit.

— Je suis content de te croiser. Pour tout t'avouer, j'aurais aimé que ça arrive plus tôt.

Elle but son latte, nerveuse. Devait-elle lui dire qu'elle était enceinte ? Non, mieux valait attendre de savoir s'il était le père. Pouvait-il être le père ? Voulait-elle qu'il soit le père ? Elle devait savoir. Comment allait-elle faire ?

— Moi aussi, je suis ravie de te revoir. J'aurais dû te donner mon numéro.

Il lui sourit.

— Quand j'ai trop bu, poursuivit-elle, je dis toujours que mon numéro est parti en vacances. C'est ridicule, je sais. De toute façon, je n'ai généralement que des plans d'un soir.

— Je comprends, mais je pensais qu'entre nous… ça aurait pu être différent.

Ils s'observèrent un moment.

— Tu serais libre demain soir pour dîner ?

Iris fut hésitante.

— Juste un verre, alors ? Je connais un très bon bar à vin.

Dahlia entra dans le café et marcha rapidement vers Iris.

— Salut, désolée de vous déranger. Iris, tu ne réponds pas à ton téléphone et j'ai besoin de tes notes pour un article. Je t'ai cherchée dans tes trois cafés préférés et je suis en retard !

D'un coup, elle reconnut l'homme.

— Alex ?! Qu'est-ce que vous faites ici ? Tous les deux ?

— Ça ne se voit pas ? Nous buvons un café.

— Un latte et un cappuccino, si tu veux tout savoir, ajouta Alex.

Iris et Alex s'échangèrent un regard amusé.

— Très bien. Ça va, Alex ?

— Je vais bien, merci. Et toi, Dahlia, comment se passe l'écriture de tes articles ?

— L'écriture suit son cours. Mes articles vont bien. Tout va bien. Iris, je peux te parler en privé ?

— Excuse-moi un moment, dit-elle à Alex en se levant.

— Aucun souci, prends ton temps.

Dahlia entraîna Iris vers les toilettes.

— Tu lui as dit ?

— Non. Je veux d'abord savoir s'il est le père.

— Et comment… ?

— Je ne sais pas, mais il faut que je trouve vite, car il est en train de m'inviter à dîner.

— Tu accepterais de dîner avec lui ? Il te plaît ?

— Oui, mais si…

— S'il n'est pas le père, est-ce que tu voudras toujours le voir ?

Alex jeta un regard dans leur direction en buvant son cappuccino.

— Je n'en sais rien. Qu'est-ce que je dois faire ?

— Chaque chose en son temps. D'abord, un test de paternité.

Dahlia réfléchit un instant.

— La salive, les ongles, les cheveux.

Elles se regardèrent.

— L'écharpe ! dirent-elles à l'unisson.

— Écoute-moi bien, dit Dahlia. Soit tu attends qu'il retire son écharpe et tu prétextes quelque chose pour la toucher, en espérant qu'il y ait des cheveux dessus. Soit tu le prends dans tes bras quand tu lui dis au revoir et tu lui arraches quelques cheveux en prétextant qu'il y avait une bête dedans. Il a une longue chevelure, ça devrait aller.

Iris hésitait.

— Tu vas y arriver. Allez, vas-y ! C'est impoli de le laisser seul trop longtemps. Attends, dis-moi où est ton bloc-notes ?

— Dans le tiroir gauche de mon bureau.

— Merci. Maintenant, vas-y !

Iris marcha vers Alex. À mi-chemin, elle se tourna discrètement vers Dahlia qui lui sourit pour l'encourager.

— Me revoilà, dit-elle en se rasseyant.

— Le problème des notes est réglé ?

— Oui, tout est bon.

Iris vit Dahlia partir du café et regarda l'écharpe d'Alex.

— Tu n'as pas chaud ?

— Je fais partie de ces personnes qui gardent leur écharpe en intérieur par habitude. C'est d'ailleurs pour ça que ma sœur me l'a offerte. Elle détestait mon écharpe beige et m'a dit que s'il fallait que j'en porte une en permanence, autant qu'elle ait du style.

— Je suis d'accord avec ta sœur. Elle a bon goût.

— Maintenant qu'elle a un bébé, elle va pouvoir me laisser un peu tranquille et s'occuper du style vestimentaire de sa fille.

Il rigola.

— C'est à la fois bizarre et génial de voir sa sœur avec un bébé.

— Est-ce que ça te donne des envies de pouponner ? demanda-t-elle avec hésitation.

— J'adore pouponner.

Elle sourit, rassurée.

— Enfin, c'est parce que c'est ma nièce. Je ne suis pas du tout prêt à être père. Le rôle d'oncle me convient parfaitement pour encore plusieurs années.

Iris regarda son latte, mal à l'aise.

— Ça ne va pas ? J'ai dit quelque chose…

— Non, non, ça va. Je me rappelle juste que j'ai un truc à faire. Je dois y aller.

— Ah, d'accord. Est-ce que tu veux qu'on dîne ensemble un de ces soirs ?

— Euh, je ne sais pas…

— Bon, réfléchis-y et appelle-moi, d'accord ?

Il lui tendît sa carte de médecin.

— Cela m'a fait très plaisir de discuter avec toi. J'espère qu'on se reverra bientôt.

— Au revoir, Alex.

Elle jeta un regard à son écharpe, prit son latte et sortit du café.

***

— Bonsoir, Francis. Qu'est-ce que je te sers ?

Il leva la tête de son smartphone et regarda Jimmy.

— Bonsoir…

— Jimmy.

— Désolé.

— Aucun souci. On ne s'est vus que deux fois en coup de vent.

— Pourtant, tu te rappelles mon prénom.

— Un barman avec une bonne mémoire a plus de pourboires. Qu'est-ce que je te sers ?

— Un mojito, s'il te plaît.

— Comment va l'étudiante ?

— Rose ? Elle va bien.

Il se rongea les ongles, pensif.

Jimmy prépara le cocktail en l'observant discrètement.

— Et toi, ça va ?

— Honnêtement, je ne sais pas. Je vais dîner dans le quartier avec un collègue qui vient de perdre son père. En temps normal, je peux gérer ce type de conversation. Mais aujourd'hui, c'est différent.

Il réfléchit un moment et regarda Jimmy.

— Je peux te poser une question personnelle ?

— Bien sûr.

— Est-ce que tu as une bonne relation avec ton père ?

167

— Non, je me suis émancipé à dix-sept ans et je ne l'ai plus revu. Ce n'était ni un bon père ni un bon mari.

— Je suis désolé de l'entendre. Cela n'a pas dû être facile.

— J'ai une mère géniale et un oncle que je considère comme mon père. Je n'ai pas à me plaindre.

Jimmy lui servit le mojito. Francis en but quelques gorgées.

— Délicieux. C'est vrai qu'il y a plusieurs façons de faire un mojito ?

— Oui, et il y a quelques astuces qui le rendent meilleur.

— Lesquelles ?

— En voici une : il faut taper quelques fois sur la menthe avec la main, avant de la mettre dans la préparation, pour en dégager le parfum.

— En effet, je sens la différence.

Le barman rangea ses ustensiles.

— Jimmy, si quelqu'un te disait qu'il veut rencontrer son père et savoir pourquoi ses parents ont divorcé, qu'est-ce que tu lui dirais ?

— Que je le comprends.

— L'ennui, c'est que sa mère a beaucoup souffert du divorce et elle préfèrerait que son fils n'ait pas de relations avec son père.

— Je dirais que je comprends la réaction de sa mère, bien qu'elle soit égoïste.

— Donc tu penses que cette personne devrait voir son père ?

— Est-ce que son père est disponible ?

— Oui.

— Où est-il ?

— À New York.

— Alors, je dirais à cette personne de prendre le premier avion pour la Big Apple.

— Et si leurs retrouvailles ne se passaient pas comme il le souhaite ?

— Je lui dirais qu'il y a toujours un risque d'être déçu. Les seules choses qu'une personne puisse contrôler, ce sont ses paroles, ses actes et ses réactions. Alors, je lui conseillerais d'exprimer clairement à son père ce qu'il ressent et de se préparer à ne pas recevoir la réponse qu'il attend.

Francis but son mojito, pensif.

— Alors, tu vas y aller ?

Il regarda Jimmy et joua nerveusement avec sa paille.

***

Rose sonna à la porte.

Tania lui ouvrit et l'invita à la suivre au salon.

— Francis va bientôt rentrer. Tu veux boire quelque chose ?

— Non, merci.

Elle remarqua que Rose était tendue.

— Qu'est-ce qui ne va pas ?

— Je m'inquiète pour lui. Il a vraiment besoin de savoir ce qu'il s'est passé. Pourquoi ne pas lui expliquer ?

— Je préfère qu'il voie son père dans les meilleures circonstances possibles. Tu ne vas rien lui dire, j'espère ?

— Non. Ce n'est pas à moi de le faire.

— Je suis désolée de t'avoir mise dans cette position.

— Ce n'est pas votre faute, vous ne m'avez rien dit.

— Oui, mais tu as deviné et je n'ai pas démenti.

— J'ai l'impression de lui mentir en cachant la vérité.

La porte d'entrée s'ouvrit. Francis entra et les vit.

— Qu'est-ce qu'il se passe ?

— Rien, je vous laisse, dit Tania en sortant du salon.

Rose et Francis furent silencieux pendant un moment.

— Qu'est-ce qu'il y a ? demanda-t-il.

Elle le regardait, nerveuse.

— Ce n'est pas la première fois qu'on se dispute, dit-il.

— Cette fois, c'était différent.

— Je sais.

— Tu vas toujours à New York ?

— Oui, j'achète mon billet ce soir.

— Tu reviens quand ?

— Je ne sais pas encore.

— Et ton travail ?

— J'ai pris un congé.

— Tu penses vraiment que ce voyage est une bonne idée ?

— Je ne le saurai que si j'y vais, n'est-ce pas ?

— Et si votre rencontre ne se passait pas comme tu l'imaginais ?

— C'est un risque à prendre. Ça fait trop longtemps que je ne suis pas bien. J'ai besoin de réponses et je sais que j'en aurai si je le vois.

— Je comprends que ce soit important pour toi. C'est juste que… c'est douloureux pour ta mère.

— Est-ce que tu sais quelque chose ?

— Non, pourquoi ?

— Bon, je vais acheter mon billet. Tu es sûre que je n'en prends qu'un ?

— Je ne peux pas, je suis désolée.

Il était déçu.

— Bonne soirée, dit-il en allant dans sa chambre.

Rose hésita à le suivre, mais préféra partir.

***

Le lendemain soir, Rose était affalée dans le canapé quand son téléphone vibra. Elle consulta le message.

Iris s'assit à côté d'elle, une tisane à la main.

— C'est Francis ?

Elle hocha la tête.

— Est-ce qu'il a vu son père ?

— Pas encore.

— Je n'imagine même pas dans quel état il doit être.

— C'est sûr.

— Ça va mieux entre vous ?

— J'ai l'impression qu'on s'éloigne. Il m'a à peine écrit depuis qu'il est parti.

— Il vient d'arriver à New York. Donne-lui un peu de temps. Laisse-le faire ce qu'il a à faire. Vous ne vous êtes jamais quittés plus de deux semaines. Et encore, pendant nos vacances en famille, vous vous appeliez plusieurs fois par jour. Vous êtes inséparables depuis le bac à sable. Un peu de distance vous fera du bien.

— J'ai compris.

— Ne le prends pas mal. Ce n'est que mon avis.

— Tu as raison. J'ai juste un mauvais pressentiment concernant ses retrouvailles avec son père.

— Pourquoi ça ?

— Je ne peux pas l'expliquer. Bon, je vais travailler, ça me changera les idées.

Rose devait effectuer des recherches sur le nouveau sujet du mois : la convoitise. Elle essayait de se concentrer, mais rien à faire, l'absence de Francis l'obsédait. Elle comprenait son besoin de distance, mais elle n'arrivait pas à s'y résoudre. Il lui manquait et elle avait la sensation désagréable qu'il s'éloignait d'elle. Où était-il en ce moment ? Que faisait-il ? Est-ce qu'elle devait lui écrire pour qu'il sache qu'elle pense à lui ? Elle lui avait déjà écrit trois messages en une journée. Il avait répondu brièvement à l'un d'entre eux. Elle hésitait à lui en écrire un autre. Juste quelques mots.

Son téléphone vibra. Elle se précipita dessus. Aria lui avait écrit : « Coucou, ma belle, tu es disponible ce soir ? » Rose fut déçue.

7

Francis marchait depuis plus d'une demi-heure dans les rues de Manhattan. Malgré le froid, il avait voulu se rendre à pied de son hôtel à Chelsea jusqu'à East Village. L'air frais lui faisait du bien. C'était la première fois qu'il venait à New York et, comme beaucoup de gens, il s'en était fait une idée à travers les films et les vidéos sur Internet. À première vue, cette ville paraissait plus « speed » que San Francisco. Les gens étaient davantage pressés et semblaient tous être en retard à un rendez-vous important. Il y avait malheureusement tout autant, si ce n'est plus, de sans-abris. La plupart avaient les yeux baissés, comme s'ils n'attendaient plus rien de la vie.

Il passa à côté d'un jeune homme assis avec son chien. Sur le carton devant lui, il y avait écrit : « Let's be honest, I'll buy beer and weed. » Quant au carton devant son chien, il y avait écrit dessus : « If you give me a dollar, my dad will buy me food. » Francis mit un dollar dans la boîte du jeune homme et deux dollars dans la boîte du chien. L'homme le remercia.

Quand il arriva au croisement de 1 st Avenue et E. 10 th Street, il vérifia l'adresse sur son smartphone. Il leva les yeux vers un immeuble de deux étages et s'approcha de l'entrée. Son père était-il chez lui ? Allait-il le reconnaître ? Il vit le nom « Boyle » sur l'interphone. Allait-il oser sonner ? Il avait fait tout ce chemin pour avoir des réponses. Il ne devait pas flancher maintenant.

— Y a personne !

Il se retourna et vit un jeune homme en bas des marches le regarder.

— Pardon ?

— Les voisins sont en voyage et mon père n'est pas encore rentré.

172

Francis le regarda un moment et réalisa.

— Je cherche monsieur Boyle.

— Mon père rentrera vers 17 heures.

Francis sentit son cœur s'accélérer. Ses mains devinrent moites. Il s'avança vers le jeune qui était adossé contre un mur en train de fumer une cigarette. Il devait avoir la vingtaine. En s'approchant, Francis remarqua qu'il avait un œil au beurre noir.

— Tu lui veux quoi à mon père ?

— Je veux juste le saluer.

— Tu le connais d'où ?

— C'est… un ami de ma mère.

Le jeune l'observait en fumant.

— T'es pas d'ici, toi ?

— J'habite à San Francisco.

— Qu'est-ce que je kifferais aller en Californie, mon gars. Il fait aussi froid qu'ici ?

— Un peu moins. Il ne neige pas dans la Bay Area.

— J'ai toujours vécu ici et je ne m'y suis jamais habitué. Mon père insiste pour que je fume à l'extérieur. Il est relou.

Francis regarda son bleu.

— C'est la première fois que t'en vois un ?

— Pardon, je ne voulais pas…

— Pas de souci, mec. Parfois, mon vieux boit un coup de trop et ça le rend un peu susceptible.

— C'est ton père qui a… ?

— Heureusement que ça a du succès avec les filles.

Il regarda son portable.

— Il devrait bientôt arriver. T'en veux une en attendant ?

Il sortit son paquet de cigarettes de sa poche.

— Non, merci. Je dois y aller.

Francis partit, bouleversé.

***

Rose entra au café La Rêverie sur Cole Street. Aria lui fit un signe de la main.

173

— Comment vas-tu, ma belle ?

Elle s'assit, l'air contrarié.

— C'est ton article ou Francis ?

— Les deux. Désolée pour hier, je n'avais pas le moral.

— Pas de souci. Comment va ton chéri ? Quelles sont les nouvelles ?

— Il devrait avoir vu son père. Je n'ose pas lui renvoyer un message.

— Je te conseille de le laisser tranquille. Il te contactera quand il sera prêt.

Rose hocha la tête, à contrecœur.

— Comment ça se passe au Good Times ?

— Très bien. C'est un super restaurant. Comment va Iris ?

— Elle est impatiente de faire l'échographie du premier trimestre.

— Ça fait déjà trois mois ?

— Bientôt deux mois et demi. L'échographie doit avoir lieu entre 11 et 13 semaines d'aménorrhée.

— Améno-quoi ?

— Aménorrhée. Cela correspond à la 9ᵉ et 11ᵉ semaine de grossesse. Quand on parle en semaines de grossesse, on compte à partir de la date supposée de la fécondation. Quand on parle en semaines d'aménorrhée, on compte à partir du premier jour des dernières règles. C'est plus précis.

— Je vois que tu t'es renseignée sur le sujet.

— Iris m'a renseignée. Je n'y connais rien.

— Je ne réalise pas qu'elle attend un enfant.

— Moi non plus.

***

Dahlia marchait dans la rue et vit Alex arriver en sens inverse. C'était l'occasion idéale.

Elle s'arrêta devant lui.

— Ah, salut, Dahlia.

— Bonjour, Alex.

— Comment va Iris ?

— Elle va bien.

— Tu penses qu'elle va m'appeler ?

— Honnêtement, j'aimerais qu'elle t'appelle, car tu m'as l'air d'être un gars bien et je sais que tu lui plais. L'ennui, c'est que je doute qu'elle soit prête pour une relation.

— Je vois, dit-il, déçu.

C'était maintenant ou jamais.

— Tu as une bête dans les cheveux.

— Où ça ? demanda-t-il en se passant la main dans sa coiffure.

— Elle est encore là. Laisse-moi faire.

Elle approcha sa main et lui arracha quelques cheveux.

— Aïe !

— Désolée, dit-elle en essayant de garder son sérieux.

— Tu l'as eue ?

— Oui.

— Merci.

— De rien. Bon, je dois y aller. Bonne journée !

Il la regarda s'éloigner, étonné.

Dahlia prit un mouchoir et mit les cheveux dedans. Elle était fière d'elle.

***

Francis réalisait peu à peu que son père avait un autre fils. Dès le premier regard échangé, il avait remarqué leur ressemblance physique. Ils avaient les mêmes yeux et la même posture. Est-ce que lui aussi s'en était aperçu ? Probablement pas. Il avait l'air trop occupé avec son portable.

Il pensa à son œil au beurre noir. Savoir que son demi-frère était battu par leur père lui donnait la nausée. Il aurait voulu téléphoner à Rose. Le simple fait d'entendre sa voix lui aurait fait du bien. Mais c'était hors de question qu'il la contacte. Il était toujours en colère contre elle. Sa mère, alors ? Non. D'ailleurs, était-elle au courant ? Sûrement pas. Elle ne lui aurait jamais caché l'existence de son demi-frère. Il faisait les cent pas dans sa chambre d'hôtel. Ne tenant plus, il enfila son manteau et sortit.

Il marchait dans Chelsea quand il reçut un message de Natalie : « Salut, Francis, j'espère que ce voyage t'apporte les réponses que tu cherches. Je t'embrasse, à bientôt. » Il sourit légèrement et rangea son portable.

En levant les yeux, il vit une galerie d'art. Curieux, il regarda l'affiche. L'artiste s'appelait Luca Boyle. Francis fut pris d'un doute. Était-il possible que… ? Il jeta un coup d'œil à l'intérieur. Un couple d'une trentaine d'années entra. Il les observa pendant qu'ils donnaient leurs manteaux à l'accueil. Qu'attendait-il exactement ? Lui-même ne le savait pas. Finalement, il se décida à entrer.

Une hôtesse lui proposa de prendre son manteau, mais il refusa poliment. Il s'avança vers une grande salle où étaient exposés une cinquantaine de tableaux en noir et blanc. Une trentaine de personnes s'étaient retrouvées pour admirer les œuvres du dessinateur Luca Boyle. Francis fut soulagé de voir que sa simple tenue de ville convenait à ce type d'évènement. Après s'être frayé un chemin dans la foule, il demanda au couple qu'il avait vu entrer où était l'artiste. La femme lui montra un homme de dos qui discutait avec un petit groupe. Il la remercia et s'approcha de lui. Soudain, il fut pris d'une angoisse. Qu'allait-il lui dire ? Il ne connaissait absolument rien de ses œuvres.

Il s'arrêta derrière Luca Boyle et l'écouta parler au groupe. Son regard se posa sur un tableau à côté de lui. C'était un dessin satirique de plusieurs couples au restaurant. Certains écrivaient des messages sur leurs téléphones et d'autres prenaient des photos de leur repas. Aucun couple ne se regardait. Ce dessin représentait tout à fait la société actuelle. Il se rapprocha pour l'observer.

— Bonsoir, je vois que « L'Homme perdu » vous intéresse.

Il se tourna vers Luca Boyle, surpris.

— Bonsoir. Oui, je le trouve très pertinent.

Le dessinateur le regarda attentivement.

— Vous me rappelez quelqu'un. Est-ce qu'on se connaît ?

— Avez-vous un lien de parenté avec Thomas Boyle ?

— Cet imbécile est mon frère. Vous le connaissez ?

— Dans ce cas, je suis votre neveu.

— Comment ça ? Je n'ai qu'un neveu et il ne mettrait jamais les pieds dans une galerie d'art. Encore moins la mienne.

— Je l'ai rencontré.

Luca Boyle le fixa droit dans les yeux.

— Je reconnais cette lueur. Ton père sait que tu es là ?

— Non. Je comptais le voir, mais… j'ai changé d'avis.

L'artiste fut étonné.

— Il n'est pas la personne que je croyais qu'il était.

— Tu dis ça parce qu'il frappe ton demi-frère ?

— Vous êtes au courant ?

— Bien sûr. À chaque fois que je croise Mike, il a un œil au beurre noir.

— Il le frappe et personne ne fait rien ?

— J'ai essayé, crois-moi. Mon frère est un alcoolique borné et son gamin est majeur et trop fier pour oser confronter son père.

Francis fut désemparé.

— Comment tu t'appelles ?

— Francis.

— Enchanté, moi, c'est Luca. Officiellement.

***

Rose et Aria entrèrent au Good Times.

177

— J'en ai pour deux minutes, lui dit Aria. Profites-en pour discuter avec Jimmy.

Elle lui fit un petit sourire moqueur en s'éloignant vers le fond du restaurant. Rose ferma son parapluie, amusée, et regarda les gens assis aux tables.

Jimmy dit au revoir à des clients et la vit.

— Bonjour, Rose, tu observes des clients pour un examen ?

Elle lui lança un regard agacé.

— Tu es toujours là, toi ?

— Tout le monde adore mes spécialités, alors je me dois de satisfaire la clientèle.

— Les gens ne se sont pas encore lassés de tes cocktails ?

— Tu as du mal à passer à autre chose, n'est-ce pas ?

Elle l'ignora.

— Je t'ai déjà présenté mes excuses. Qu'est-ce que je peux faire d'autre ?

— Dis à Aria que je l'attends dehors.

Elle s'apprêta à sortir.

— Est-ce que je peux au moins savoir comment va Linda ? Elle n'était pas en forme la dernière fois que je l'ai vue.

— Ne me parle plus de ma mère, dit-elle froidement.

Déçu, il s'éloigna pour ranger des verres.

— J'ai trouvé mon parapluie, dit Aria en la rejoignant.

À ce moment-là, Tania entra, trempée. Elle fut soulagée en voyant Rose.

— Bonjour, ta sœur m'a dit que tu serais sûrement ici. Bonjour, Aria.

Aria lui répondit par un sourire.

— Mon téléphone est déchargé, poursuivit Tania, inquiète. Tu as des nouvelles de Francis ?

— Non, désolée, répondit-elle, embêtée.

— Je n'ai plus de nouvelles depuis hier. Il m'a demandé de le laisser tranquille. Je ne pensais pas qu'il partirait à New York. Il a beaucoup hésité, quelqu'un a dû le convaincre. Je ne sais pas quoi faire.

— Excusez-moi, Madame, dit Jimmy, votre fils est le copain de Rose ?

Tania le considéra avec étonnement.

— Oui, pourquoi ?

— Il est venu ici avant de partir. Il avait besoin de se confier et nous avons discuté.

— À propos de quoi ?

— De son père.

— Que lui avez-vous dit ?

— Ce qui me semblait juste.

— Comment avez-vous pu lui conseiller d'aller le voir ?!

— Votre fils a pris sa décision en toute conscience. Selon moi, il a fait le bon choix.

Elle se tourna vers Rose, complètement désemparée.

— Je rentre. Si jamais il te contacte…

— Je vous tiendrai au courant, c'est promis.

Tania sortit du restaurant.

Rose et Aria s'échangèrent un regard.

— Tu as senti ?

Aria hocha la tête, soucieuse.

— Elle était sobre depuis plus d'un an, dit Rose, préoccupée. La décision de Francis doit vraiment la tourmenter.

***

Luca ouvrit la porte et invita Francis à entrer chez lui.

— Une bière, du rouge ou un whisky ?

— La même chose que vous.

— Alors, ce sera un whisky. Au fait, je préfère que tu me tutoies. Ça me rajeunit. Et puis, on est de la même famille, non ?

Francis acquiesça et observa le salon. L'ambiance y était agréable. Il y avait un canapé usé, un fauteuil surdimensionné et une table basse sur laquelle étaient posés des magazines sur l'art et la culture.

179

— Vous vivez… Tu vis seul ?

Luca servit deux verres de whisky et lui tendit le sien.

— Oui. Je ne suis pas doué pour garder une femme et je n'ai pas la fibre paternelle.

Il s'installa dans le fauteuil. Francis s'assit sur le canapé et leva son verre.

— À notre rencontre.

— À nos retrouvailles.

Il fut étonné.

— J'avais oublié que ton père nous avait brièvement présentés quand tu étais bébé.

Francis le regarda boire, vexé. Comment pouvait-on oublier son neveu ?

Il baissa les yeux vers son verre et le but cul sec.

— Doucement. Il faut le savourer.

— Tu es proche de Mike ?

— Non, mais il sait que je suis là si besoin.

— Justement, il a besoin de toi. Il a besoin de nous.

— Je crois que l'alcool t'est trop vite monté au cerveau.

Il regarda son oncle avec insistance.

— Tu es aussi têtu que ton père. Bon, d'accord. Peut-être qu'à nous deux, on arrivera à le raisonner. Au fait, tu veux dormir ici ? L'hôtel doit te coûter une blinde, non ? Mon canapé devrait être assez confortable.

8

Rose mangeait un sandwich dans la cuisine quand Dahlia entra, un dossier à la main.

— J'ai la réponse ! annonça-t-elle fièrement.

Elle la regarda, étonnée.

— D'après toi, qui est le père du bébé d'Iris ?

— Quoi ? Mais comment tu as… ?

— On a couché ensemble.

Rose fut consternée.

— Mais non, idiote ! Tu m'en crois vraiment capable ? Il n'est pas du tout mon genre.

— Avec toi, je m'attends à tout.

— Je l'ai croisé l'autre jour et je lui ai arraché des cheveux. Tout ce qu'il y a de plus normal.

— Oui, je suis sûre qu'il a dû trouver ça très normal.

— L'essentiel, c'est qu'on sait désormais qui est le père.

Dahlia s'apprêta à ouvrir l'enveloppe, mais Rose la lui prit des mains.

— Qu'est-ce qui te prend ?

— C'est à Iris de l'ouvrir.

— Elle n'est même pas au courant. J'ai payé, alors c'est mon enveloppe !

Dahlia la lui reprit et l'ouvrit. Elle lut le document.

— Alors ? s'impatienta Rose.

Dahlia leva les yeux vers elle, étonnée.

***

Francis et son oncle entrèrent à l'Iron Bar & Lounge, au croisement de 8 th Avenue et W. 45 th Street.

Luca vit Mike dans le fond du bar qui buvait une bière.

— Je t'avais dit qu'il serait là.

Ils se dirigèrent vers lui.

Quand Mike vit son oncle, il soupira, agacé. Luca s'assit devant lui et Francis sur le côté.

— Bonsoir, Mike, ça fait longtemps.

— Salut. Comment tu savais que j'étais ici ?

— Tu as toujours préféré ce bar. Il est vrai que l'ambiance est sympa. Il y a un écran géant pour les soirs de match, un coin restaurant, un coin lounge et une petite piste de danse pour pouvoir mater les jolies filles qui ont trop bu et qui se sentent seules. Je parie que tu en as raccompagné plus d'une, je me trompe ?

Francis était mal à l'aise. Mike le regarda, étonné.

— Je te connais, toi ? Tu voulais parler à mon père. Qu'est-ce que tu fais ici ?

— Je suis venu chez toi pour voir mon père.

Mike les regarda à tour de rôle sans comprendre.

Voyant que Francis hésitait à poursuivre, Luca prit la parole.

— Francis est ton demi-frère.

— Quoi ? C'est quoi ce bordel ?

— Je suis venu à New York pour rencontrer mon père et j'ai appris que j'avais un frère et un oncle.

Mike l'observa, intrigué.

— Bienvenue dans la famille, dit-il avec ironie. T'auras peut-être une meilleure relation que moi avec notre vieux.

Francis adressa un regard hésitant à son oncle, qui lui fit un signe de la tête pour l'encourager à poursuivre.

— À propos de notre père. Pourquoi est-ce que tu le laisses… ?

— Me frapper ?

Il le regarda attentivement.

— Tu penses qu'en débarquant ici, tu vas arranger les choses ? Ça fait des années que mon père, enfin, notre père, est aigri parce qu'il n'a jamais rien réussi dans sa vie. Quand j'étais enfant, il m'a raconté qu'il était dans une sale histoire avec une femme dont il était fou amoureux. Apparemment, elle l'empêchait de voir une personne importante pour lui. Je n'y comprenais rien et il n'a jamais voulu m'expliquer. Il se contentait de se plaindre. D'ailleurs, il continue toujours. Maintenant, tout devient plus clair. Il ne s'est jamais remis de ne pas t'avoir dans sa vie. À tel point qu'il est devenu insupportable avec tout le monde. L'ironie, c'est que pendant qu'il déprimait parce qu'il ne pouvait pas avoir de relation avec toi, je déprimais parce que je n'existais pas pour lui.

Francis accusa le coup.

— Je suis vraiment désolé.

— Écoute, mec. Je sais que ça part d'une bonne intention, mais tu ne peux rien faire pour moi ni pour lui. C'est un crétin arrogant qui ne changera pas.

Luca acquiesça discrètement.

— Tu as une relation avec ta mère ? demanda Francis.

Mike hésita à répondre et but une gorgée de bière.

— Sa mère vit en France, répondit Luca.

— Elle a refait sa vie depuis longtemps et ne se soucie pas de moi.

— Ce sont des foutaises et tu le sais. Quand ils ont divorcé, elle t'a proposé de partir en France avec elle, mais tu ne voulais pas quitter New York.

— J'étais au collège et je ne voulais pas quitter mes amis.

— Elle t'a proposé plusieurs fois de lui rendre visite, mais tu as toujours refusé.

— Parce que je n'ai pas ma place dans sa nouvelle famille.

— Ton père t'a fait un sacré lavage de cerveau. Depuis que tu es adolescent, il te répète que ta mère t'a oublié et que tu ne comptes plus pour elle. C'est faux, Mike. Arrête de l'autoriser à contrôler ta vie. Sois un adulte. Prends les devants et dis-lui d'aller se faire voir ! Tu devrais rendre visite à ta mère. Paris est une ville magnifique.

Mike regarda sa bière, pensif.

***

Rose téléphona à sa mère qui décrocha à la première sonnerie.

— Maman, j'ai vu Tania qui s'inquiète pour son fils. Je
pense qu'elle a recommencé à boire. Tu crois que je devrais
en parler à Francis ?

— Non, surtout pas. Je vais aller la voir.

Rose la remercia et raccrocha.

Elle sortit de sa chambre et vit Iris sortir des toilettes en
s'essuyant la bouche.

— Tu arrives à travailler avec tes nausées ?

— Ce n'est pas évident.

— Le stress ne doit pas aider non plus. Entre l'échographie
qui approche et… l'autre truc qui doit te préoccuper.

— Quel truc ?

— Le père.

Iris soupira.

— Je ne sais pas si j'ai envie de savoir. De toute façon, je
ne peux pas faire de test et c'est mieux comme ça.

Iris partit à la salle de bains. Dès qu'elle ferma la porte,
Rose marcha vers la chambre de Dahlia et frappa à la porte.

Sa sœur lui ouvrit.

— Quoi ?

— Tu m'as dit qu'on lui dirait si elle voulait savoir, et elle
veut savoir.

— Pourquoi tu chuchotes ?

— Elle est dans la salle de bains.

— On ne lui dira rien, chuchota Dahlia, car elle ne veut
rien savoir.

Elle s'apprêtait à fermer la porte, mais Rose l'en empêcha.

— Je viens d'en parler avec elle. Son visage transpire la ner-
vosité.

— C'est à cause de ses nausées.

— Tu sais très bien ce que je veux dire. Elle a besoin d'une réponse, mais elle n'ose pas se l'avouer.

— Je ne suis pas convaincue.

— Tu ne veux pas qu'elle sache la vérité parce que tu appréhendes sa réaction.

— Je préfère qu'elle agisse selon ses sentiments et non selon ce qui est écrit sur un foutu papier.

— Elle a le droit de savoir. Tu penses la préserver, mais tu te trompes !

— Soyons d'accord de ne pas être d'accord !

Dahlia lui ferma la porte au nez.

Rose s'en alla, énervée.

***

Francis marchait dans Washington Square Park et vit son frère sur un banc en train de boire un soda. Il s'avança vers lui en réfléchissant à ce qu'il pouvait lui dire.

Mike observait un homme d'une trentaine d'années qui jouait au ballon avec son fils.

— Bonjour, Mike.

Il le regarda, légèrement surpris.

Francis s'assit sur le banc.

— Tu me suis ?

— Luca m'a dit que je te trouverais sûrement ici.

— T'inquiète pas, notre vieux ne m'a pas encore frappé aujourd'hui.

— Mike, tu ne peux pas vivre comme ça.

— Je n'ai pas d'argent pour me trouver un appartement, alors je n'ai pas trop d'options.

— Luca m'a dit que tu travaillais dans une sandwicherie.

— J'essaie de mettre de côté.

— C'est bien. Est-ce que tu as des projets, des passions ?

— J'aime dessiner. Ne le dis pas à Luca, il dirait que je n'ai aucune personnalité.

Francis acquiesça en souriant.

— Et toi, alors ? Tu fais quoi à part te mêler des affaires des autres ?

— Je suis chef d'équipe dans un hôtel.

— C'est genre un hôtel trois étoiles ?

— Quatre étoiles.

— Et ça te plaît ?

— Oui.

— Tu gères des équipes, c'est ça ?

— Entre autres. Je suis responsable du bon déroulement et de la satisfaction des clients.

— Donc, t'as la fibre sociale ?

— Oui, il faut bien.

— Je n'ai jamais été à l'aise avec les gens, et encore moins avec les filles. C'est dur d'avoir une copine dans ces cas-là.

— Tu peux changer, tu sais ? Si, chaque jour, tu te forces un peu à discuter avec des personnes intéressantes, tu finiras par te sentir plus à l'aise. Et plus tu te sentiras à l'aise et en confiance, plus les bonnes personnes viendront à toi.

Mike acquiesça d'un signe de tête et but son soda.

— T'as une copine ? demanda-t-il.

— Oui, mais c'est compliqué.

— Ah, désolé.

— J'ai rencontré Rose quand j'avais deux ans et je l'ai toujours aimée.

— Deux ans ?!

— Je voulais la demander en mariage en décembre, mais il y a eu un imprévu.

— T'as quel âge ?

— Vingt-cinq.

— Pourquoi t'as attendu aussi longtemps ?

— Je ne sais pas.

— T'as l'air de bien gagner ta vie, alors ce ne doit pas être un souci financier. Est-ce que vos familles s'entendent bien ?

— Oui, bien qu'on ne soit pas de la même classe sociale.

— T'avais peut-être besoin de rencontrer notre père avant de sauter le pas ?

— Non.

— T'es sûr ?

Francis réfléchit et le regarda.

— Pour quelqu'un qui n'est pas à l'aise avec les gens, tu ne te débrouilles pas trop mal.

— T'es pas n'importe qui, t'es mon frère.

Francis lui sourit.

— T'as pris un congé pour venir à New York ?

Il soupira.

— Non. En fait, j'ai donné ma démission avant de partir.

— Sérieux ? Pourquoi ?

— J'avais des différends avec mon supérieur.

— Du coup, qu'est-ce que tu vas faire ?

— Je n'en ai pas la moindre idée. Pour l'instant, je profite d'être ici, avec mon frère.

Ils s'échangèrent un regard.

— Tu l'as dit à ta mère et à ta copine ?

— Non, pas encore. Ma mère compte sur moi pour les factures, et Rose…

— Tu crois qu'elle va mal réagir ?

Francis se passa la main sur le visage et soupira.

Ils observèrent l'homme jouer avec son fils. Une femme arriva et embrassa le garçon qui lui fit un câlin.

— Tu penses que tu pourrais quitter New York quelque temps ?

— Pourquoi ?

— Tu n'aurais pas envie de visiter Paris ?

Mike le regarda et but son soda.

Linda sonna chez Tania, qui lui ouvrit.

— Bonjour, Linda. Tu vas bien ?

— Tania, nous sommes suffisamment proches pour être honnêtes l'une avec l'autre.

— Bien sûr. Il y a un problème ?

— Je ne te poserai la question qu'une seule fois : est-ce que tu bois à nouveau ?

Tania fut mal à l'aise.

Linda s'invita à l'intérieur et alla à la cuisine.

— Où sont tes bouteilles ?

— Je n'en ai plus.

Linda s'approcha de Tania, qui fit un pas en arrière.

— Qu'est-ce qui te prend ?

— Arrête de mentir. Je sais que la décision de ton fils t'a bouleversée, mais ce n'est pas une raison pour détruire ta santé.

— Je t'interdis de me juger. Tu as toujours eu une vie parfaite avec ton mari et tes filles. Moi, je n'ai que Francis. S'il voit son père, je risque de le perdre !

— Ma vie est loin d'être parfaite, crois-moi. Quant à Francis, même s'il a une relation avec son père, tu ne le perdras jamais.

— J'ai peur, Linda…

Elle se mit à pleurer. Linda la prit dans ses bras.

— Laisse-moi t'aider. Nous sommes une famille.

Tania hocha la tête et sécha ses larmes.

— Et puis, je vais moi aussi avoir besoin de toi, bientôt.

9

Les sœurs étaient dans la salle d'attente de l'échographiste.

— Il n'y a aucune raison qu'il y ait un problème, dit Rose. Iris est jeune, en bonne santé et elle a de bons gènes.

— Et le père ? demanda Dahlia.

Iris les regardait avec inquiétude quand le médecin ouvrit la porte de son cabinet.

— Bonjour, Mademoiselle Sunwatt, vous êtes prête ?

Elle se leva pour le suivre. Rose et Dahlia lui emboîtèrent le pas.

Iris s'assit sur un siège et invita Rose à s'asseoir sur l'autre. Dahlia s'appuya contre le mur. Le médecin s'installa à son bureau et étudia son dossier.

— Avez-vous besoin d'aller aux toilettes ?

— Non.

— Comme vous avez un utérus partiellement cloisonné, je vais procéder à une échographie par voie endovaginale. Vous pouvez vous déshabiller derrière le paravent.

Pendant qu'elle ôtait ses vêtements, le médecin tapota sur son clavier.

— Quels sont les risques d'avoir un bébé trisomique ? demanda Dahlia.

Rose fut légèrement agacée.

— Je me renseigne, c'est tout, se défendit-elle.

Le médecin s'adressa à Dahlia.

— Toutes les femmes peuvent porter un fœtus avec une trisomie, car cette anomalie chromosomique n'est généralement pas héréditaire. Cependant, le risque d'avoir un enfant trisomique augmente lorsque la femme enceinte est plus âgée.

Il invita Iris à s'allonger sur le fauteuil et appliqua du gel sur une sonde.

— Détendez-vous.

Elle inspira profondément.

Le médecin enfonça la sonde dans son vagin.

— Faisons la connaissance de ce bébé.

Il bougea la sonde, le regard concentré sur son écran.

— Veuillez m'excuser. Cela risque de faire un peu mal.

Iris serra la main de Rose. Cela l'aida à supporter la sensation désagréable de la sonde.

— Comment vous sentez-vous ces jours-ci ?

— Plutôt fatiguée et nauséeuse.

— C'est tout à fait normal.

Sa main arrêta de bouger.

— Le voilà.

Iris, Rose et Dahlia fixèrent l'écran.

— C'est où ? demanda Dahlia.

Le médecin lui indiqua un point sur l'écran.

— C'est tout petit, dit Rose.

— Le fœtus mesure environ dix centimètres et pèse près de quarante grammes.

Iris observa le point. Elle prenait conscience qu'un bébé grandissait dans son ventre.

— C'est complètement surréel, dit Rose.

Pendant un moment qui sembla durer une éternité, le médecin observa son écran en bougeant la sonde d'une main et en tapotant sur le clavier de l'autre.

— Je remarque une omphalocèle.

Iris le regarda, angoissée.

— Qu'est-ce que c'est ? demanda Rose.

— C'est une malformation très rare. Je finis de vous examiner et je vous explique.

Iris était plus tendue que jamais. Elle regardait l'écran, les larmes aux yeux, priant que son bébé soit en bonne santé.

Après deux interminables minutes, le médecin sortit la sonde et l'essuya avant de la reposer. Puis il tendit du papier à Iris.

— Vous pouvez vous rhabiller.

Il se leva et retourna s'asseoir à son bureau.

Pendant que leur sœur remettait ses vêtements, Rose et Dahlia observèrent le médecin sans oser parler.

Dès qu'Iris s'assit, il la regarda avec attention.

— Mademoiselle Sunwatt, votre fœtus est en excellente santé.

— Mon bébé va bien ?

— Oui, votre bébé va bien. J'emploie le mot fœtus, car c'est un terme médical. Votre bébé n'a aucune trisomie ; cependant, il y a une anomalie qu'il faut surveiller de près. Une omphalocèle est une malformation de la paroi abdominale qui se fait au moment de la croissance embryonnaire. Pour faire simple, la paroi ne se ferme pas correctement. Le bébé naît avec une partie des viscères à l'extérieur du ventre. Dans les trois quarts des cas, il s'agit d'une partie des intestins.

Iris était perdue. Les mots du médecin résonnèrent en elle.

— Tous les embryons humains ont ce qu'on appelle une hernie physiologique. Les intestins se développent dans la base du cordon ombilical, ce qui crée une petite poche, puis ils finissent par intégrer ce qui va former la cavité abdominale, généralement au cours de la douzième semaine d'aménorrhée. Il s'agit d'un processus embryologique normal. Mais lorsque la hernie persiste au-delà de la douzième semaine, cela signifie que le bébé souffre d'une omphalocèle. Je vais donc vous référer à un service hospitalier spécialisé où vous serez suivie de près.

Voyant Iris désemparée, Rose prit les devants.

— Est-ce que le bébé peut survivre avec cette anomalie ?

— Oui. Après la naissance, l'enfant peut être opéré et être en parfaite santé toute sa vie.

— L'opération est risquée ?

— Oui, comme toute opération.

Iris serra la main de Rose.

— Mademoiselle Sunwatt, il est encore trop tôt pour être certain de quoi que ce soit. Les médecins vous suivront de près et vous guideront étape par étape.

Iris hocha la tête, les larmes aux yeux.

***

Quand les sœurs entrèrent chez elles, le téléphone d'Iris sonna. Elle hésita à répondre à sa mère et finit par décrocher.

— Bonjour, ma chérie. Alors, comment ça s'est passé ?

— Tout va bien, maman.

Rose et Dahlia se regardèrent, étonnées.

— Je suis rassurée. Vous venez dîner ?

— Non, désolée. J'ai des nausées, alors je préfère rester à la maison. Je vais leur demander si elles sont disponibles ce soir.

Elles firent non de la tête en même temps.

— Euh, elles sont occupées, dit Iris.

— Une prochaine fois, alors. Je vous embrasse, mes chéries.

— Oui, on t'embrasse aussi.

Elle raccrocha.

— Vous auriez pu y aller sans moi. Maman est malade.

— Je sais, dit Rose, mais il est hors de question que je te laisse seule en ce moment.

— Et si elle nous posait des questions sur ton bébé, je serais incapable de lui mentir.

— Pareil, dit Rose. Tu devrais lui dire, non ?

— Je n'ai pas envie qu'elle s'inquiète. Je peux compter sur vous ?

Rose acquiesça, à contrecœur.

— Dahlia ?

— C'est un gros secret à garder.

— Promets-le-moi.

— Oui, d'accord.

Rose prit la main d'Iris.

— Tout va bien se passer.

***

Linda était assise à une table du Good Times. La serveuse lui apporta un cocktail. Elle le goûta et sourit à Jimmy au bar, qui lui fit un clin d'œil.

Jenna entra et Aria l'accompagna jusqu'à la table de Linda.

— Merci, Aria.

— Je vous en prie, répondit-elle en souriant.

Jenna s'assit et regarda Aria repartir vers l'entrée.

— Bonjour, Linda. Pourquoi as-tu choisi ce restaurant ?

— Parce que j'aime l'ambiance, le service, la nourriture et surtout les cocktails. Jimmy est un excellent barman.

— C'est bizarre de me faire accueillir par la petite amie de mon fils.

— D'après Rose, elle aime beaucoup travailler ici.

— Tant mieux. Tu sais que je l'apprécie, mais j'aurais préféré que Matthew soit avec une femme plus de son milieu.

— Et pourquoi ça ? demanda Linda.

— Comme je suis avocate et que son père est chirurgien, je pensais que… enfin, je me comprends.

— Bien sûr. Après un mariage désastreux et un divorce douloureux, tu veux que ton fils épouse, lui aussi, une personne qui ait fait de longues études très chères et qui consacre tout son temps à sa carrière, aux dépens de sa vie de famille.

Jenna accusa le coup.

— Très drôle. Qu'est-ce que tu bois ?

— « Un bon moment en bonne compagnie » avec du rhum.

— Je vais plutôt prendre un whisky.

— Cela ne te ressemble pas de boire à midi.

— Ma sœur est mourante, mon fils unique me cache quelque chose et mon ex-mari me prend la tête avec sa nouvelle copine.

— Concernant ton abruti d'ex, je n'ai rien à dire que je n'ai pas déjà dit. Je ne vois pas ce que ton fils pourrait te cacher. Et tu n'as pas à t'inquiéter pour moi.

— Matthew me semble prêt à faire une bêtise avec son ex. J'ai surpris une conversation téléphonique.

Elle but son verre d'eau.

— Et bien sûr que je m'inquiète, poursuivit-elle. Tu es ma petite sœur. Même si parfois, je me comporte comme une garce avec toi, je n'ai pas envie de te perdre.

Elles se regardèrent.

— Pourquoi tu as attendu aussi longtemps pour me le dire ?

— Ce genre de nouvelle est difficile à annoncer à ses proches.

***

Dahlia se servait un café quand elle vit Monica s'approcher du bureau de Rose. Elle les observa discrètement.

— Rose, j'ai aimé votre dernier article. Dorénavant, vous écrirez seule. Je suis impatiente de lire votre chronique new-yorkaise.

Rose lui sourit nerveusement et Monica s'en alla.

Dahlia remarqua que sa sœur était triste. Soucieuse, elle s'avança vers elle. Rose se leva à ce moment-là et bouscula Dahlia, qui se renversa son café dessus.

— Merde ! J'adore ce haut !

— Désolée, s'excusa-t-elle, gênée.

Dahlia partit, furieuse.

***

Jenna finit son verre de whisky et en commanda un deuxième.

— Tu es sûre que c'est une bonne idée ? demanda Linda.

— Et toi, tu es sûre de vouloir partir à l'autre bout du monde pour mourir ?

Linda soupira.

— Je suis désolée.

— Pourquoi ? demanda Jenna, légèrement soûle.

— Si j'avais mieux gardé mon secret…

— Tu crois vraiment que tu aurais pu partir en nous laissant juste un mot d'adieu ?

— C'était mon plan.

— Ton plan était nul. Tu n'as pas le droit de faire ça à tes filles ni à Alan.

Linda but son cocktail, agacée.

— Tu vas au moins rester jusqu'à l'accouchement d'Iris, non ?

— J'aurais aimé.

— Tu sais combien de temps il te reste ?

— Quelques mois, si j'ai de la chance.

Jenna avait les larmes aux yeux. Linda posa sa main sur celle de sa sœur.

— Il faut que je m'en aille, dit Jenna en se levant brusquement.

Jarod entra dans le restaurant et salua Jimmy. En s'asseyant au bar, il vit Linda et lui fit un signe de la main. Elle lui répondit par un signe de la tête discrètement. Jenna le remarqua et se retourna vers Jarod. Sans réfléchir, elle marcha vers lui d'un pas décidé.

— Bonjour. Vous devez être Jarod ?

— Oui, bonjour. Et vous, vous devez être la sœur de Linda ?

— Je suis certaine qu'elle m'a décrite comme une femme orgueilleuse, une sœur égoïste et une mère indigne.

Il ne sut quoi répondre.

Jimmy les regardait en essuyant le comptoir.

— Je suis peut-être toutes ces choses, mais il ne me serait jamais venu à l'esprit de m'éloigner de ma famille pour vivre mes derniers jours.

Linda les rejoignit.

— Viens, on va prendre l'air, ordonna-t-elle en la prenant par le bras.

Linda regarda son ami, désolée.

Avant de sortir, Jenna adressa un regard froid à Jarod. Ce dernier se tourna vers Jimmy.

— Elle est exactement comme Linda me l'avait décrite.

***

En fin de journée, Dahlia rentra et s'assit sur le canapé, fatiguée. Son regard se posa sur les magazines *What if ?* sur la table basse. Elle en prit trois au hasard et regarda la couverture du premier. C'était celui qui mentionnait l'article de Rose sur l'infidélité. Elle repensa à celui qu'elle avait écrit. Où en était Matthew dans sa relation avec Aria ?

Elle lui téléphona.

— Allô ?

— Salut, Matt. Qu'est-ce que tu fais de beau ?

— Euh, à vrai dire, je ne suis pas sûr…

Sa voix était tendue.

— Qu'est-ce qu'il y a ?

— Jessica m'a donné rendez-vous et je me demande si je suis en train de faire une connerie.

Dahlia regarda la couverture du magazine qui mentionnait l'article de Rose.

— Si tu as accepté ce rendez-vous, c'est que tu as besoin de la voir. Ce qui doit arriver arrivera. Où es-tu ?

— Au Churchill. Ah, elle vient d'arriver. Je te laisse.

Il raccrocha.

Dahlia savait ce qu'elle devait faire.

10

— Jarod, je t'en sers un deuxième ?

— Non, Jimmy, pas tout de suite. J'attends Linda.

— Au fait, votre départ est prévu pour quand ?

— Cela dépend d'elle.

— Vous allez me manquer. Et je ne dis pas ça à tous mes clients.

— Alors, je suis touché.

— J'ai beaucoup de respect pour vous deux. La décision que vous avez prise n'est pas facile. Je ne sais pas si j'en serais capable.

— Les gens se rendent compte qu'ils sont capables de beaucoup de choses quand il leur reste peu de temps. Quand les priorités changent, on ose davantage.

Linda entra au Good Times et rejoignit son ami au bar.

— Il était temps que tu reviennes, lui dit Jimmy. Jarod n'aime pas picoler seul.

— Il m'attend parce que je lui dois une tournée, dit-elle, amusée.

— Ce n'est pas faux, avoua Jarod en embrassant son amie.

— Qu'est-ce que je vous sers ?

— Un rouge, s'il te plaît.

— Deux, ajouta Jarod.

Le barman s'exécuta.

— Alors, ma belle, comment tu vas ?

— Ma sœur refuse de me parler et j'ai l'impression que mes filles m'évitent.

— Et Alan ?

— Il n'a pas encore signé les papiers. J'en ai marre. Si je pouvais, je partirais tout de suite.

— Je comprends, mais il est normal que ta famille soit réticente à ton beau projet.

Elle se tourna vers le barman.

— Jimmy, qu'en penses-tu ?

— À propos de quoi ?

— Je t'en prie, je sais que tu écoutes toujours nos conversations.

Il lui sourit.

— Ça risque de ne pas te plaire.

— Dis toujours.

***

Dahlia entra au Churchill et regarda autour d'elle. Matthew et Jessica étaient assis au fond. Elle s'installa au bar et les observa discrètement. Matthew était ému et un peu gêné. Jessica affichait un grand sourire en sirotant son cocktail. Dahlia savait que si son cousin buvait trop, il ferait sûrement une bêtise. Or, il n'avait pas encore touché son verre.

Elle décida de forcer le destin et demanda au barman de servir quatre shots de tequila au couple installé au fond.

Jessica fut ravie en voyant les shots que la serveuse posa devant eux.

— Ce doit être un malentendu, dit Matthew, je n'ai rien commandé.

— Ce n'est pas grave. Buvons-les !

Jessica leva son premier verre pour trinquer. Il suivit son exemple, à contrecœur. Ils burent cul sec. Puis elle leva son deuxième verre. Il l'imita et ils burent.

Dahlia, satisfaite, but aussi un shot.

— Bonsoir, princesse.

Elle se tourna vers un homme qui tenait une bière.

— Qui est-ce que vous regardez ? demanda-t-il sur un ton séducteur.

— Mon mari, répondit-elle fermement en se retournant vers son cousin.

Jessica avait posé sa main sur celle de Matthew. Il lui souriait timidement. D'un coup, elle se pencha vers lui pour lui chuchoter quelque chose. Il rigola, plus détendu.

— Il n'aura fallu que deux shots, dit Dahlia, fièrement.

— Quoi ? lui demanda l'homme en s'approchant d'elle.

Elle quitta le bar.

L'homme haussa les épaules et but sa bière.

***

Les sœurs arrivèrent chez leurs parents alors que Linda apportait des cocktails dans le salon.

— Qu'est-ce qu'il se passe ? lui demanda Rose.

— Nous avons besoin d'une soirée entre filles. J'ai préparé des Margaritas et un cocktail sans alcool.

Elle présenta à Iris un milkshake au Nutella avec des éclats de praline.

— Merci ! Ça a l'air trop bon !

Leur mère mit de la musique. Les voix de The Black Eyed Peas envahirent le salon et elles s'assirent sur les canapés en chantonnant *I Gotta Feeling*.

Linda leva son verre et ses filles l'imitèrent.

— À vous, mes amours !

— À la plus merveilleuse des mamans ! dit Rose.

Elles burent en se regardant.

— Dahlia, j'espère que tu n'avais pas de rencard. Je m'en voudrais que tu rates une soirée romantique.

— Non, maman, pas ce soir. De toute façon, je ne voudrais être nulle part ailleurs qu'ici. Elle est excellente ta Margarita !

— C'est vrai, confirma Rose.

— J'ai eu quelques astuces de mon ami barman.

— Au fait, Dahlia, ça fait un moment que tu n'as pas eu de rencard, remarqua Iris.

— Parce que je préfère être seule que mal accompagnée !

— Cheers ! dit Iris en levant son verre pour trinquer avec sa sœur.

Dahlia trinqua avec elle et lui fit un clin d'œil.

— J'en ai marre de cette pression sociale, avoua Iris. Il n'y a nulle part écrit qu'une personne doit trouver l'amour, se marier et avoir des enfants. C'est juste la société qui nous pousse à croire que le mariage et la vie de famille sont la clé du bonheur.

— En effet, répondit Linda, vous n'avez pas besoin d'être en couple ni d'avoir des enfants pour être heureuses. Cependant, vous ne devriez pas passer à côté d'une belle relation ni d'être mères seulement par peur d'être déçues ou trompées.

Elles savaient qu'elle avait raison.

— Mes chéries, vous avez grandi dans un foyer rempli d'amour. Votre père et moi avons tout fait pour que vous soyez débrouillardes, indépendantes et ambitieuses.

— Et nous le sommes ! s'exclama Dahlia.

— C'est vrai, vous pouvez être fières de vous.

— Attention, la liste de nos défauts arrive, prévint Iris.

— Non, juste une mise en garde.

— Je le savais !

Les sœurs rigolèrent.

— Faites attention à ne pas devenir trop solitaires.

Elles arrêtèrent de rire.

— Comment ça ? demanda Iris.

— Vous connaissez la différence entre être solitaire et être seule ?

Elles furent confuses.

— L'un peut être difficile à vivre alors que l'autre peut être génial, si c'est un choix.

— En bref, conclut Dahlia, tu as peur qu'Iris et moi, on se renferme trop sur nous-mêmes, qu'on ne tombe jamais amoureuses et qu'on ne soit jamais vraiment heureuses ?

— Je vous demande juste d'y réfléchir, répondit Linda en buvant sa Margarita.

Plus tard, alors que Rose, Iris et Linda dansaient sur *Au Nom de la Rose*, de Natacha Atlas, Dahlia préparait une nouvelle tournée de Margaritas.

Linda attendit la fin du premier refrain et la rejoignit.

— Comment vas-tu, ma chérie ?

— Bien.

— Il y a toujours des tensions entre toi et Rose ?

— Un peu.

— Je comprends que tu lui en aies voulu. Tes raisons étaient légitimes. Cependant, cela ne sert à rien d'être rancunière. Dahlia, tu travailles dur et tu as énormément de talent, mais tu as aussi beaucoup d'orgueil. Ce serait dommage que ton ego se mette en travers de tes relations.

— Je sais que je dois me remettre en question, mais parfois, Rose me tape vraiment sur les nerfs.

— Dans ces moments-là, tu prends une grande inspiration et tu comptes jusqu'à cinq. Je t'assure, ça marche.

Elles se sourirent.

— Je ne parlais pas seulement de Rose, tu sais ?

Dahlia hocha la tête.

— Tu as un grand besoin de reconnaissance. Comme tu es l'aînée, tu as eu plus de responsabilités que tes sœurs et je m'excuse si tu en as souffert. Je sais qu'un jour, tu vas rencontrer une personne aussi merveilleuse que toi, et ce jour-là, tu vas t'ouvrir à elle et relâcher cette pression que tu as accumulée toutes ces années. Je t'aime, Dahlia.

— Je t'aime aussi, maman.

Elles se prirent dans les bras.

— Toutes ces émotions me donnent soif, dit Dahlia.

— Apporte ces verres, je m'occupe des autres.

Dahlia s'avança vers ses sœurs avec une Margarita et un milkshake. Rose et Iris prirent leurs verres en la remerciant.

Linda regarda ses filles danser ensemble et les rejoignit avec deux Margaritas.

Quelques heures plus tard, Iris sortit de la salle de bains et croisa sa mère.

— Tu ne te sens pas bien ? s'inquiéta Linda.

— J'avais la nausée, mais ça va mieux. Trop de milkshakes, sans doute.

— Comment te sens-tu avec la grossesse et tout le reste ?

— Ça dépend des jours.

Linda lui prit la main.

— Est-ce que tu regrettes de le garder ?

— Non. Quoi qu'on en dise, un enfant est un cadeau. J'ai peut-être fait une erreur cette nuit-là, mais c'était la plus belle de toutes mes erreurs.

— Tu vas être une mère formidable, je le sais.

Iris posa la main sur son ventre.

— Je l'aime tellement déjà.

Linda posa sa main sur celle de sa fille.

— J'aimerais tellement que tu la rencontres.

— Moi aussi. Tu penses que c'est une fille ?

Iris sourit.

— Maman, quoi qu'il arrive et où que tu sois, tu feras partie de sa vie.

Linda eut un léger vertige et posa sa main contre le mur.

— Ça va, maman ?

— Oui, tout va bien.

— Tu n'aurais pas dû boire autant de Margaritas.

— Mon taux d'alcool est le dernier de mes soucis.

Elles furent silencieuses un moment.

— Pourquoi ne veux-tu pas savoir qui est le père ?

Iris soupira.

— Ma chérie, je sais que tu as vécu une histoire douloureuse à l'université, mais tu devrais essayer de tourner la page.

— J'ai essayé de retomber amoureuse, mais c'est difficile. Pourquoi je n'arrive plus à aimer ? Qu'est-ce qui ne va pas chez moi ?

— Sois plus indulgente avec toi-même. Au lieu de te demander ce qui ne va pas chez toi, tu devrais te demander ce qui te pousse à agir comme tu le fais.

Iris baissa les yeux.

— Tu as été trahie et humiliée, alors une part de toi a peur de retomber amoureuse. Tu dois guérir, et cela prendra le temps qu'il faudra.

— J'ai rencontré des types bien, mais je ne suis jamais arrivée à m'engager. C'est ma faute.

— Non, c'est la faute de personne. Même si tes dernières relations ont été des échecs, dis-toi qu'elles t'ont permis de t'ouvrir à la possibilité de rencontrer une personne qui te corresponde.

— Maman, pourquoi c'est si dur d'aimer ?

— Parce qu'on doit accepter d'être vulnérable. Je pense qu'il faut d'abord s'aimer soi-même pour pouvoir aimer quelqu'un. Il y a un dicton de Stephen Chbosky que j'aime beaucoup : « On accepte l'amour que l'on croit mériter. »

Iris pleura. Sa mère la serra contre elle.

— Quelque part, il y a un homme qui attend de pouvoir te donner tout son amour. Aie confiance, ma chérie. Je t'aime, Iris.

— Moi aussi, je t'aime, maman.

Elles entendirent de la musique en provenance du salon.

Quand elles rejoignirent Rose et Dahlia, celles-ci dansaient sur *Ain't No Mountain High Enough* de Marvin Gaye. Iris regarda sa mère qui lui prit la main pour la faire tourner sur elle-même.

Elles dansèrent toutes les quatre dans la cuisine, le couloir et les chambres. En revenant dans le salon, elles eurent un fou rire, mais n'arrêtèrent pas de danser. Cela faisait longtemps que Linda n'avait pas passé une soirée aussi merveilleuse avec ses filles. Le temps d'une chanson, elle en oublia sa maladie et profita de ces moments de complicité.

Au milieu de la nuit, Rose se réveilla sur le canapé. Ses sœurs étaient endormies à côté d'elle. Elle se retourna et vit sa mère sur le balcon.

Elle la rejoignit.

— Ça va, maman ?

— Oui, je méditais. Comment ça se passe avec Francis ?

— Il m'ignore, alors je me concentre sur mon travail.

— Je suis certaine que vous vous retrouverez un jour, quand vous serez prêts.

— Honnêtement, je ne suis plus sûre de rien en ce moment.

— Rose, promets-moi que tu vas profiter de ton voyage à New York pour sortir de ta bulle. Tu as toujours été très protégée. Il faut que tu sortes de ta zone de confort pour t'épanouir. Vivre seule pendant quelque temps te fera du bien et te permettra de mieux te connaître. Cette expérience va te transformer et t'inspirer. Tu deviendras une meilleure écrivaine et, surtout, une femme épanouie.

— Maman, je m'excuse vraiment pour ce que j'ai écrit.

— Ne t'inquiète plus pour ça.

Elles regardèrent la vue.

— Tu as peur de mourir ?

— Beaucoup moins maintenant, car je sais que vous allez être heureuses. Vous serez entourées par la famille et vos amis. J'ai confiance en l'avenir pour vous.

Linda prit sa fille dans ses bras.

— Je t'aime, ma Rose.

— Je t'aime encore plus, maman.

— Tu devrais aller te coucher. J'ai préparé ton lit.

Avant de rentrer, elle regarda sa mère qui lui sourit.

Cette nuit-là, Rose s'endormit plus sereine.

***

Le lendemain, Rose entra dans la cuisine et vit ses sœurs boire leurs cafés, pensives.

— Où est maman ?

Dahlia lui montra une note sur la table à manger.

Rose la lut : « Prenez soin de vous, mes amours. Je vous aime. Maman. »

Elle regarda ses sœurs, choquée. Une larme coula sur sa joue. Iris la prit dans ses bras. Dahlia se joignit à elles.

***

Linda et Jarod furent déposés en taxi à l'aéroport international de San Francisco. Ils s'apprêtaient à entrer lorsqu'elle vit Alan à côté des portes coulissantes.

Il s'approcha d'elle.

— Tu croyais que tu allais partir sans me dire au revoir ?

— Comment as-tu su ?

— J'ai mes sources, répondit-il en adressant un regard à Jarod, qui lui fit un signe de la tête.

— Je suis désolée de partir comme ça.

— Est-ce que tu es certaine de ta décision ?

— On ne peut peut-être pas choisir le jour de sa mort, mais on peut choisir comment aller à sa rencontre.

Ils se regardèrent, tristes.

— Tu as été mon grand amour, Alan. Prends soin de nos filles.

— Je t'aimerai toujours, Linda.

Elle l'embrassa sur la bouche.

— Il n'est jamais trop tard pour voyager, tu sais ?

Elle lui sourit et marcha vers l'entrée.

— Jarod, prenez soin de ma femme, d'accord ?

Il hocha la tête et entra dans l'aéroport.

— Bon voyage, mon amour !

Linda lui sourit et entra à son tour.

Alan la regarda jusqu'à ce qu'elle soit hors de vue. Il venait de dire adieu à l'amour de sa vie.

***

Quand Alan arriva chez Sophia, elle comprit aussitôt.

— Comment te sens-tu ?

— Je ne sais pas.

— Elle a dit au revoir aux filles ?

— Oui. Elle leur a organisé une soirée hier.

Il se passa la main sur le visage et soupira.

— Je dois m'occuper de la vente de l'appartement.

— Rien ne presse.

— Sophia, il faut que je te dise quelque chose.

Il était gêné.

— Je n'ai pas signé les papiers du divorce. Je n'ai pas pu.

Elle lui prit la main.

— Je comprends.

Il lui embrassa la main.

***

C'était le début du printemps et Rose se préparait pour son voyage à New York. Ces dernières semaines avaient été les plus intenses de sa vie. Entre le départ de sa mère, la grossesse compliquée d'Iris, la compagne de son père et sa relation tendue avec Francis, elle ne savait plus où elle en était !

Linda était partie sans laisser d'adresse et avait coupé sa ligne de portable, il était donc impossible de la contacter. Rose repensait sans cesse à leur dernière soirée. Leur mère avait tout planifié. Elle ne lui en voulait pas d'être partie sans rien dire. Leurs derniers moments ensemble avaient été merveilleux.

Quand Iris ne travaillait pas de la maison, elle était à l'hôpital pour faire des tests. Son bébé grandissait tout autant que sa peur de le perdre. Elle n'avait pas recontacté Alex, bien que Dahlia lui en eût reparlé à quelques reprises. Elle avait l'esprit ailleurs et ne pouvait penser à rien d'autre qu'à son bébé.

206

Concernant la relation d'Alan et Sophia, les sœurs l'avaient acceptée à distance. Bien qu'elles soient rassurées que Sophia s'occupe de leur père et le motive à sortir, elles préféraient les voir ensemble le moins possible. Surtout qu'Ethan était souvent avec eux. Cela avait tendance à énerver les sœurs, car elles ne comprenaient pas pourquoi Ethan devait les accompagner partout où ils allaient.

Alan appréciait beaucoup Ethan, sûrement parce qu'il était comme le fils qu'il n'avait jamais eu. Comme le père d'Ethan vivait en Europe et qu'ils se voyaient rarement, Ethan devait lui aussi combler un manque en passant du temps avec Alan. Les sœurs s'inquiétaient surtout de la générosité de leur père, car il payait pour tout : restaurants, bars, cinémas et expositions. Cependant, Rose relativisait ; elle savait que sans Sophia, son père serait peut-être devenu dépressif. Au moins, il avait une personne aimante qui veillait sur lui.

Francis écrivait un jour sur deux à Rose pour lui dire qu'il allait bien, et elle lui répondait pour le rassurer également. C'était tout. Quand Linda était partie, Rose lui avait simplement écrit : « Ma mère est partie. » Et il avait répondu : « Je suis désolé de ne pas pouvoir être là pour toi. » Rose avait pleuré pendant des heures. C'était la première fois qu'elle ne pouvait pas compter sur lui et cela la faisait terriblement souffrir.

***

Rose entra au Good Times et regarda autour d'elle.

— Tu attends Aria ? lui demanda Jimmy.

— Oui, répondit-elle sèchement.

— Je sais que je suis la dernière personne à qui tu veux parler concernant ta mère, mais sache que je suis là. Je pense souvent à elle.

Elle fut touchée.

— Étonnamment, tu n'es plus la dernière personne à qui je voudrais en parler.

Il la regarda avec compassion.

— Quand tu reverras ton copain, je te conseille de lui dire ce que tu ressens.

Aria la rejoignit et la prit dans ses bras.

— Salut, ma chérie, comment tu vas ?

— Bien. On y va ?

— Oui. À plus tard, Jimmy.

Il lui répondit par un geste de la main.

— Bon voyage, Rose !

Rose lui sourit légèrement et sortit.

Jimmy les regarda s'éloigner et essuya le comptoir.

***

Les sœurs, Aria, Matthew et Alan étaient à l'aéroport.

Rose regarda Iris, émue.

— Tu n'as qu'un mot à dire pour que je reste.

— Tu vas me manquer, mais il est hors de question que tu rates cette opportunité.

— Si tu as besoin de moi, je prendrai le premier vol.

Iris lui sourit.

— Ma chérie, dit Aria, promets-moi d'en profiter autant que possible et reviens avec des étoiles plein les yeux.

Elle hocha la tête.

Matthew prit sa cousine dans ses bras. Les autres se joignirent à eux. Pendant un moment, Rose fut plus sereine.

Quand le câlin collectif fut terminé, elle prit ses affaires et s'éloigna lentement.

— Vous allez vraiment me manquer.

— On t'aime ! s'exclama Aria.

— Travaille bien, et n'oublie pas de t'éclater !

Matthew lui fit un clin d'œil.

Rose regarda son père qui lui envoya un baiser. Elle lui sourit et entra dans l'aéroport.

Une nouvelle aventure commençait !

TROISIÈME PARTIE

*« I am learning to trust the journey,
even when I do not understand it [2]. »*
Mila Bron

---

[2] J'apprends à faire confiance au voyage, même quand je ne le comprends pas.

1

Dès son arrivée, Rose eut un coup de cœur pour New York. Elle adora l'énergie de cette ville où se mélangeaient les cultures du monde entier. Sa compagnie lui payait un studio privé à Greenwich Village, à quinze minutes à pied du célèbre magazine *Composure* où elle allait travailler pendant deux semaines.

En entrant dans son studio, Rose fut agréablement surprise. Les murs étaient vert clair, ce qui donnait un côté chaleureux et convivial. Le coin salon était partiellement meublé avec un canapé et une table basse sur laquelle étaient posés des magazines *Composure*. Un bar séparait la cuisine du salon. Elle inclina la tête vers la droite et vit une chambre avec une fenêtre qui donnait sur la cour du bâtiment. Elle s'assit sur le canapé et regarda la vue sur Washington Square Park. Les deux palmiers d'intérieur, qui encadraient les coins de la fenêtre, offraient un soupçon de fraîcheur à l'espace de vie moderne. Elle se sentit tout de suite à l'aise dans son nouveau chez-elle.

Rose arriva en avance à son rendez-vous avec Rachel Hudson, la rédactrice en chef de *Composure*. Celle-ci lui souhaita la bienvenue et la présenta à ses collègues. Rose fut chaleureusement accueillie par sa nouvelle équipe qui se composait d'une majorité de femmes entre vingt-cinq et trente-cinq ans. Après avoir fait le tour des locaux, elle discuta avec Rachel de son expérience et de son rôle à *Composure*. Sa supérieure était aimable, mais stricte. Elle insista sur la ponctualité et le professionnalisme de ses employés. Rose sentit que la compétition était plus grande qu'à San Francisco et elle avait hâte de faire ses preuves.

En sortant, elle se réjouit de découvrir la ville. Il y avait tant de choses à voir ! Par quoi allait-elle commencer ?

Elle traversa Washington Square Park. En contournant la fontaine, elle vit un jeune homme qui lui sembla familier. Il était assis sur un banc et buvait un soda. Elle le regarda un moment, puis marcha vers le métro.

En sortant à Times Square, elle fut surprise par les énormes panneaux publicitaires qui envahissaient la place bourrée de touristes. C'était vraiment trop ! Elle longea quelques rues et croisa des vendeurs de hot-dogs et de souvenirs, ainsi que des acteurs costumés en *Avengers* et *Game of Thrones*. Elle fut amusée de voir un Elmo géant et Elsa de *La Reine des neiges*. En arrivant au croisement de 8 *th* Avenue et 46 *th* Street, elle eut envie de boire un verre et entra dans le premier restaurant qu'elle vit.

La Brasserie Athenée était un bar-restaurant tenu par des Grecs avec un chef français. Leur cuisine était un vrai mélange de saveurs. Rose fut accueillie par Ludi et s'assit au bar. Elle sympathisa très rapidement avec Angelica, qui lui prépara un cocktail explosif et la présenta à ses collègues Jessica, Vasilis, Kinga, Santos, Mira et Javier.

Vers minuit, ils invitèrent Rose à leur bar préféré, à quelques rues de là, pour fêter sa première soirée à New York. Elle accepta sans hésiter.

Après une merveilleuse soirée à l'Iron Bar & Lounge, elle rentra à son studio, plus motivée que jamais pour écrire sa nouvelle chronique.

***

Le lendemain, Rose arriva en avance et se mit aussitôt au travail. Elle écrivit sur ce qu'on lui avait raconté de New York et ses premières impressions.

À midi, elle déjeuna avec quelques collègues originaires de la côte est qui avaient toujours vécu dans la « Big Apple ». Ils lui racontèrent toutes sortes d'anecdotes. Elle en nota certaines.

En fin de journée, elle retourna à la Brasserie Athenée et discuta de sa journée avec Angelica. Elle rencontra Roberto, un habitué de quarante ans, qui lui raconta comment New York l'avait accueilli il y avait dix ans.

Les jours s'enchaînèrent, tout comme les paragraphes de son article. Rose appréciait de plus en plus cette ville qui débordait d'énergie et de cultures. Après avoir visité les incontournables comme la statue de la Liberté, l'Empire State Building, le One World Trade Center et le Metropolitan Museum of Art, elle se promena à Central Park, à Little Italy, au Rockefeller Center, au Grand Central Terminal, à Wall Street et sur la High Line. Elle flâna aussi sur Broadway et le pont de Brooklyn, et passa un dimanche ensoleillé à Coney Island. Cela lui faisait du bien d'être seule. Elle découvrait New York en se découvrant elle-même.

Ses matinées commençaient par un petit-déjeuner copieux, quinze minutes de méditation et quelques heures de travail au bureau. Après le déjeuner, elle faisait un rapport à Rachel et prenait le reste de l'après-midi pour explorer la ville. Cet emploi du temps lui convenait à merveille.

De temps en temps, elle avait des nouvelles d'Iris. Sa sœur avait pris un congé pour se reposer. La grossesse devenait très difficile à gérer moralement. Dahlia lui avait enfin avoué qu'elle connaissait l'identité du père, mais Iris ne voulait rien savoir. Elle avait eu des rendez-vous avec des médecins, gynécologues et chirurgiens qui lui avaient fait passer des tests pour voir l'évolution de l'omphalocèle. Elle avait récemment fait une amniocentèse et attendait les résultats. Quand elle voyait son bébé à l'écran de l'échographie et entendait son cœur battre, elle voulait y croire. Elle rêvait que les médecins lui disent que l'omphalocèle était facile à opérer et que son bébé serait en bonne santé.

Un jour, elle le vit bouger sa main à l'écran et pleura de joie. Pendant un instant, elle s'autorisa à penser à leur rencontre. Elle le serrerait très fort dans ses bras et lui murmurerait à quel point elle l'aimait. Ce cauchemar serait enfin fini et elle pourrait profiter de chaque seconde avec son enfant.

Tous les soirs, Rose téléphonait à Iris pour prendre de ses nouvelles. Sa sœur la rassurait et lui demandait qu'elle lui raconte sa journée. C'était une distraction importante dans son quotidien difficile. Alors, Rose lui racontait les moindres détails. En l'écoutant, Iris se sentait un peu plus sereine.

***

Un samedi soir, Rose sortit au Mean Fiddler avec Angelica, Ludi, Jessica et Ashley.

Elle avait instantanément connecté avec Ashley, une Afro-Américaine de vingt-cinq ans qui avait aussi perdu un parent il y avait plusieurs années. Après le décès de son père, atteint d'un cancer, Ashley avait quitté son Arkansas natal et s'était installée à New York pour devenir actrice. Depuis son arrivée, il y avait quatre ans, elle avait joué dans plusieurs courts métrages et avait eu des rôles dans des pièces de théâtre et des web-séries. Ashley était l'exemple type de la célibataire qui ne compte que sur elle-même et croque la vie à pleines dents. Quand elle avait appris que Rose n'avait eu qu'un copain et aucun flirt, elle avait failli s'évanouir. Elle s'était alors lancé le défi de la faire flirter dès qu'elles sortaient danser. Rose s'en était amusée jusqu'à ce samedi soir où un jeune homme séduisant avait voulu danser avec elle.

Bien qu'elle ne fût pas à l'aise, Rose se prêta au jeu et dansa avec lui. Ashley dansait entre deux hommes en lui lançant des regards pour s'assurer qu'elle allait bien. L'alcool faisait effet, mais Rose n'arrivait pas à se détendre. Elle pensait à Francis. Que faisait-il en ce moment ? Est-ce qu'elle lui manquait ? Comment réagirait-il s'il la voyait avec cet homme ? Après quelques minutes, il s'approcha d'elle pour l'embrasser, mais elle recula.

Gênée, elle partit aux toilettes. Ashley la rejoignit.

— Je ne peux pas ! Ce n'est pas moi !

— Calme-toi, ça va aller, la rassura son amie.

214

— Je ne sais même pas où on en est avec Francis. Est-ce qu'on est ensemble ? Est-ce qu'il voit d'autres personnes ? Je ne sais plus où j'en suis ! Il sait que je suis à New York et il ne m'a même pas écrit ! J'ai l'impression qu'il me punit de ne pas être venue avec lui. Il savait que je ne pouvais pas quitter ma mère comme ça. En plus, je devais finir un article. Il me manque et, en même temps, je ne sais même pas si je serais contente de le revoir.

Elle tapa contre le mur, en colère.

— C'est normal que tu sois perdue. Ça fait bientôt deux semaines que tu es dans la même ville que lui sans savoir ce qu'il fait ni s'il pense à toi.

Rose inspira profondément.

— Il ne va pas me gâcher ma soirée. Allons-y !

Elles rejoignirent Angelica, Jessica et Ludi, qui leur proposèrent des shots. Après quelques verres, Jessica prit Rose à part.

— Je viens de rompre après sept ans de relation. Mon conseil : amuse-toi et profite plutôt que de te prendre la tête pour une relation qui ne va sûrement pas durer. Tu n'as qu'une vie.

Elle ne sut quoi répondre. Jessica lui fit un clin d'œil et alla danser avec Angelica et Ludi. Rose chercha Ashley et vit son amie danser avec un homme.

Elle se demanda si Jessica avait raison. Était-ce vraiment la fin de sa relation avec Francis ? Si seulement elle pouvait en être sûre.

À ce moment-là, Nicholas, un copain d'Ashley qui était un habitué du Mean Fiddler, lui proposa de danser avec lui. Elle accepta sans réfléchir.

Nicholas avait un regard doux et un sourire séduisant. Il était un très bon danseur et Rose se laissa aller dans ses bras. Ses amies furent surprises de la voir danser aussi proche de lui. Après quelques minutes, il l'embrassa sur la joue, puis dans le cou. Elle ne put s'empêcher de lui sourire. Il posa ses mains sur sa nuque et s'approcha de son visage. Ses lèvres s'approchèrent des siennes. Rose ne pensait plus, elle se laissait porter. Il l'embrassa. C'était un baiser tendre et sensuel. Elle savoura chaque seconde. Il décolla ses lèvres et ils continuèrent à danser.

Ça y est, elle avait embrassé un autre homme que Francis et elle n'avait aucun regret. Au contraire. Elle le regarda et l'embrassa à nouveau. Ce deuxième baiser fut passionnel.

Tout d'un coup, le téléphone de Rose vibra dans sa poche. Elle le regarda. Francis lui avait écrit : « Salut, Rose, tu passes une bonne soirée ? Quand est-ce qu'on peut se voir ? »

Elle se sentit mal et s'éloigna de Nicholas. Son regard croisa celui d'Ashley, qui comprit aussitôt.

Rose sortit du bar en passant à côté de Francis sans le voir. Il la regarda s'éloigner et finit sa bière, l'air triste. Il reçut un message d'Iris : « Alors, tu as vu Rose au Mean Fiddler ? Comment ça s'est passé ? »

Il rangea son téléphone et sortit du bar. Il marcha quelques mètres et donna un coup de pied dans une poubelle, furieux.

Plus tard, Rose s'apprêtait à se coucher quand elle reçut un message d'Ashley : « Comment tu vas ? Tu penses voir Francis ? »

Elle s'affala sur son lit et inspira profondément. Elle devait le voir et mettre les choses au clair.

***

Le lendemain, Rose et Francis arrivèrent en même temps à la fontaine de Washington Square Park.

Ils s'assirent sur un banc.

— Bonjour, Rose. Je m'excuse de t'avoir tenue à distance aussi longtemps.

Elle regarda la fontaine pour garder son calme.

— J'ai rencontré mon oncle et mon demi-frère. Le frère de mon père est aussi dessinateur. Je suis resté chez lui tout ce temps. Il y a eu des histoires avec Mike, mon demi-frère, et j'ai essayé de l'aider. Il est parti en France pour voir sa mère.

— Et ton père ?

— C'est compliqué. Je ne suis pas sûr de vouloir le voir.

— En tout cas, tu as l'air d'aller mieux. Je suis contente pour toi.

— Et toi, comment vas-tu ?

Rose ne sut pas par où commencer.

— Tu as des nouvelles de ta mère ?

— Non. Personne n'en a.

— J'aurais dû être là pour toi. Je suis sincèrement désolé.

Elle eut les larmes aux yeux.

— Oui, tu aurais dû être là.

— Je sais que ça n'excuse rien, mais j'avais vraiment besoin d'être seul. Quand tu m'as écrit au sujet de ta mère, j'étais bloqué. Soit je prenais le premier vol, soit…

— Tu m'écrivais le pire message de ma vie.

— J'ai été nul, je sais. Une partie de moi t'en voulait de ne pas m'avoir accompagné.

— Je voulais être là pour toi, mais je ne voulais pas être mêlée à ta relation avec ton père. J'ai paniqué quand tu as trouvé sa lettre et que tu étais déterminé à le voir. Ça m'a bouleversée de savoir qu'il frappait ta mère.

— Quoi ? Il la frappait ?!

Rose réalisa son erreur.

— C'est pour ça que ma mère a divorcé ? Tu le savais ?

— Je l'ai deviné par sa réaction quand je lui ai fait lire mon article sur les femmes battues. Elle ne te l'a pas dit, car elle voulait que tu te fasses ta propre opinion sur lui. C'était il y a longtemps.

— Eh bien, il n'a pas changé. Il frappe mon frère depuis des années.

— Je suis désolée.

— Je n'arrive pas à y croire. Tu m'as dit que tu ne savais rien.

— Francis…

Il se leva, furieux.

— Si je l'avais su, je n'aurais jamais voulu le voir et je ne serais jamais venu ! Ça m'aurait évité de voir Mike souffrir parce que notre père est un minable !

— Si tu n'étais pas venu, tu n'aurais pas eu l'occasion d'aider ton frère ni de rencontrer ton oncle.

Il regarda la fontaine pour se calmer.

— Est-ce que tu t'es fait de nouveaux amis ?

— Oui.

Il se tourna vers elle.

— Et tu as fait d'autres rencontres ?

Elle hésita. Si elle lui racontait son flirt avec Nicholas, cela le ferait souffrir inutilement.

— Non, je n'ai pas fait ce type de rencontres.

Il regarda ailleurs pour cacher sa déception.

— Rose, je crois qu'on ne devrait plus se voir pendant quelque temps.

Elle accusa le coup et regarda la fontaine. Un million de pensées traversèrent son esprit. Elle n'était ni triste ni en colère. En regardant Francis, elle se rendit compte qu'elle n'était plus sûre de ses sentiments pour lui. Comme il avait aussi des choses à résoudre de son côté, peut-être qu'une pause dans leur relation leur serait bénéfique.

Elle se leva.

— D'accord, dit-elle calmement. Bonne journée, Francis.

Il la regarda s'éloigner et partit dans la direction opposée.

2

Francis téléphona à sa mère pour lui dire qu'il rentrerait le lendemain. Elle se réjouit de le revoir. Quand il lui avoua qu'il n'avait finalement pas pris contact avec son père, elle lui conseilla d'aller le voir, sinon, il risquerait de le regretter. Elle avait raison.

Il prit le métro jusqu'à East Village. Quand il arriva au croisement de 1 st Avenue et E. 10 th Street, son cœur s'accéléra. Il vit de la lumière là où son père et Mike habitaient. Maintenant qu'il était là, il ne pouvait plus reculer.

Il s'apprêtait à sonner quand la porte s'ouvrit. Un homme d'une soixantaine d'années le regarda, surpris.

— Bonsoir, vous êtes Thomas Boyle ?

L'homme l'observa et se passa la main sur le visage, ému.

— Je ne pensais jamais te revoir.

— Je ne pensais pas venir.

— Je m'en doute. Mike m'a dit qu'il t'avait parlé. Tu veux entrer ?

— Non, je ne préfère pas.

Francis le regarda, en colère.

— Je comprends que tu m'en veuilles.

— En réalité, c'est à moi que j'en veux. Je vous ai idéalisé pendant des années. Quand j'ai rencontré Mike, tout a changé.

— Ta mère a bien fait de t'éloigner de moi. Je sais que j'ai un problème, ça m'a bousillé toutes mes relations. Tu ne pourras jamais m'en vouloir autant que j'en veux à mon propre père.

Francis comprit que son père avait aussi souffert durant son enfance.

— Je suis content de voir que ta mère s'est bien occupée de toi. Bien que j'aie agi comme un connard, sache que je l'aimais vraiment.

Francis le regardait, silencieux.

— Au fait, Mike va rester chez sa mère quelque temps. Je ne sais pas ce que tu lui as dit, mais je te remercie de l'avoir aidé.

Ils étaient tous les deux émus.

— Peut-être qu'un jour, tu me donneras une chance de faire partie de ta vie.

— Peut-être.

— Sinon, ça va ? Tu es heureux ?

— Ça peut aller. Je n'ai pas à me plaindre.

— C'est bien. Tu es devenu un bel homme.

Francis avait besoin de prendre l'air.

— Je dois y aller.

— Merci d'être venu.

Francis s'éloigna de la porte d'entrée. Son cœur battait très fort et sa gorge était nouée.

En arrivant au métro, il réalisa ce qu'il venait de se passer et ne put retenir ses larmes.

***

Rose écrivait des notes à une table de la cafétéria quand Rachel lui fit signe de la suivre.

Elles entrèrent dans son bureau et Rachel s'installa dans son fauteuil sous le regard curieux de Rose.

— Cela fait deux semaines que vous travaillez avec nous. Vous vous plaisez ici ?

— Oui, beaucoup.

— Tant mieux, car nous aimons vous avoir parmi nous.

Rose fut rassurée.

— Monica est contente de vos notes et elle est impatiente de lire votre article.

— Je l'aurai fini ce soir.

— Parfait. Elle m'a aussi parlé d'un poste de rédactrice en chef à San Francisco. Elle pense que vous seriez parfaite.

Rose fut stupéfaite.

— Si je vous en parle avant qu'elle vous contacte, c'est parce que j'aimerais moi aussi vous proposer un poste à long terme à New York.

Rose crut qu'elle allait s'évanouir.

— Le logement serait à vos frais, mais je ne pense pas que cela soit un problème.

Rachel nota quelque chose sur un papier et le lui tendit. Rose le regarda et leva les yeux, surprise.

— Ce serait votre salaire la première année. Vous devriez pouvoir trouver un beau deux-pièces à Greenwich Village, comme vous aimez ce quartier.

— Merci, je ne sais pas quoi dire.

— Je sais que votre famille est à San Francisco, alors c'est une grande décision à prendre. Réfléchissez-y et donnez-moi une réponse dans deux jours.

Rose acquiesça et sortit du bureau. Puis elle partit aux toilettes et sautilla de joie.

À la fin de la journée, elle rendit son article et rejoignit Ashley, Angelica, Jessica et Ludi pour fêter sa réussite. Ses amies furent très contentes pour elle.

Rose ne savait pas encore si elle allait choisir le poste de rédactrice en chef à San Francisco ou rester à New York, dans ce nouvel environnement auquel elle s'attachait de plus en plus. Bien qu'elle ne s'imaginât pas vivre loin de ses proches, elle ressentait une folle envie de démarrer une nouvelle vie. C'était un choix difficile et elle avait peu de temps pour prendre une décision. Elle refusa de trop y penser pour le moment et trinqua avec ses amies.

Elle en était à son troisième shot quand Nicholas arriva. Ils dansèrent ensemble et s'embrassèrent.

Un peu plus tard, Nicholas la raccompagna chez elle. En arrivant devant la porte, il l'embrassa tendrement. Rose l'appréciait, mais elle ne voulait pas coucher avec un autre homme. Bien que sa relation avec Francis semblât toucher à sa fin, elle refusait d'aller trop vite avec le premier venu. Ils s'embrassèrent pendant un long moment contre sa porte d'entrée. Le désir monta de plus en plus et Rose se dit qu'elle devait arrêter maintenant, sinon, il serait trop tard. Nicholas descendit sa main jusqu'à son sein et le caressa, puis il la fit glisser jusqu'à sa fesse. Pendant ce temps, il l'embrassait dans le cou. Elle ferma les yeux de plaisir. Il glissa doucement la main sous sa jupe. Elle voulut l'arrêter, mais elle n'y arriva pas. Ils étaient dans une petite allée à l'abri des regards, mais elle n'était pas rassurée pour autant. D'un coup, Nicholas lui embrassa la poitrine, puis le ventre. Il arriva à la hauteur de sa jupe et la lui souleva. Rose n'arrivait plus à bouger. Elle baissa les yeux vers lui. Leurs regards se croisèrent juste avant qu'il lui baisse sa culotte. Elle vit son visage se rapprocher de son entrejambe et sa langue commença à la caresser. Une bouffée de chaleur l'envahit. Elle s'agrippa à la porte en gémissant.

***

Le lendemain soir, Rose était au bar de la Brasserie Athenée. Angelica la regardait avec attention.

— Tu en as de la chance, dit-elle. Ça fait longtemps qu'on ne s'est pas occupé de moi !

Vasilis arriva avec un plateau et servit deux verres de vin rouge.

— Ma belle, je m'occupe de toi quand tu veux. Je te ferai grimper au rideau…

Elles rigolèrent.

— Peu d'hommes savent comment vraiment satisfaire une femme.

Angelica approuva.

— Est-ce que ça t'a plu ? demanda Vasilis en posant les verres sur son plateau.

Rose hocha la tête timidement.

— Elle a eu deux orgasmes, dit Angelica.

Rose rougit et se cacha le visage.

— Pas mal, dit Vasilis en souriant. Vous allez vous revoir ?

Rose but son verre d'un air mystérieux.

Vasilis partit avec son plateau, amusé.

— Vous êtes un couple, maintenant ? demanda Angelica.

— Non, c'était juste pour s'amuser. Je ne sais même pas si c'est fini avec Francis.

— Je ne connais pas Francis, mais Nicholas est vraiment très séduisant et il a l'air de beaucoup t'apprécier. Si ce n'est pas sérieux entre vous, donne-moi son numéro, d'accord ?

Elles se sourirent.

— Et sinon, tu as pris une décision ?

Rose finit son vin. Elle en avait pris une et elle redoutait la réaction de ses proches.

3

Le lendemain midi, Rose eut une vidéoconférence avec Monica, qui lui demanda si elle voulait le poste de rédactrice en chef. Rose la remercia pour sa proposition et déclina son offre. Elle voulait rester à New York. Monica fut à la fois étonnée et ravie de sa décision.

Avant de raccrocher, Rose lui conseilla de choisir Dahlia pour le poste. Cela faisait plus de cinq ans qu'elle travaillait dans la compagnie et, selon elle, son talent n'était pas reconnu à sa juste valeur.

Dans l'après-midi, Rose se promena à Central Park. Il faisait bon. Avril touchait à sa fin et l'été se faisait déjà sentir.

Elle n'en revenait pas ; elle restait à New York !

D'un coup, elle eut une boule au ventre. Comment allaient réagir sa famille et ses amis ? Sa décision officialisait-elle sa rupture avec Francis ? Était-il rentré à San Francisco ? Pensait-il à elle ? Elle savait qu'elle l'aimait toujours, mais était-ce suffisant ?

La sonnerie de son téléphone la sortit de ses pensées. C'était Matthew.

— Allô ?

— Salut, Rose, ça va ?

Sa voix était tendue.

— Qu'est-ce qu'il se passe ? C'est Iris ?

— Non. C'est Jessica. J'ai besoin de te voir.

— Euh, je ne sais pas quand je rentre à San Francisco. Il y a eu quelques changements.

— Pas de souci, je suis à New York.

— Quoi ? Tu viens d'arriver ?

— Oui, et j'ai vraiment besoin de te voir.

***

Rose avait donné rendez-vous à son cousin à la Brasserie Athenée. Elle appréhendait ce qu'il allait lui dire, et le voir dans un lieu familier la rassurait un peu.

Elle prit le métro à Columbus Circle. Plus les minutes défilaient, plus son anxiété grandissait. Elle s'imaginait tous les scénarios possibles. Comment réagirait-elle si Matthew avait couché avec Jessica ? Pouvait-elle choisir entre son cousin et sa meilleure amie ?

En entrant à la Brasserie Athenée, Ludi et Angelica l'accueillirent avec un grand sourire et Vasilis lui fit un clin d'œil. Rose s'assit au bar et commanda un verre de rosé.

Angelica était en train de la servir quand Matthew entra.

Ils se prirent dans les bras.

— Je suis tellement content de te revoir. J'ai l'impression que ça fait des mois !

— Seulement quelques semaines.

— Tu as toujours prévu de rentrer dans trois jours ?

— Il y a du changement.

— Tu vas tout me raconter, mais d'abord, j'ai besoin d'un verre.

 Elle le présenta à ses amis et il commanda un whisky. Ils burent en se racontant les dernières nouvelles.

Angelica s'occupait des clients tout en jetant des regards furtifs dans leur direction.

Matthew rassura sa cousine sur la grossesse d'Iris. Bien qu'elle n'ait pas le moral, elle restait optimiste. D'ailleurs, les résultats de l'amniocentèse étaient négatifs et le bébé se portait bien. Ensuite, il lui avoua qu'il avait beaucoup trop travaillé au centre médical de l'U.C.S.F. et qu'il était proche du burn-out. Puis, ce fut au tour de Rose de lui annoncer sa décision de rester à New York. Il la félicita.

Elle était ravie de partager ces instants de complicité, mais redoutait le moment où il lui annoncerait qu'il avait trompé Aria.

Elle prit les devants.

— Alors, qu'est-ce qu'il s'est passé avec Jessica ?

— Je m'excuse de te mettre dans cette position. Je sais que ce n'est pas facile pour toi.

— Juste, dis-moi.

— Il y a quelque temps, je l'ai vue au Churchill et nous avons passé une très bonne soirée, en tout bien tout honneur. On s'est revus avant-hier et elle m'a confié qu'elle n'avait jamais aimé une autre personne que moi. Elle m'a montré le roman du *Magicien d'Oz* que je lui avais offert pour ses dix-huit ans. Elle le garde précieusement dans son sac. On s'est remémoré les bons souvenirs, on a bu et…

Rose but quelques gorgées de vin pour se détendre.

— On s'est embrassés.

Elle essaya de cacher sa colère et sa déception.

— Et ce n'était pas un « petit » baiser, c'était plutôt un « je t'aime peut-être encore » baiser.

— J'ai compris, c'était un long baiser.

— Je suis un connard. Aria est une fille géniale qui mérite beaucoup mieux que moi.

Matthew était perdu. Bien qu'elle fût furieuse contre lui, Rose décida de l'aider.

— Bon, t'as merdé. Et maintenant, qu'est-ce qu'il se passe ?

Il soupira et but son whisky.

— J'ai relu ton article sur l'infidélité, ainsi que ceux de tes sœurs. Ils m'ont fait comprendre que je devais prendre du recul pour réfléchir et me remettre en question.

— C'est pour cette raison que tu es venu jusqu'ici ?

— Oui, et je ne rentrerai pas avant d'être sûr de mes sentiments. Avant cet « incident », je comptais demander Aria en mariage. J'avais même choisi une bague.

Rose fut émue. Elle posa sa main sur la sienne.

— Rien ne me fcrait plus plaisir que de voir mon cousin épouser ma meilleure amie. Mais tu dois être sûr de toi. Si tu la fais souffrir…

— Je sais. C'est pour ça que je veux être sûr de mon choix avant de rentrer. D'ailleurs, si elle te demande de mes nouvelles, sois la plus évasive possible. Je lui ai dit que je venais te rendre visite parce que j'avais besoin de vacances.

— Est-ce que tu en as parlé avec mes sœurs ?

— Iris m'a écouté et m'a conseillé de m'adresser à toi. Je crois que mes « petits » soucis ne sont pas sa priorité et je le comprends très bien. Quant à Dahlia, c'est elle qui m'a conseillé de voir Jessica pour être fixé. Quand je lui ai avoué qu'on s'était embrassés, elle semblait mal à l'aise et a prétexté qu'elle avait un rendez-vous. Je n'ai pas eu de ses nouvelles depuis.

Rose réfléchit en buvant son vin. Elle était persuadée que Dahlia avait poussé Matthew à la tentation, d'une manière ou d'une autre. Pourquoi aurait-elle agi ainsi ?

— J'ai faim, dit-il.

— Tu veux dîner ici ou ailleurs ? Au fait, tu vas dormir où ?

— Je n'ai rien réservé. Tu as un hôtel à me recommander ?

— Ne sois pas ridicule. Tu me diras si le canapé de mon studio est confortable.

Matthew la prit dans ses bras.

Angelica les regarda, attendrie.

***

Le lendemain, Rose allait au travail quand elle reçut un message d'Aria : « Profitez bien de la Big City, mes loulous. Je vous embrasse ! » Elle rangea son portable, la boule au ventre.

En entrant dans le métro, elle vit un panneau publicitaire pour un refuge animalier. L'Animal Care Center accueillait tous ceux qui voulaient bien donner de leur temps pour s'occuper des animaux abandonnés. Elle prit une photo avec son smartphone pour avoir les informations.

Dans la soirée, Rose annonça à sa famille qu'elle restait à New York. Leurs réactions positives la réconfortèrent. Son père et Aria l'encouragèrent à aller jusqu'au bout de son aventure new-yorkaise et Iris lui fit promettre de ne pas s'inquiéter pour elle. D'autant plus que Rose ne pouvait pas faire grand-chose, qu'elle soit à San Francisco ou à New York.

Depuis qu'elle avait pris sa décision, Rose était plus sereine. Elle travaillait avec une équipe formidable sur des sujets passionnants comme la santé et l'économie. Elle passait ses soirées avec son cousin et ses amis. Nicholas était parti en vacances et elle ne préférait pas le contacter. C'était mieux ainsi.

Depuis peu, elle avait aussi rejoint l'association Animal Care Center à Manhattan, où elle s'occupait des chats abandonnés. Elle adorait tellement cet endroit qu'elle y passait une heure par jour. Elle finissait sa journée de travail et allait s'occuper de ses nouveaux amis. Avec l'aide des autres volontaires, elle changeait les litières, donnait à manger aux chats et jouait avec eux.

Rose avait grandi avec une femelle et un mâle. Minouchka et Moustapha avaient été recueillis par ses parents quand elle était bébé. Elle avait dix-huit ans quand ils sont morts. Depuis, elle avait voulu adopter un nouveau compagnon, mais Dahlia refusait, car elle ne voulait pas qu'il y ait des poils partout. Maintenant qu'elle vivait seule, Rose était libre d'en avoir un.

***

Un soir, Rose écrivait des notes pendant que Matthew cuisinait.

— Tu es toujours une acharnée du travail, se moqua-t-il gentiment.

— Oui, mais je me soigne.

— C'est bien d'être passionnée comme tu l'es.

— Je sais que j'ai beaucoup de chance de gagner ma vie en faisant ce qui me plaît.

— Tu te rappelles ce que tu m'avais répondu quand je t'avais demandé pourquoi tu écrivais ?

— On devait avoir quinze ans.

— C'est exact.

Elle réfléchit un moment.

— J'écris pour savoir ce que je pense.

— Est-ce que c'est toujours le cas ?

— Oui.

Il s'arrêta de couper les légumes et versa les pâtes dans l'eau bouillante.

En regardant son article, Rose pensa à celui qui avait causé tant de soucis.

— Une part de moi regrettera toujours d'avoir laissé Monica publier mon article sur l'infidélité. Je n'ai pas bien agi et j'ai de la chance qu'elle n'ait rien suspecté.

Il remua les pâtes et s'approcha d'elle.

— Ton article était le résultat d'un malentendu dont tu as tiré bénéfice pour faire avancer ta carrière. Tu n'as peut-être pas fait le bon choix, mais tu dois tourner la page. Rose, tu as toujours eu une vie droite, équilibrée et protégée. Forcément, une part de toi voulait se rebeller et bousculer cette vie si parfaite dans laquelle tu te sens parfois coincée. Je pense sincèrement que cette expérience t'a permis de mûrir. Ton écriture a gagné la promotion, sois-en fière.

Elle lui sourit.

— Au fait, tu peux rester combien de temps dans ce studio ?

— Aussi longtemps que je veux. Depuis deux semaines, c'est moi qui paie le loyer.

— Vu ton nouveau salaire, tu peux te le permettre, non ? D'ailleurs, pourquoi tu ne resterais pas ici ?

— Si je ne trouve rien d'autre, je serai bien obligée.

Elle leur resservit du vin.

— Il est bien situé et tu as assez de place.

— C’est vrai.

— Alors, économise plutôt pour ton prochain aller-retour à San Francisco.

Elle sourit et leva son verre pour porter un toast.

— À mon cousin et à son bon sens !

Ils trinquèrent.

Le téléphone de Rose vibra sur la table. Elle s’empressa de le regarder. Son père lui avait écrit : « Bonsoir, ma chérie, comment ça se passe avec ton cousin ? »

Elle but son vin, déçue.

— Tu aurais préféré que ce soit qui ?

— Je ne sais pas, pourquoi ?

— Depuis que je suis arrivé, nous avons évité de parler de deux personnes. Je ne veux pas te forcer, mais tu sais que tu peux tout me dire.

Elle acquiesça et but une gorgée de vin.

— Il est bien rentré et nous avons un peu parlé de toi. Il n’a rien voulu laisser paraître, mais je sais que tu lui manques.

Elle regarda ailleurs et but quelques gorgées.

— Concernant l’autre personne…

— Laisse-moi deviner : elle n’a donné aucune nouvelle ?

Il la regarda avec tristesse.

Rose retint ses larmes. Il la prit dans ses bras. Elle essaya de se contrôler et finit par lâcher prise. Elle pleura un long moment dans ses bras.

4

Le mois de mai était la période des chatons. Rose se rendait tous les jours au refuge animalier pour s'occuper des chats plus âgés qui manquaient d'attention depuis que les chatons avaient envahi les lieux.

Un vendredi, alors qu'elle nourrissait un chat prénommé Broadway, un homme d'une trentaine d'années entra dans la pièce.

— Bonjour. Je pensais être la seule à cette heure-ci.

— Bonjour. Rose, c'est ça ?

— Oui.

— Tu as du succès ici. D'après le manager, peu de volontaires viennent tous les jours. Moi, c'est Abraham. Je suis nouveau.

— Enchantée. Tu as des animaux ?

— Ma femme et mes deux fils sont allergiques.

— J'imagine que tu ne vas pas venir souvent. Ou tu vas devoir faire beaucoup de lessives.

Il sourit et changea la litière de Broadway.

— Cela ne dérange pas ma famille. Ils savent à quel point j'aime les animaux.

— Tu as combien d'enfants ?

— Cinq.

Elle fut surprise.

— C'est normal pour ma communauté, dit-il, amusé.

— Tu as la trentaine, non ?

— Trente-quatre ans. Chez les juifs orthodoxes, le nombre moyen d'enfants par famille est sept.

— J'ai deux sœurs et c'est déjà compliqué, alors sept…

— Ce n'est pas tous les jours facile, mais ma femme est merveilleuse. Elle est le ciment de notre famille.

— Vous vous êtes rencontrés comment ?

— Le jour de notre mariage.

— C'était un mariage arrangé ?

— Oui, répondit-il en souriant.

— Et vous êtes tombés amoureux et avez eu cinq enfants. C'est une belle histoire.

— Je suis un mari et un père comblé.

Il caressa un chat de trois ans, prénommé Tigrou.

— Et toi, Rose, ta famille est ici ?

— À San Francisco. Je suis venue pour le travail.

— Je suis allé quelquefois dans la Bay Area pour des séminaires, comme je suis informaticien. J'ai beaucoup aimé, mais je ne quitterais jamais Brooklyn. Tous mes proches sont à New York. Que fais-tu comme travail ?

— Je suis rédactrice pour *Composure*.

— Ma femme adore ce magazine.

Rose déposa Broadway dans son box.

— J'ai bientôt rendez-vous avec mes amis. Tu connais l'Iron Bar & Lounge à Hell's Kitchen ?

— Oui, de nom.

— Tu voudrais te joindre à nous ?

— Je ne bois pas, mais merci pour l'invitation.

Rose fut gênée.

— Désolée, je n'ai pas réfléchi.

— Aucun souci. Il y a quelques petites choses qui vont contre ma religion, mais que je m'autorise.

— Lesquelles, par exemple ?

— Je ne devrais pas être seul dans une pièce avec une autre femme.

— Vraiment ?

— Oui, mais ce n'est pas grave. Je ne fais rien de mal. Au contraire, je m'occupe de ces petites boules de poils.

Il remplit la gamelle d'eau de Tigrou.

— Je peux te poser une question personnelle ? demanda Rose.

— Oui.

— Tu n'as jamais été intéressé par d'autres femmes ?

— Bien sûr que si. Je croise souvent de belles femmes. Seulement, il n'est pas dans ma nature de me laisser tenter. Si je trouve une femme trop attirante ou qui me plaît, je m'en éloigne.

— Ça paraît si simple. Si tout le monde faisait comme toi, il y aurait moins de séparations et de divorces.

Il sourit et arrangea le box de Tigrou.

— Tu as quelqu'un dans ta vie ?

— C'est compliqué.

Il l'observa un moment.

— Tu ne sais pas si votre histoire est finie ?

— Comment tu as deviné ?

— Je suis sensible à certaines émotions. Cela fait longtemps que vous êtes ensemble ?

— Très longtemps. On a grandi ensemble et c'est le seul homme que j'ai aimé.

— Est-ce que tes parents sont mariés ?

— Ça aussi, c'est compliqué. Pour résumer, ils étaient mariés pendant trente-deux ans, et ma mère, qui est en phase terminale d'un cancer, a quitté mon père pour finir ses jours en voyageant.

— Je suis sincèrement désolé.

— Merci.

Abraham caressa Tigrou en réfléchissant.

— Est-ce que tu voudrais mon avis ?

— Bien sûr.

— Tes parents représentent ton couple modèle. Comme ils ne sont plus ensemble, tu doutes que ta relation avec ton copain puisse durer. Par ailleurs, si tu es avec lui depuis longtemps, c'est normal d'avoir des moments de doutes. Surtout si tu commences une nouvelle vie à New York. Ce serait bizarre que tu ne sois pas un peu confuse avec tout ce que tu traverses en ce moment.

Abraham avait raison.

— Tu penses que je devrais lui parler ?

— Je pense que tu connais la réponse à cette question.

Elle regarda Broadway qui mangeait avec appétit.

— Une part de moi est convaincue que je l'aimerai toujours, mais une autre part a peur de rester avec lui par habitude, alors que je ne suis plus vraiment amoureuse.

— Nous sommes des êtres complexes. C'est ce qui rend nos rapports avec autrui compliqués, mais aussi passionnants. Il n'y a pas de règles établies. Toute relation, qu'elle soit amoureuse, amicale, familiale ou professionnelle, demande du travail. Je te conseille d'y réfléchir à deux fois avant de mettre fin à une relation importante parce que tu traverses une période difficile.

Rose aimait discuter avec Abraham. Malgré la complexité de leur relation, elle espérait qu'ils deviennent amis.

***

Rose entra au Iron Bar & Lounge et s'assit à côté de Matthew.

— Tu sembles plus sereine. Qu'est-ce qu'il s'est passé ?

— J'ai fait une belle rencontre au refuge animalier. Avant que tu ne t'imagines quoi que ce soit, c'est purement amical. Il est marié et a cinq enfants.

Il faillit s'étouffer avec sa bière.

— On a parlé pendant un long moment et je me suis confiée à lui.

— J'ai de la concurrence, alors.

— Ne t'inquiète pas, tu seras toujours mon confident préféré. C'est juste que parler de mes soucis avec un inconnu m'a donné une nouvelle perspective.

Ashley, Angelica, Ludi et Jessica les rejoignirent avec un pichet de bière.

— Je suis entouré de femmes magnifiques qui ont un pichet rempli de bière. La vie est belle !

Jessica l'embrassa sur la joue et lui fit un énorme sourire. Ashley la regarda avec agacement.

— Du calme, prévint Rose, il a assez de Jessica dans sa vie.

Matthew but sa bière, honteux.

Après dîner, ils allèrent au Mean Fiddler. Dès qu'ils entrèrent, Rose vit Nicholas qui discutait avec des copains. Troublée, elle se cacha discrètement derrière Ashley. Ce stratagème ne marcha pas, car il la vit et s'approcha d'elle pour l'embrasser. Elle l'ignora et sortit précipitamment du bar.

Alors qu'elle attendait le métro, Matthew lui téléphona, mais elle ne décrocha pas. Elle lui écrivit un message pour le prévenir qu'elle rentrait, car elle avait mal à la tête. Son excuse n'était pas entièrement fausse. Elle avait l'impression que sa tête allait exploser !

Cette nuit-là, Rose n'arriva pas à s'endormir. Elle se retourna dans tous les sens, enleva sa couette, la remit, ouvrit la fenêtre, la referma. Rien à faire.

Elle buvait une tisane quand Matthew entra.

— Vous avez fait la fermeture ?

— Oui, les filles ne travaillent pas demain matin, alors elles voulaient en profiter.

— Excuse-moi, j'ai paniqué en voyant une personne et j'ai préféré rentrer.

— Je suis au courant pour Nicholas. Jessica m'a raconté.

— Ça ne m'étonne pas d'elle.

— Tu penses rompre avec Francis ?

— Si je rompais, ce serait parce que je ne suis plus amoureuse et non pour aller avec un autre homme.

— Tu n'es plus intéressée par Nicholas ?

— Je le trouve séduisant, mais je ne m'imagine pas faire ma vie avec lui. C'est le genre d'homme qui peut avoir toutes les filles qu'il veut, alors je n'ai jamais pensé que ce serait sérieux entre nous.

— C'est bien que tu aies eu un flirt. Avant ça, tu étais un alien aux yeux de tout le monde.

Ils rigolèrent.

— Plus sérieusement, est-ce que tu culpabilises par rapport à Francis ?

— Non. Pourtant, j'aurais préféré.

— Cela ne veut pas dire que tu n'es plus amoureuse de lui.

— Qu'est-ce que ça veut dire, alors ?

Ils se regardèrent. Elle préféra changer de sujet.

— Je suis contente que tu t'entendes bien avec mes amies, mais ça ne doit pas être génial pour toi de sortir avec nous depuis quelques semaines. Notre groupe manque de mecs.

— Ne t'inquiète pas pour moi. J'ai grandi avec trois cousines géniales, alors j'aime bien être entouré de filles. J'apprends plein de choses. C'est plutôt à Angelica qu'il faudrait demander si ça ne l'ennuie pas de sortir avec nous. Je n'arrive pas à croire qu'elle soit grand-mère à quarante ans. Elle fait à peine trente-cinq ans.

— C'est vrai. Je ne réalise pas non plus qu'elle a un fils de dix-neuf ans qui vient d'avoir une fille.

— Ils ne connaissent pas la contraception dans leur famille ?

Rose but sa tisane, amusée.

— J'adore Angie. Dès mon arrivée, elle m'a accueillie à bras ouverts. Tout comme Ludi.

— J'apprécie beaucoup Ludi, mais elle parle trop de son ex-mari. Elle est toujours dingue de lui alors qu'il l'a trompée plusieurs fois. Elle a notre âge et elle a tout pour plaire. Pourquoi elle s'emmerde avec un mec pareil ?

— Je suis d'accord. Ça nous rend folles, Ashley et moi. Au fait, je crois qu'Ashley a le béguin pour toi.

— Elle est géniale, mais j'ai déjà trouvé la femme de ma vie.

Rose le regarda, surprise. Il réalisa ce qu'il venait de dire.

Elle s'apprêtait à parler quand son téléphone vibra. Elle consulta le message tandis que Matthew se servait un verre d'eau.

D'un coup, elle leva les yeux vers lui avec inquiétude.

— Iris entre à l'hôpital demain pour faire une interruption médicale de grossesse.

5

Rose et Matthew furent accueillis à l'aéroport par Alan qui serra sa fille si fort qu'elle faillit étouffer. Ils déposèrent Matthew chez lui, car il préférait laisser Iris avec son père et ses sœurs.

Alan et Rose arrivèrent devant l'hôpital où Dahlia les attendait. Elle leur dit qu'elle venait d'accompagner Iris dans sa chambre. Alan était très ému.

Iris était assise sur un siège à côté de son lit d'hôpital. Elle regardait autour d'elle sans savoir quoi faire. Devait-elle s'allonger, allumer la télévision ou aller sur les réseaux sociaux pour se changer les idées ? Rien de tout cela ne la motivait. Elle avait surtout besoin de prendre conscience de la situation surréaliste dans laquelle elle se trouvait. Cinq mois plus tôt, elle avait couché avec une personne qu'elle connaissait à peine et était tombée enceinte d'un bébé avec une anomalie rare. Un bébé sur cinq mille – avait dit le médecin – et il fallait que ça tombe sur elle. Était-ce un signe ? Ce bébé était-il venu dans sa vie avec une malformation pour une raison ? Elle avait envie de pleurer, mais n'y arriva pas. Elle se caressa le ventre. Bien qu'elle fût perdue, elle était certaine d'une chose : elle aimait son bébé. Il serait toujours une partie d'elle. Un lien s'était créé et il était impossible de le briser.

Son téléphone sonna. C'était Sophia. Elle n'avait aucune envie de parler à la compagne de son père, ni à qui que ce soit d'ailleurs, mais le silence dans la chambre lui pesait trop.

Elle décrocha.

— Allô ?

— Bonjour, Iris, c'est Sophia. J'espère que je ne te dérange pas. Comment te sens-tu ?

— Ça va.

— Je me doute que tu ne dois pas trop savoir où tu en es. C'est une situation tellement surréaliste. Tu es à l'hôpital ?

— Oui, dans ma chambre.

Une infirmière frappa à la porte et entra. Elle déposa un plateau-repas sur la table.

— Tu es seule ?

L'infirmière partit en fermant la porte derrière elle.

— Mon père, Rose et Dahlia arrivent bientôt.

— Tant mieux. Je n'imagine pas à quel point cette décision a dû être difficile à prendre.

Iris prit une profonde inspiration pour lutter contre les larmes qui arrivaient.

— Sache que je pense très fort à toi. J'ai moi aussi eu un avortement quand j'avais à peu près ton âge. Avant la naissance d'Ethan, je suis tombée enceinte par accident. Je me sentais tellement bien. Malheureusement, mon compagnon n'était pas prêt à être père. Je l'aimais et je ne voulais pas élever seule un enfant, alors j'ai pris la décision la plus difficile de ma vie. Peu de temps après, nous avons rompu d'un commun accord. En fin de compte, je n'étais pas aussi amoureuse que je le pensais. Même si je réalise ma chance d'avoir eu un fils en bonne santé avec mon ex-mari, je repense parfois à cet autre enfant que j'aurais eu le bonheur de voir grandir. Mais je ne regrette rien. Je m'excuse, tu n'as sûrement pas envie d'entendre tout ça.

Bizarrement, son histoire l'avait un peu apaisée. Elle se sentait moins seule pour affronter les émotions qui la submergeaient.

— Tout ça pour te dire que je suis persuadée que rien n'arrive par hasard. Je pense sincèrement que le bébé que j'ai porté pendant trois mois devait m'apporter un message. D'ailleurs, il m'a fait prendre conscience de certaines choses.

Iris était très émue.

— Je ne vais pas te déranger plus longtemps. Je t'embrasse bien fort.

— Merci de m'avoir appelée, Sophia.

— Je t'en prie. À bientôt.

Iris raccrocha.

Elle séchait ses larmes quand la porte s'ouvrit.

— Tu es décente ? demanda Dahlia.

— Oui.

Ses sœurs entrèrent.

— Comment tu vas ? lui demanda Rose, inquiète.

— Sophia vient de m'appeler. Étonnamment, ça m'a fait du bien.

— Tant mieux, dit Rose en la serrant dans ses bras.

— J'avais dit à papa de ne pas te prévenir.

— Je sais, mais heureusement, il l'a fait. Il était hors de question que je reste à New York pendant que tu traverses cette épreuve. Pourquoi est-ce que tu ne m'as rien dit ? Ça fait deux semaines que ton interruption médicale est prévue.

Iris haussa les épaules et se moucha.

— Merci d'être venue.

Dahlia regarda le plateau-repas.

— Ah ouais, quand même !

— Qu'est-ce qu'il y a ? demanda Rose.

— Ça a l'air franchement dégueulasse ! Le yaourt et le fromage semblent comestibles, mais évite le reste.

— Je n'ai pas faim, de toute façon.

— On peut t'apporter quelque chose ? proposa Rose.

— Non, merci.

— Qu'est-ce que tu rêverais de manger ?

— Rien.

— Mais tu auras sans doute faim plus tard, insista-t-elle.

— Si j'ai faim, je mangerai le yaourt et le pain. Pour le moment, je suis trop nouée.

— C'est quand qu'ils te mettent les… ? Comment ça s'appelle, déjà ?

— Les mèches.

— C'est quoi ? demanda Rose.

— Ce sont des bandes similaires à des tampons qui contiennent un matériau libérant progressivement des petites doses de prostaglandines. Ça permet de déclencher les contractions tout en douceur.

— Elles sont insérées dans le vagin ?

— Oui. Grâce à cette technique, je ne devrais pas prendre trop de temps à accoucher demain.

Rose et Dahlia s'échangèrent un regard dubitatif.

— J'attends qu'une infirmière m'appelle pour insérer mes bâtonnets magiques.

Rose prit la main d'Iris.

— Au fait, papa arrive bientôt, dit Dahlia. Il était très ému, alors il avait besoin d'un peu d'air.

— Je n'ai pas envie de le voir. D'ailleurs, je préfèrerais rester seule.

— On viendra tous demain, si tu veux ?

— Non, Rose, je serai dans un état lamentable. Venez plutôt après-demain.

— D'accord. Essaie de te reposer. Si tu as besoin de quoi que ce soit, appelle-nous.

Ses sœurs l'embrassèrent et sortirent.

Cette nuit-là, les heures défilèrent lentement. Iris eut des tiraillements dans l'utérus et n'arriva pas à s'endormir. Alan pleura en regardant des photos de famille. Rose feuilleta des magazines et relut tous les articles d'Iris. Dahlia fit la fermeture du Churchill et s'allongea sur la pelouse d'Alamo Square. Elle pensa à Iris et ferma les yeux. L'alcool lui faisait tourner la tête. Quand elle les rouvrit, sa mère était allongée à côté d'elle. Elles se regardèrent et Linda lui prit la main. Dahlia referma les yeux.

***

Le lendemain, à 8 heures, un infirmier entra dans la chambre d'Iris avec un fauteuil roulant. Vêtue de son pyjama, elle s'assit dans le fauteuil et se laissa rouler jusqu'à l'étage inférieur. Une fois dans la salle d'opération, l'infirmier l'invita à mettre une blouse et à s'allonger sur le siège. Dès qu'elle fut seule, Iris se changea et s'allongea. Une infirmière entra et se présenta, puis une deuxième et une troisième. Elles lui installèrent une perfusion et s'en allèrent. Arriva alors le médecin qui la suivait depuis plusieurs mois. Il s'assura qu'elle allait bien et repartit. Quelques minutes plus tard, une des infirmières entra à nouveau et lui réexpliqua comment allait se dérouler l'opération. Une fois les étapes passées en revue, elle lui demanda si elle souhaitait toujours une péridurale pour soulager les douleurs. Iris acquiesça. L'infirmière la fit alors s'asseoir sur le lit. Puis elle lui demanda de retenir sa respiration et lui injecta le produit anesthésique entre deux vertèbres lombaires par l'intermédiaire d'un cathéter. Ensuite, Iris se rallongea et l'infirmière la laissa seule. Les minutes semblèrent durer une éternité. Comme si le temps s'était arrêté. D'un coup, la porte se rouvrit et une infirmière lui demanda si elle acceptait la visite de sa petite sœur. Iris hocha la tête. Quelques instants plus tard, Rose entra et embrassa sa sœur. Iris fut plus sereine. Une infirmière arriva et posa sa main sur la cuisse d'Iris en lui demandant si elle sentait la pression de ses doigts. Iris lui répondit que non. L'infirmière repartit, satisfaite. Peu de temps après, une équipe d'infirmiers entra et dressa un rideau au-dessus du ventre d'Iris afin qu'elle ne voie pas le bas de son corps. L'interruption médicale de grossesse allait commencer.

On lui mit un masque sur le visage afin qu'elle puisse inhaler, si besoin, un mélange gazeux (moitié oxygène, moitié protoxyde d'azote). Cela devait la détendre pendant que le médecin procédait à l'injection de médicaments dans le cordon du bébé afin de provoquer chez lui un arrêt cardiaque. Malheureusement, le bébé bougeait un peu trop et le médecin dut s'y reprendre à plusieurs reprises pour injecter le produit. Malgré la péridurale et le gaz « hilarant », Iris sentit tous les coups d'aiguille sur son bas-ventre. La procédure d'endormissement du bébé, réalisée sous contrôle échographique, dura un long moment. Tout du long, Iris serra la main de Rose, le regard dans le vide. Son bébé allait mourir d'un instant à l'autre. Elle lui dit au revoir. Elle lui promit de ne pas l'oublier et d'honorer sa mémoire. Les coups d'aiguille s'arrêtèrent. Elle entendit un cri de bébé dans une salle voisine et versa une larme. L'aiguille se retira. Son bébé était mort.

Certains infirmiers sortirent de la salle, tandis que d'autres procédèrent au sondage urinaire. D'un coup, Iris sentit un écoulement provenir de son vagin et serra la main de Rose. Elle venait de perdre les eaux. Puis, sans qu'elle ne sente quoi que ce soit, elle accoucha. Les infirmiers prirent le bébé et sortirent. Le rideau fut démonté. Une infirmière lui demanda alors si elle voulait voir son bébé. Iris accepta. L'infirmière lui donna une serviette hygiénique à grosse absorption. Iris la mit et se redressa. Les saignements ne tardèrent pas à venir. Elle fut alors prise de nausée. Rose eut tout juste le temps de lui apporter une bassine pour qu'elle vomisse des glaires. Ensuite, elle resta assise pendant un moment, le regard perdu, à réaliser ce qu'il venait de se passer.

Dans une autre salle, pendant qu'une infirmière préparait le bébé, un jeune homme en blouse blanche entra. C'était Alex. Dès qu'elle eut fini d'habiller le bébé, Alex prit deux photos, ainsi que l'empreinte de ses pieds.

Une infirmière ouvrit doucement la porte de la salle d'opération et demanda à Iris si elle était prête à voir son bébé. Elle hocha la tête en pleurant. L'infirmière s'approcha et le lui tendit. Iris inspira profondément et le prit dans ses bras. L'infirmière ressortie.

À cet instant, Iris vécu le moment le plus intense de sa vie. Elle portait dans ses bras une partie d'elle. Son bébé était petit, mais déjà bien formé. Sa peau était rougeâtre et tiède. Son visage était serein. Il avait l'air paisible. L'omphalocèle était cachée par une couverture et on lui avait mis un bonnet blanc pour ne pas révéler le sexe. Iris l'observa pendant un long moment et lui embrassa le front.

— Tu vas lui donner un prénom ? demanda Rose.

— Elya. C'est un prénom mixte.

Elles se regardèrent et regardèrent Elya.

L'infirmière entra à nouveau et lui demanda si elle avait besoin de rester seule avec son bébé plus longtemps. Iris lui tendit Elya. L'infirmière le reprit et s'en alla. Iris regarda son bébé partir. Elle était à la fois triste et apaisée.

Iris fut de retour dans sa chambre vers 17 heures. Dès qu'elle s'allongea, elle s'endormit. Elle se réveilla une heure plus tard et vit ses parents assis de chaque côté du lit. Ils lui prirent chacun une main. Sa mère lui sourit et Iris se rendormit.

Quand elle se réveilla vers 20 heures, il y avait un plateau-repas sur la table de nuit. Elle se releva difficilement et mangea un peu. Ensuite, elle alluma la télévision pour se changer les idées, mais se rendormit aussitôt.

6

Le lendemain matin, un homme se présenta à Iris. Il lui expliqua qu'il était en charge des livrets de famille et lui demanda si elle voulait enregistrer son enfant. Elle accepta.

Iris quitta l'hôpital en fin de matinée. Elle sortait de l'ascenseur avec Rose et Dahlia, quand Alex entra dans l'ascenseur d'à côté, qui montait.

Le trajet jusqu'à leur appartement fut silencieux. Elles n'avaient pas besoin de parler pour se comprendre. Même si les mois de tests et d'attente étaient terminés, Iris devait faire son deuil. Ce cauchemar n'était pas fini.

En arrivant, Iris alla se coucher. Rose et Dahlia se préparèrent à manger en silence et déjeunèrent devant la télévision. Elles regardèrent une rediffusion de la série *Charmed*.

Au bout de quelques minutes, Dahlia prit la télécommande et coupa le volume. Quand Prue, jouée par Shannen Doherty, s'adressa à sa sœur Phœbe, jouée par Alyssa Milano, Dahlia se tourna vers Rose.

— Excuse-moi d'avoir poussé Matt à tromper Aria. Je ne sais pas ce qui m'a pris.

Rose regarda sa sœur, puis la télévision, et à nouveau sa sœur. Elle fut touchée par son geste et comprit que Dahlia était sincère. Bien qu'elle fût en colère contre elle, leur querelle devait s'arrêter.

Quand Phœbe s'adressa à Prue, Rose regarda sa sœur.

— Tu l'as peut-être incité à être infidèle, mais il est assez intelligent pour prendre ses propres décisions.

Dahlia fut étonnée de sa réaction.

— Nous n'avons pas été proches ces derniers temps, poursuivit-elle, mais nous devons faire un effort pour Iris. Elle a besoin de nous.

Dahlia hocha la tête.

— Rose, je sais que tu m'as référée pour le poste de rédactrice en chef. Après tout ce qu'il s'est passé entre nous, j'apprécie beaucoup.

— Tu es une écrivaine formidable. Monica aurait dû te proposer ce poste il y a longtemps.

Dahlia fut touchée.

— Nous avons eu nos différends, continua Rose, mais j'aimerais qu'on se réconcilie. Nous avons vraiment besoin les unes des autres.

— Je suis d'accord.

Elles se prirent dans les bras.

***

Après le déjeuner, Rose entra dans sa chambre. Cela ne faisait qu'un mois qu'elle était partie, et pourtant, l'atmosphère y était différente. Elle ouvrit la fenêtre qui donnait sur une cour. L'air frais lui fit du bien. Il s'était passé tellement de choses depuis son départ qu'elle avait l'impression d'être une nouvelle personne.

À côté de la fenêtre, il y avait des étagères encombrées de livres en tous genres. Elle vit le roman *Sex and the City*, de Candace Bushnell, et sourit.

Elle s'allongea sur son lit et contempla les photos de famille qu'elle avait accrochées à une guirlande lumineuse. À côté, il y avait un poster de Toni Morrison, une célèbre romancière afro-américaine, avec la citation : « Si vous souhaitez lire un livre, mais qu'il n'a pas encore été écrit, vous devez l'écrire. » Elle remarqua un espace à côté de l'affiche et eut envie d'y mettre une photographie de New York.

Après quelques minutes de méditation, Rose prit un magazine sur sa table de nuit. Elle l'ouvrit et tomba sur un article d'Iris : « Quelle est la différence entre aimer et être amoureux ? »

Elle lut des extraits.

« Vous ne choisissez pas par qui vous êtes attiré, mais vous choisissez de qui vous tombez amoureux et (plus important encore) de qui vous restez amoureux. »

« Être amoureux, c'est avoir envie de découvrir une personne. Vous êtes enthousiaste à l'idée de passer du temps avec elle. La dopamine est l'hormone de l'enthousiasme. Plus vous voulez découvrir une personne et vous vous attachez à elle, plus la dopamine monte. C'est l'état amoureux. Seuls les couples capables de dépasser la désillusion de cet état d'amour romantique parfait pourront rester ensemble.

Vous devez comprendre que lorsque vous tombez amoureux d'une personne, pendant les premiers mois qui suivent la rencontre, vous ne la connaissez pas. Vous ne pouvez pas l'aimer réellement. Vous aimez l'idée de cette personne. Pour l'aimer réellement et sincèrement, il faut beaucoup de temps et de partage. Ainsi que des épreuves pour tester la solidité de votre lien.

Quand vous connaissez davantage la personne, il arrive un moment où la dopamine redescend et votre perception change. Maintenant, vous voyez aussi ses défauts. C'est à ce moment que peut naître l'amour. Vous savez ce que vous aimez chez cette personne et vous découvrez ce que vous n'aimez pas. Est-ce que ce que vous aimez vaut que vous supportiez ce que vous n'aimez pas ? Et là, soit ça ne marche pas, soit vous travaillez à vous rendre compatibles.

Une fois passée la phase de compatibilité, il y a la phase d'engagement. C'est là que vous devenez une personne qui aime l'autre.

Malheureusement, certaines personnes ne comprendront que très tardivement la différence entre être amoureux et aimer. Ils passeront leur vie à sauter d'une relation amoureuse à une autre pour ressentir ces sensations fortes. Après plusieurs échecs amoureux, ils se poseront peut-être les bonnes questions et comprendront que le problème, ce n'est pas l'autre, mais eux-mêmes. »

« L'amour, c'est l'acceptation des différences de l'autre. Vous allez constamment être à la recherche de moyens pour que votre relation marche et dure.

L'amour est un choix. Vous choisissez d'avancer ensemble. Vous décidez que c'est la personne pour qui vous allez supporter tout ce qu'il y a sur la table.

Le véritable amour, c'est choisir la personne avec laquelle vous voulez entretenir cet amour dans le temps en lui restant fidèle. »

Rose fit une pause. Iris avait raison. On ne contrôlait pas ses sentiments, mais aimer était un choix.

Elle tourna quelques pages et vit un article de Dahlia : « Qu'est-ce qui fait durer un couple ? »

Elle en lut des extraits.

« J'ai demandé à dix personnes ce qui apportait le plus de satisfaction dans leur couple. La réponse la plus fréquente fut "rire ensemble". La deuxième, "avoir des projets communs", la troisième, "pouvoir compter l'un sur l'autre", la quatrième, "avoir les mêmes valeurs", et la cinquième, "être aussi amis."

La surprise venait de la réponse absente : la sexualité ne faisait pas partie des cinq motifs de bonheur conjugal les plus cités. »

« Pour que votre couple dure, voici leurs conseils :

1.   Vous devez régulièrement vous offrir des moments privilégiés à deux, que ce soit un restaurant, une activité ou un voyage. Forcez-vous à sortir de votre routine.

2.   Ne vous couchez pas fâchés. Essayez de régler vos différends avant d'aller dormir.

3.   Exprimez votre amour au quotidien, que ce soit oralement, à l'écrit et/ou par de petites attentions. »

« Inscrire son couple dans la durée est un job à plein temps ! Voilà pourquoi de plus en plus de ménages décident de s'affranchir de ce modèle pour faire partie des "couples libres". Chaque partenaire peut avoir ses activités, voyager avec ses amis ou en solo. La cohabitation peut devenir optionnelle, ainsi que la monogamie. Chaque ménage définit ses limites et ses zones d'interdit. Il n'y a plus un modèle unique : le couple contemporain est polyphonique. »

Rose ferma le magazine. Elle avait besoin d'air.

En montant Fillmore Street, elle repensa à la première fois que Francis et elle s'étaient embrassés.

Il y avait presque douze ans, ils avaient pris des glaces chocolat-menthe au Bi-Rite sur Dolores Street et 18 th Street, et ils s'étaient assis sur le banc le plus haut du parc, où il y avait une vue magnifique sur Mission.

Ils avaient à peine fini leurs glaces que Francis avait posé sa main sur la sienne et lui avait demandé si elle voulait être sa copine. Elle l'avait embrassé sans hésiter. Ensuite, elle lui avait donné une petite boîte dorée sur laquelle elle avait dessiné leurs initiales entremêlées. Il l'avait ouverte et avait lu le mot à l'intérieur. Puis il l'avait embrassée.

En se remémorant ce jour qui avait officialisé leur relation amoureuse, Rose ressentit un mélange de mélancolie et de doute.

Elle arriva devant le Good Times. Étonnamment, revoir ce lieu lui redonna le sourire.

***

Tania était en train de faire la vaisselle quand Francis ouvrit la porte d'entrée. En l'entendant, elle s'arrêta instantanément.

Il entra dans la cuisine et posa son sac par terre. Elle se tourna vers lui avec inquiétude.

— Bonjour, maman, dit-il en souriant.

Elle lui sourit, soulagée.

— Je suis désolé d'être parti…

Elle s'avança vers lui et le prit dans ses bras.

— Mon grand garçon. Ce voyage t'a fait du bien ?

— Oui, beaucoup. Tu m'as manqué.

— Je suis contente que tu aies passé du temps avec ton oncle et ton demi-frère. Mike est rentré à New York ?

— Oui. Après un séjour à Paris et un road trip au Grand Canyon, il s'est dépêché de rentrer avant de perdre son job.

— Vous vous reverrez bientôt.

— Bien sûr. C'est cool d'avoir un frère.

— Est-ce que tu m'en veux toujours ?

— Non, je comprends pourquoi tu ne m'as rien dit. Rose a lâché le morceau involontairement et il m'a fallu un peu de temps pour digérer l'information.

— J'aurais dû te le dire. Rose doit s'en vouloir. Ça va mieux entre vous ?

— Je préfère ne pas en parler.

Il reprit son sac et alla dans sa chambre.

Plus tard, en rangeant ses affaires dans son armoire, il fit tomber une petite boîte dorée. Il la ramassa, intrigué. C'était la boîte que Rose lui avait offerte à Mission Dolores Park. Il avait oublié qu'il l'avait gardée.

En l'ouvrant, il vit le mot de Rose et le déplia délicatement. Il était écrit : « Je t'aime. »

Revoir ce mot après plus de dix ans le toucha profondément. Ces derniers mois, il avait beaucoup réfléchi à leur relation. Quand il avait vu Rose embrasser ce type au Mean Fiddler, une douleur indescriptible l'avait anéanti. Puis, quand ils avaient discuté près de la fontaine et qu'elle lui avait menti, sa confiance avait été trahie. Bien qu'il l'aimât toujours, il devait se rendre à l'évidence : il ne pouvait plus être avec elle.

Retrouver cette boîte qui était un symbole de leur amour d'enfance signifiait bien cela ; Rose était son premier amour et il devait tourner la page.

Il referma la boîte et la posa sur son bureau.

***

Rose entra au Good Times et s'assit au bar. Jimmy fut surpris en la voyant.

— Bonjour, Jimmy. Comment vas-tu ? demanda-t-elle chaleureusement.

Il lui sourit.

— Bien, merci. Comment va notre New-Yorkaise préférée ?

— Mieux.

— C'est ce que je vois. La côte est t'a fait du bien.

— En effet.

— Aria m'a raconté pour Iris. Comment va-t-elle ?

— Aussi bien que possible.

— Le temps guérit tout, à ce qu'on dit. Du moment qu'elle ne regrette pas sa décision.

— Elle sait que son bébé aurait eu très peu de chances de survivre à la chirurgie. Elle n'a pas de regret. Perdre un enfant est vraiment…

— La pire chose qui puisse arriver.

Jimmy était ému. Elle le remarqua.

— Il y a cinq ans, j'ai failli être papa. Une fausse couche est moins dramatique que ce qui est arrivé à ta sœur, mais, quelles que soient les circonstances, on ne s'en remet jamais complètement.

Elle le regarda avec compassion.

— Je suis désolée de l'apprendre.

C'était la première fois qu'ils étaient en phase.

Aria et Matthew arrivèrent en se tenant la main. Rose prit son amie dans ses bras.

— Tu m'as tellement manqué, lui dit Aria.

— Toi aussi.

— Comment va Iris ?

— Elle se remet de ses émotions.

— Je lui ai écrit. Si elle a besoin de quoi que ce soit, je suis là.

Rose lui prit les mains pour la remercier et sentit quelque chose.

— Tu ne portes jamais de bagues.

Elle leva la main gauche d'Aria et vit une bague de fiançailles à son annulaire.

— Nous sommes fiancés ! annonça Aria avec un grand sourire.

Rose, surprise, se tourna vers son cousin.

— Je lui ai fait ma demande le soir de notre arrivée à San Francisco. Notre conversation avant de prendre l'avion m'a fait réaliser à quel point je l'aime.

Rose fut à la fois ravie et angoissée.

— Félicitations ! Je suis très heureuse pour vous.

— Ne t'inquiète pas, la rassura son amie. Il m'a raconté pour Jessica.

Matthew prit Aria par la taille.

— Elle m'a pardonné. J'ai beaucoup de chance.

— Tant mieux, dit Rose, rassurée.

Jimmy leur tendit des shots.

— Félicitations aux fiancés ! C'est la maison qui offre !

Ravis, ils prirent tous un verre et trinquèrent.

***

Rose et Aria se promenaient à Stow Lake dans le parc du Golden Gate.

— Je n'arrive pas à croire que vous allez vous marier.

— Je ne réalise pas non plus. Le jour où vous êtes revenus à San Francisco, il m'a écrit une lettre qu'il a laissée sur la table. En rentrant le soir, je l'ai lue. Il m'avouait qu'il avait revu Jessica, car leur relation avait un goût d'inachevé. Ils avaient passé du temps ensemble et les choses avaient dérapé. Ça ne lui réussit pas de boire des shots de tequila quand il est nerveux. Hasard ou coïncidence, ces deux soirs, ils ont bu des shots gratuits.

Rose fut mal à l'aise. Dahlia avait bien réussi son coup.

— Ils se sont embrassés et il a paniqué. Heureusement, il a pris du recul et a réalisé que Jessica faisait partie de son passé et moi de son futur.

— Ta réaction est très mature.

— Pour tout t'avouer, je m'y étais préparée. J'ai lu l'article de Dahlia sur l'infidélité et j'ai deviné qu'il s'agissait de lui. Dans son histoire, Stanislas revoit Jennifer, mais ne cède pas à la tentation. Il se remet en question et fait des efforts pour ranimer la flamme avec sa copine.

Rose se souvenait de l'article de sa sœur. Lire ce qu'elle avait écrit sur leur cousin l'avait d'ailleurs rassurée sur les intentions de ce dernier.

— Après l'avoir lu, pourquoi tu n'en as pas discuté avec lui ?

— Je préférais le laisser gérer ses sentiments.

— Si tu m'en avais parlé, j'aurais peut-être pu t'aider.

— Je ne voulais pas t'impliquer et encore moins que tu te fâches avec lui.

— Ça a dû être une période difficile pour toi.

— Un peu, oui. En lisant sa lettre, j'étais triste et en colère, mais ensuite, j'ai essayé de comprendre sa démarche et ses motivations. J'ai aussi pensé à tous nos bons moments. Finalement, je lui ai pardonné. Jessica a été son premier amour, mais je suis celle qu'il a choisie pour faire sa vie. Quand on s'est vus plus tard, il s'est excusé et ses mots m'ont touchée. Ensuite, il m'a fait sa demande. Je l'aime tellement.

— Et je sais à quel point il t'aime. Vous avez prévu quoi pour le mariage ?

— On va à Las Vegas ! Rose, tu es ma meilleure amie. Veux-tu être ma demoiselle d'honneur ?

— J'en serais très heureuse, répondit-elle, émue.

Elles se serrèrent dans les bras.

— Et toi, tu en es où avec Francis ?

— Je dois lui parler.

***

Rose arriva près de chez Francis et le vit devant chez lui avec Natalie, sa collègue. Ils mangeaient des glaces en discutant. Elle se cacha derrière un arbre pour les observer. Natalie lui essuya le coin de la bouche avec sa serviette. Il rigola, un peu gêné. Elle lui sourit.

Dégoûtée, Rose préféra partir.

Elle passait devant le Churchill quand elle vit Ethan au téléphone. Elle marcha discrètement derrière lui.

Il raccrocha et la vit.

— Hey, Rose !

Elle se retourna vers lui, agacée.

— Salut, la New-Yorkaise, ça fait longtemps. Tu veux prendre un verre ?

— Non, je rentre. Je ne me sens pas très bien.

— Ah, j'ai la solution pour ça. Suis-moi !

Il entra dans le bar et elle le suivit à contrecœur.

— Billard ou fléchettes ?

Elle opta pour les fléchettes. Ethan lui commanda un Cosmopolitan et ils commencèrent une partie.

— Tu as souvent dû en boire des Cosmo à New York. Ma mère m'oblige à regarder *Sex and the City* avec elle.

254

Elle fut amusée.

— Ah, verrais-je un semblant de sourire ?

Elle ignora sa remarque et lança une fléchette qui manqua de se planter dans le mur.

— Attends, je vais te montrer.

Il se mit derrière elle et posa sa main sur la sienne pour guider le mouvement. La fléchette se planta à côté de la cible.

— Bien joué, dit-il en lui faisant un clin d'œil.

La partie continua et elle arriva de mieux en mieux à viser.

Quand elle finit son Cosmopolitan, Ethan voulut lui en commander un deuxième.

— Non, merci.

— On n'a pas encore fini la partie.

— Je vais y aller, de toute façon. Je suis fatiguée.

Il s'assit à une table haute et l'invita à faire de même.

— Rose, je comprends que tu n'ailles pas bien. Avec tout ce qu'il s'est passé, c'est normal. Mais évite de broyer du noir trop longtemps. Il faut que tu te fasses un peu violence. Sors, va danser, va au cinéma, va te promener. Demande à ton copain de t'amener quelque part où vous n'êtes jamais allés.

Elle baissa les yeux.

— Qu'est-ce qu'il y a ? J'ai dit quelque chose… ?

— Non. C'est juste qu'avec Francis, c'est compliqué.

Ethan fut surpris.

— Je suis désolé. C'est sûrement qu'une mauvaise période.

Elle hocha la tête, à moitié convaincue. Le Cosmopolitan faisait effet.

— En tout cas, si jamais tu veux le rendre jaloux, je suis là.

Elle le regarda, très étonnée. Il était sérieux.

— Nos parents sont en couple.

— Rose, tu me plais. C'est tout ce qui m'importe.

Il posa sa main sur la sienne.

Sous ses airs de geek, il avait du charme. Rose aimait surtout son charisme. Il savait clairement ce qu'il voulait et n'avait pas peur de tout faire pour l'obtenir.

Elle regretta son Cosmopolitan.

— Je dois y aller, dit-elle en se levant.

Il sourit.

— Qu'est-ce qui te fait sourire ?

— Nous venons d'avoir un « moment ».

— Comment ça ?

— Je l'ai vu dans ton regard. Tu ne peux pas le nier.

Elle rougit.

— Je dois vraiment y aller. Merci pour le verre.

— Ce fut un plaisir, Rose. On se revoit quand tu veux !

Avant de sortir, elle se retourna brièvement vers Ethan qui lui sourit. Gênée, elle sortit précipitamment.

En rentrant, Rose vit ses sœurs devant la télévision.

— Tu étais où ? lui demanda Dahlia.

— J'ai vu Aria et Matt, ensuite j'ai fait l'erreur de passer chez Francis.

Elle avait bien trop honte de raconter sa petite mésaventure avec Ethan.

— Qu'est-ce qu'il s'est passé ?

— Vous vous souvenez de Natalie ?

— Sa collègue qui a des vues sur lui, répondit Dahlia.

— Ils mangeaient des glaces et ils avaient l'air très proches.

— Il n'est pas intéressé par elle. C'est toi qu'il aime.

— Je n'en suis plus si sûre.

— Au lieu de spéculer, dit Iris, va le voir et dis-lui ce que tu ressens. Votre pause a assez duré. Prenez une décision.

— Tout à fait d'accord, ajouta Dahlia. Tu dois être fixée !

Rose savait qu'elles avaient raison.

7

Le lendemain, Rose sonna chez Francis.

Tania lui ouvrit.

— Rose ! Je suis contente de te voir.

Elle la prit dans ses bras et l'invita à entrer.

Francis était assis sur le canapé du salon, son ordinateur portable sur les genoux.

— Il cherche un appartement. Je crois que mon grand garçon en a marre de vivre avec sa mère.

Dès qu'il vit Rose, il éteignit son ordinateur.

— Bon, je vous laisse, dit Tania. Je dois faire des courses avant que ça ferme.

Dès qu'ils furent seuls, un silence s'installa.

— Comment vas-tu ? demanda-t-il.

— Bien et toi ?

— Ça va. Je ne pensais pas que les loyers étaient aussi chers dans cette ville.

— New York est encore plus cher.

— Sûrement. Ton expérience new-yorkaise s'est bien passée ?

— Au-delà de mes espérances.

— Comment va ta famille ? Désolé, j'ai un peu pris mes distances.

— Iris a fait une interruption médicale de grossesse.

— Ah, merde. J'espérais tellement que ça se termine différemment.

— On l'espérait tous. La bonne nouvelle, c'est qu'il ne devrait pas y avoir de problèmes pour de futures grossesses.

— Tant mieux.

— L'autre bonne nouvelle, c'est que Matt et Aria sont fiancés.

— Ça devait arriver un jour. Je suis content pour eux.

— Francis, je dois te parler.

Il l'invita à s'asseoir.

— J'ai l'impression que ces dernières années, nous avons été ensemble plus par habitude que par choix. La passion a laissé place à l'attachement.

Elle hésita un moment.

— J'ai eu un flirt à New York, mais ce n'était rien de sérieux.

Il fut soulagé qu'elle le lui avoue enfin.

— Et toi, tu es sorti avec quelqu'un récemment ?

Il la regarda, étonné.

— Non. J'ai juste vu des amis, dont Natalie hier.

Elle fut rassurée.

— À New York, poursuivit-elle, j'ai fait des rencontres qui m'ont aidée à y voir plus clair dans ce que je ressentais. Francis, tu as toujours été mon meilleur ami et notre relation est vraiment spéciale. Tous ces doutes que j'ai eus par rapport à nous, c'est à cause du divorce de mes parents. J'ai perdu mes repères. Cela m'a fait beaucoup de bien de m'éloigner de ma routine. J'ai rencontré des gens merveilleux, j'ai découvert de nouveaux endroits et je suis même devenue bénévole dans un refuge animalier. Ce que je veux dire, c'est que j'avais besoin d'être loin de mes proches et de toi pour me retrouver et faire mon deuil. Maintenant, je sais que je veux être avec toi par choix. J'aimerais avoir une famille avec toi et vieillir à tes côtés.

Francis était ému. Il se leva.

— Ça ne va pas ?

— Je dois t'avouer quelque chose.

Elle le considéra avec appréhension.

— J'ai démissionné avant de partir à New York.

Elle fut très étonnée.

— Cela faisait quelques mois qu'il y avait des tensions avec mon supérieur. Quand je lui ai dit que je voulais prendre un congé pour voyager, il a très mal réagi. Alors, je suis parti.

— Pourquoi tu ne m'en as pas parlé ?

— J'avais honte. Je n'étais pas bien et j'ai pris cette décision sans réfléchir.

Elle lui prit la main.

— Tu trouveras un autre emploi. L'essentiel, c'est que tu ailles mieux.

Ils se regardèrent pendant un moment et, d'un coup, ils s'embrassèrent fougueusement.

Ils entrèrent dans la chambre en s'embrassant et fermèrent la porte à clé. Puis il l'allongea sur son lit et l'embrassa dans le cou. Rose lui coinça les hanches entre ses jambes. Francis fit quelques mouvements de bassin et enleva le haut de Rose, ainsi que son soutien-gorge. Il lui embrassa les seins. Elle le regarda, de plus en plus excitée. Il lui enleva son pantalon et sa culotte, et l'admira un moment. Il s'approcha de son oreille et lui chuchota :

— Tu es magnifique, mon amour.

Elle le prit contre elle et l'embrassa passionnément. Francis lui fit des baisers sur les seins. Sa langue descendit vers son nombril, effleura ses cuisses et son sexe, avant de poursuivre, encore plus aventureuse. Elle gémit. Il accompagna ses caresses en frôlant ses mains contre ses seins. Rose sentit une bouffée de chaleur l'envahir et atteignit l'orgasme. Pendant qu'elle se remettait de ses émotions, il s'allongea près d'elle. Elle en profita pour se mettre sur lui. Dès qu'il la pénétra, elle l'embrassa fougueusement. Son corps et son touché lui avaient manqué. Francis l'admirait pendant que leurs corps ne faisaient plus qu'un. Il se redressa et la serra contre lui. Rose ressentit une vague de plaisir intense et poussa un gémissement. Francis lui embrassa les seins et jouit en la regardant. Ils s'échangèrent un regard complice et s'allongèrent côte à côte.

***

Un peu plus tard, Rose sortit de chez Francis et l'embrassa sur le pas de la porte. Il la regarda partir en souriant, puis il

259

retourna dans sa chambre et s'assit à son bureau. Ce qui venait de se passer lui semblait irréel.

Son regard se posa sur la petite boîte dorée sur son bureau. Il sourit.

Rose habitait à une demi-heure à pied et voulut rentrer en marchant. Elle se sentait apaisée. Ce temps passé loin de Francis, à se remettre en question, n'avait fait que renforcer l'amour qu'elle avait pour lui. Dorénavant, elle était sûre de ses sentiments.

En traversant Mission Dolores Park, elle sourit en voyant leur banc qui n'avait pas été enlevé. Le parc avait été rénové il y avait plusieurs années et l'espace de jeux avait été remplacé par des palmiers. Il y avait un nouveau terrain de jeux, plus moderne, au milieu du parc. Elle s'arrêta pour observer les enfants qui y jouaient. Peut-être qu'un jour, les leurs y joueraient aussi. Francis et elle leur raconteraient qu'ils s'étaient connus là et qu'ils s'étaient toujours aimés depuis.

Elle continua sa promenade et s'apprêta à traverser 18 th Street. C'est là qu'elle la vit. Une femme âgée d'une cinquantaine d'années la regardait de l'autre côté de la rue. C'était sa mère. Rose fut stupéfaite.

Quand elle retrouva ses esprits, elle traversa rapidement la rue. Elle s'avança vers sa mère qui lui souriait et la prit dans ses bras. Elles restèrent ainsi pendant un long moment.

— Qu'est-ce que tu fais ici ?! Comment vas-tu ?

Linda sécha les larmes de sa fille.

— Tu m'as tellement manqué, maman.

— Toi aussi, ma chérie.

Elles entrèrent dans le parc et s'assirent sur un banc.

— Comment s'est passé ton voyage ? Où es-tu allée ?

— J'ai découvert des endroits magnifiques et j'ai pensé à toi tous les jours. Alors, New York t'a plu ?

— Oui, beaucoup. J'aimerais m'y installer un an ou deux, seulement…

— Tu ne sais pas si Francis voudra venir avec toi ?

— On vient de se retrouver et je ne sais pas comment le lui dire.

— Vous trouverez une solution. Rose, je suis si fière de toi et de tout ce que tu as accompli. Je te sens plus sereine.

Rose posa sa tête contre son épaule.

— Tout va bien se passer. Je veillerai toujours sur toi.

Rose regarda les enfants jouer sur l'aire de jeux.

***

Plus tard, Rose sonna chez Sophia. Alan lui ouvrit.

— Ça va, ma chérie ? Tu as l'air très émue.

— Je vais bien.

Il l'invita à entrer.

— Papa, j'ai vu…

Le téléphone sonna.

— Je reviens. J'attends un appel important.

Alan décrocha et parla à son interlocuteur pendant quelques minutes.

Rose en profita pour se servir un verre d'eau et observer le salon. Elle n'était venue chez Sophia que deux fois et ne s'y était jamais sentie à l'aise. Sans pouvoir l'expliquer, cette fois-ci, c'était différent. Comme si elle voyait l'appartement sous un nouveau jour.

Son père raccrocha et la rejoignit. Il était ému.

— Qu'est-ce qu'il se passe, papa ?

— Je ne sais pas trop comment te le dire… Jarod, l'ami de ta mère, m'a téléphoné tout à l'heure, mais nous avons été coupés. C'est lui qui vient de me rappeler.

Alan se passa la main sur le visage.

— Ta mère est décédée ce matin.

Rose laissa échapper son verre d'eau qui se brisa sur le sol. Elle eut l'impression que ses jambes ne la tenaient plus et qu'elle allait s'effondrer. Son père la prit dans ses bras. Ils pleurèrent ensemble.

***

Rose et Iris étaient assises sur leur canapé. Dahlia faisait les cent pas.

— Quand est-ce que Jarod rapporte les cendres ? demanda Dahlia.

— Après-demain, répondit Alan.

— Elle va être incinérée où ? demanda Iris.

— Dans une petite ville du sud de la France. Canet, je crois. C'est là-bas qu'elle est…

Il n'arriva pas à finir sa phrase.

— Jarod avait prévu de rentrer ? demanda Iris.

— Non, mais il comprend que c'est important pour nous de disperser ses cendres ici. Il m'a assuré que cela ne le gênait pas. Je pense qu'il continuera de voyager ensuite.

— C'est très gentil de sa part, dit Dahlia.

— Je pensais faire une cérémonie en toute intimité sur une plage près du mont Tamalpais State Park. Votre mère aimait beaucoup cet endroit.

***

Quatre jours plus tard, Alan et ses filles étaient à Muir Beach avec leurs proches. C'était une journée ensoleillée de juin. Il faisait bon et les vagues étaient calmes. Jenna mit la musique préférée de Linda, *Au Nom de la Rose* de Natacha Atlas. Ils dispersèrent les cendres et firent leurs adieux à cette merveilleuse femme qui leur avait donné un amour inconditionnel.

Rose était blottie contre Francis. Dahlia et Iris se prenaient les mains. Alan fixait l'océan. Sophia se tenait près de lui. Elle voulait lui prendre la main, mais sentait qu'il avait besoin

262

d'être seul. Matthew tenait le bras de sa mère qui pleurait, d'un côté, et de l'autre, il tenait la main d'Aria. Tania observait les vagues qui s'écrasaient doucement sur la plage. Jarod méditait à l'écart. Il sentait la présence de son amie.

Linda était partie en paix.

8

Alan entra au Good Times et s'avança vers Jarod qui discutait avec Jimmy au bar. Quand Jarod le vit, il sortit une lettre de sa poche et la lui tendit.

— Bonjour. Elle m'avait demandé d'attendre quelques jours avant de vous la donner.

— Merci.

— Merci à vous de m'avoir invité à votre cérémonie.

— Elle aurait voulu que vous soyez là.

Ils se regardèrent sans savoir quoi ajouter.

— Je vous offre un verre ?

Alan hésita un instant, puis accepta.

Jimmy lui servit une bière et Jarod leva son verre de vin.

— À une amie incroyable !

— À une femme et à une mère incroyable !

Ils trinquèrent.

— Où avez-vous voyagé ?

— Nous sommes allés au Royaume-Uni, en Irlande, en Suisse et en France.

— C'est impressionnant.

— Elle avait besoin de faire ce voyage. Ses yeux brillaient du début à la fin.

— Je suis content pour elle.

Jarod le regarda droit dans les yeux.

— Il n'y a pas un jour où elle n'a pas pensé à vous.

Alan fut ému.

— Je repars après-demain pour l'Afrique et je passe par Salt Lake City pour voir des amis. Voulez-vous venir avec moi ? Je ne vous forcerai pas à me suivre jusqu'en Afrique, c'est promis.

— Linda était originaire de Salt Lake City.

— Je sais, c’est pour ça que je vous propose de m’accompagner.

Jarod finit son verre et déposa un billet sur le comptoir.

— Je dois y aller. Réfléchissez-y.

Alan acquiesça avec hésitation.

— Merci pour la bière.

— Avec plaisir.

Jarod fit un signe à Jimmy et sortit du restaurant.

— J’ai entendu dire que l’Utah était magnifique à cette période de l’année.

Alan jeta un regard à Jimmy et but sa bière.

***

Aria était à la laverie automatique. Elle rangeait ses affaires quand Carl entra avec un sac.

— Bonjour, Aria. Tu as été rapide aujourd’hui.

— Je dîne au restaurant avec Matt dans moins d’une heure.

Il posa son sac et remarqua sa bague de fiançailles.

— Je vois qu’il s’est enfin décidé.

Elle regarda sa bague.

— Oui, elle est magnifique. C’était une demande simple, mais très romantique.

Il mit ses affaires dans une machine et regarda Aria.

— Tu es vraiment heureuse avec lui ?

— J’ai eu mes moments de doute, mais oui, il me rend heureuse.

— Je suis sincèrement content pour toi.

Elle ferma son sac et s’apprêta à sortir.

— Au fait, Carl, tu serais toujours intéressé pour boire un café un de ces jours ?

— Bien sûr. Cela officialisera notre amitié en dehors de la laverie.

Il lui fit un clin d’œil et Aria sortit.

***

Dahlia était assise au bar du Good Times et regardait la carte des cocktails.

— Bonjour, qu'est-ce que je vous sers ? lui demanda Jimmy.

— Bonjour. Un shot de tequila, s'il vous plaît.

Il la servit. Elle avala le shot cul sec.

— Un autre, s'il vous plaît.

Elle but le deuxième cul sec et soupira.

— Dure journée ?

— Dure année. Mes parents se sont séparés, ma sœur a eu une interruption médicale de grossesse et nous venons de disperser les cendres de ma mère.

— Vous êtes Dahlia ?

— Eh oui, comme ça, vous connaissez toute la famille.

— Votre père était là tout à l'heure avec Jarod.

— Comment ça s'est passé ?

— Bien. Vous avez eu l'occasion de lui parler ?

— À Jarod ? Oui, un peu. Au fait, on peut se tutoyer, non ?

— Bien sûr.

— À ce qu'il paraît, tu es le confident. Celui qui donne les bons conseils. Tu n'aurais pas quelqu'un à me présenter ? Homme ou femme, je suis ouverte.

— Tu es célibataire depuis longtemps ?

— Depuis toujours. Je ne suis pas douée pour les relations de couple. Tu peux peut-être me dire ce qui cloche chez moi ?

— Parle-moi un peu de tes ex.

— Il n'y a rien à dire. Même quand il y avait des sentiments, j'avais l'impression de perdre mon temps.

— Je pense que si les gens pouvaient voir les relations amoureuses dans leur vie comme des chapitres, ils auraient une perspective beaucoup plus saine de l'ensemble. Telle relation leur a apporté telle expérience, qui les a conduits vers tel chemin, qui leur a fait rencontrer une nouvelle personne, avec laquelle ils doivent vivre une autre expérience.

— Tu es plutôt bon, en fait.

— Merci.

— Pour tout te dire, je crois qu'on a la poisse dans la famille. Mes parents ont été plus ou moins séparés par une maladie. Iris avait un avenir très prometteur avec un chouette type, Alex. Malheureusement, à cause d'une expérience difficile à l'université avec ce connard de professeur Kajal, elle a renoncé à l'amour. Quant à Rose, elle a trouvé l'homme de sa vie alors qu'elle portait des couches, mais le chemin n'a pas été facile non plus.

Jimmy s'accouda au bar, l'air pensif.

— Trouver une personne qui nous respecte, nous comprenne et nous aime tels que l'on est vraiment, ça paraît miraculeux, n'est-ce pas ?

— Absolument.

— Dans un sens, ça l'est, poursuivit-il. Lorsqu'on a trouvé une personne qui nous complète, on a des papillons dans le ventre et la vie est belle.

— Enfin, au début. Ensuite, la routine s'installe et les défauts surgissent.

— Cela fait partie de la relation. La passion laisse place à l'attachement et l'amour devient encore plus fort. Selon moi, si on veut qu'une relation marche, il faut être prêt à s'investir à fond, à faire des compromis et à se remettre en question. Est-ce ton cas ?

Elle hésita à répondre.

— C'est difficile de s'ouvrir à quelqu'un et d'être vulnérable, poursuivit-il. Mais quand on fait une belle rencontre, ça vaut vraiment le coup d'essayer. Avec un peu de chance, ce sera le bon timing.

Elle réfléchit un moment.

— Je peux avoir un autre shot ?

Jimmy lui servit un verre qu'elle but cul sec.

***

Alan lisait la lettre que Linda lui avait écrite. Quand il eut fini, il regarda la photo de famille qu'il avait dans son portefeuille et pleura.

Sophia frappa discrètement à la porte.

— Tu veux de la compagnie ou tu préfères être seul ?

Il l'invita à s'asseoir à côté de lui.

— Jarod m'a proposé d'aller à Salt Lake City avec lui quelques jours. Linda y a de la famille.

— C'est une bonne idée, non ?

— Je n'ai jamais voyagé. Linda me l'a souvent reproché.

Il ouvrit un tiroir de la commode et prit un document.

— C'était ma première exposition de photos. Celle qui a lancé ma carrière. « Une mère et sa fille sont dans le train. Une mère et son fils entrent… »

Sophia regarda les photos avec curiosité.

— C'est Linda et toi quand vous étiez enfants ?

— Oui, à Salt Lake City, pendant les vacances.

— Alan, tu dois faire ce voyage. Si tu ne le fais pas pour toi, fais-le pour elle. Et prends ton appareil photo, tu pourrais en avoir besoin.

Il regarda son appareil photo et sourit à Sophia.

***

Dahlia marchait vite. Elle n'avait pas vu l'heure, la réunion allait commencer sans elle. Quelle idée de boire des shots ?!

Elle s'apprêtait à traverser la rue quand le feu passa au vert. Elle s'arrêta, agacée, et regarda son portable. Monica allait être furieuse.

Tout d'un coup, un jeune garçon arriva en courant. Il s'apprêtait à traverser quand Dahlia leva les yeux de son smartphone et, instinctivement, l'agrippa par l'épaule. Le garçon évita de justesse une voiture.

268

— Attention, c'est vert !

Il la regarda, surpris.

— Merci, je n'avais pas vu.

Dahlia balaya des yeux les alentours.

— Où sont tes parents ?

— Ma mère fait des courses pas loin.

— Elle te laisse souvent te promener seul ?

— Oui, mais je suis assez grand pour me débrouiller.

— C'est ce que je viens de voir, dit-elle ironiquement. Tu as quel âge ?

— Sept ans, et toi ?

— Tu sais que c'est mal élevé de demander son âge à une jeune femme ?

— Tu n'as pas l'air si jeune que ça.

Elle aima son côté taquin.

— Tu t'appelles comment ?

— Simon.

— Super, c'est le prénom de mon ex.

— C'était le prénom de mon père. Il est mort d'un cancer avant ma naissance.

Dahlia s'agenouilla pour être à sa hauteur.

— Je suis désolée de l'apprendre. Ma mère est aussi décédée à cause d'un cancer. Simon est un joli prénom.

— Merci. Et toi, tu t'appelles comment ?

— Dahlia.

— C'est joli aussi.

Il vit une femme qui marchait vers eux.

— Ma mère arrive.

Une belle Asiatique trentenaire les rejoignit. Dahlia se releva en la regardant.

— Maman, c'est Dahlia. Elle m'a empêché de traverser au feu vert.

— Bonjour, Dahlia, je suis Megan. Merci, Simon est souvent tête en l'air.

— Je sais ce que c'est.

Dahlia ne put s'empêcher de reluquer Megan. L'attirance fut réciproque. Simon les regarda chacune leur tour et comprit qu'il se passait quelque chose.

***

Le lendemain, Alan retourna à la maison de Pacific Heights. Dès qu'il ouvrit la porte, il sentit la présence de Linda. Cela faisait plusieurs semaines qu'il n'était pas venu, car il n'en avait pas la force. Les meubles étaient recouverts de draps. Tout était rangé et propre. La femme de ménage était passée peu de temps après qu'il emménage chez Sophia.

Il ouvrit les fenêtres et téléphona à un agent immobilier. Ensuite, il fit un inventaire des meubles et des objets de valeur, puis il contacta des associations. Linda et lui avaient accumulé beaucoup de choses au fil des années et il voulait en donner la plupart.

Quand ils avaient acheté cette maison avec vue sur le Golden Gate et l'île d'Alcatraz, il y avait plus de trente ans, les prix du marché étaient bien plus bas que maintenant. En la visitant, ils avaient eu un coup de cœur et avaient rapidement fait une offre. C'était la maison de leurs rêves ! Seulement quelques travaux avaient suffi pour lui donner une touche personnelle.

Alan regarda autour de lui. Chaque mètre carré éveillait en lui un souvenir. La tache de vin que Linda avait renversé sur le tapis du salon à leur pendaison de crémaillère. Les crêpes qu'ils avaient préparées les dimanches. Les fleurs qu'il lui avait offertes pour célébrer leur première année chez eux et qu'elle avait fait sécher, puis encadrer dans l'entrée. L'heureuse nouvelle que Linda lui avait annoncé alors qu'il préparait le café du matin. La première échographie de grossesse qu'ils avaient encadrée et accrochée au mur de leur chambre. Après la naissance de Rose, ils avaient ajouté des photos de leurs filles bébés sous les trois échographies de grossesse. En déménageant, c'étaient les premières choses qu'Alan avait décrochées. Il les avait soigneusement rangées dans un carton en attendant de les donner à ses filles quand elles lui annonceraient qu'il serait grand-père.

Alan ferma les yeux et se remémora les premiers pas de ses filles, leurs premières histoires d'amour et leurs premiers chagrins. Il se souvint des fêtes de Noël autour du sapin et des innombrables soirées dans le salon à refaire le monde avec ses proches. Il sentit les gâteaux d'anniversaire, le poulet au curry de Linda et les spaghettis à la carbonara de ses filles. Il se rappela les photos prises dans l'entrée avant les remises de diplôme et les bals de promo. Enfin, il repensa à Linda qui feuilletait son atlas et à leur décision. Celle qui avait mis fin à toutes leurs années de bonheur. Ces souvenirs le rendaient triste, mais aussi tellement reconnaissant. Ils avaient été si heureux dans leur maison.

Il jeta un coup d'œil dans chacune des pièces pour s'assurer que tout était protégé. Puis il prit ses affaires et s'apprêta à sortir.

— Il n'est jamais trop tard pour voyager, n'est-ce pas ? On se reverra à Salt Lake City, ma belle.

Il sortit et ferma à clé.

***

Les jours suivants, Dahlia et Megan passèrent leur temps libre ensemble. Cette maman de trente-cinq ans était originaire de San Diego. Elle était propriétaire d'un magasin de vêtements sur Haight-Ashbury qui avait beaucoup de succès. Dahlia s'entendait bien avec Simon. Elle qui n'avait jamais eu la fibre maternelle, elle se surprit à apprécier sa compagnie. Quand elle présenta sa petite amie à ses sœurs, Rose et Iris furent immédiatement charmées par Megan. Iris sentait que cette relation était spéciale, car elle n'avait jamais vu sa sœur aussi heureuse.

De son côté, Iris avait pris un peu de recul. Elle était moins déprimée et le monde lui semblait moins injuste. Bien sûr, il suffisait qu'elle croise une femme enceinte dans la rue pour pleurer, mais elle savait que le temps était son meilleur allié. Elle se remit peu à peu au travail et sa motivation commença à revenir. Elle assistait aussi à des réunions sur le deuil périnatal. Écouter d'autres personnes qui avaient traversé la même épreuve qu'elle l'aida énormément. Au début, elle eut du mal à se confier sur sa propre expérience, puis, grâce à l'encouragement des autres patients, elle arriva à parler de sa grossesse et d'Elya.

Rose se remettait de ses émotions. Elle était à la fois bouleversée et apaisée d'avoir pu faire ses adieux à sa mère, à sa manière. Elle ne l'avait pas revue depuis l'autre jour à Mission Dolores Park, mais elle sentait sa présence au quotidien. Cela faisait quelques semaines qu'elle était revenue à San Francisco et elle n'était pas prête à repartir à New York. Elle n'avait toujours pas annoncé à Francis sa décision de déménager. Quand elle en discuta avec Rachel Hudson, cette dernière fut très compréhensive et lui assura qu'elle pouvait travailler à distance encore quelque temps.

9

Le mariage d'Aria et Matthew arriva enfin.

La veille de leur départ pour Las Vegas, Aria, Rose, Dahlia, Iris et quelques collègues de travail allèrent au Q Bar pour fêter l'enterrement de vie de jeune fille. Le Q Bar était un bar gay sur Castro Street où l'ambiance était toujours bonne. Néanmoins, Aria voulait aussi aller dans un club. Alors, après un début de soirée arrosée à Castro, elles allèrent danser au Temple Nightclub près d'Embarcadero.

De son côté, Matthew s'improvisa une soirée poker avec Francis, Fred, les frères d'Aria et quelques amis. Après une partie, ses amis l'emmenèrent de force dans un Strip Club sur Columbus Avenue, où il eut droit à une danse privée.

Le lendemain, après seulement quelques heures de sommeil, ils s'envolèrent tous pour le désert du Nevada.

Dahlia préféra rester à San Francisco pour préparer la Gay Pride, une manifestation LGBT. Megan y participait chaque année et elle avait motivé Dahlia à suivre le mouvement. Iris aussi avait préféré rester, car elle n'était pas d'humeur festive. Du coup, elle leur donna un coup de main avec Simon.

À Las Vegas, Aria et Matthew eurent droit à une merveilleuse cérémonie dans la chapelle du Bellagio, officiée par un sosie de Marilyn Monroe, l'artiste préférée d'Aria. Elvis aurait été trop cliché. Ils firent la fête toute la nuit et dormirent quelques heures au Flamingo avant de prendre leur vol de retour.

Les jeunes mariés étaient épuisés, mais ils avaient passé les plus beaux moments de leur vie avec leurs proches.

***

Alex entra au Good Times avec un collègue et commanda des bières à Jimmy.

— Au fait, tu as revu la fille qui te plaisait ? demanda son collègue. Iris, c'est ça ?

— Non. Je crois qu'elle m'a oublié.

— Cela avait pourtant bien collé entre vous, non ?

— Oui, mais, d'après sa sœur, elle s'est renfermée sur elle-même à la suite d'une mauvaise expérience. Elle a eu une liaison avec un professeur de littérature de l'université de Berkeley. Je crois qu'il s'appelait Kajal.

Jimmy leur servit les bières et jeta un regard curieux à Alex.

— Kajal ? Ça ne me dit rien.

— C'était un bon enseignant, mais un homme peu fréquentable. Il lui a fait croire qu'il allait quitter sa femme pour elle. Finalement, après des mois d'attente, il a rompu leur liaison. Je crois que sa femme a demandé le divorce et il a quitté la ville pour sauver le peu de réputation qu'il lui restait.

— Pauvre Iris.

— Quoi qu'il en soit, je ne vais pas lui courir après si elle n'est plus intéressée.

— Dommage. Je t'ai rarement entendu parler d'une fille comme tu l'as fait avec elle.

— Iris a quelque chose de spécial. J'espère qu'elle trouvera quelqu'un de bien.

Jimmy s'approcha d'eux.

— Excusez-moi, vous parlez d'Iris Sunwatt ?

— Oui, pourquoi ? demanda Alex.

— Ça ne devrait pas être à moi de vous le dire, mais comme sa sœur vous aime bien. Voilà, je crois savoir pourquoi Iris vous a évité dernièrement.

Pendant que Jimmy lui confiait l'interruption médicale de grossesse d'Iris, Alex le regardait avec inquiétude.

***

Le dernier week-end de juin, San Francisco célébra la Gay Pride. La ville entière participa à cette manifestation du mou-

274

vement LGBT destinée à donner une visibilité aux personnes homosexuelles, bisexuelles, queers, transgenres ou autre, et à revendiquer la liberté et l'égalité des orientations sexuelles, et des identités de genre. Bien que Dahlia ait toujours assumé sa bisexualité, elle n'avait jamais participé à ce mouvement. Elle fut très fière de marcher au côté de Megan en tenant un drapeau aux couleurs de l'arc-en-ciel, avec Simon sur ses épaules.

Rose et Iris les rejoignirent dans Castro et prirent des photos. Leur sœur n'avait jamais été aussi heureuse et amoureuse.

Le week-end se finit par une célébration au restaurant. La maison de Pacific Heights avait été vendue à un couple de lesbiennes qui avait trois fils. Alan avait fait cadeau de la plupart des meubles à cette famille recomposée. Le reste avait été donné à des associations caritatives. Pendant la soirée, les sœurs se remémorèrent leurs meilleurs souvenirs dans cette maison. En les écoutant, Alan prit conscience que ses filles avaient beaucoup mûri et il fut rassuré de les voir plus sereines.

***

Le lundi suivant, Alex attendait dans le hall d'accueil que la réunion sur le deuil périnatal se termine. Comme il était médecin, la secrétaire lui avait confié qu'Iris y assistait. Il était impatient et très nerveux de la voir.

Il regardait sa montre quand une porte s'ouvrit. Plusieurs personnes sortirent d'une salle. Iris fut parmi les dernières. Elle s'arrêta net en le voyant.

Il s'avança vers elle.

— Bonjour, Iris.

— Bonjour, Alex. Qu'est-ce que tu fais ici ?

— Cet établissement est rattaché à l'hôpital où je travaille, alors il m'arrive de venir pour des réunions. Comment vas-tu ?

— Bien.

— Je ne veux pas me mêler de ce qui ne me regarde pas, mais je suis là si tu as besoin.

275

Elle voulait se confier à lui, mais elle redoutait sa réaction.

— Alex, je voulais vraiment qu'on se revoie, mais j'étais au début de ma grossesse et tu m'as fait comprendre que tu n'étais pas prêt pour tout ça.

Il baissa les yeux, désolé.

— Ensuite, ça s'est compliqué.

— Tu étais enceinte de combien de semaines ?

— Vingt-deux.

— Et le père, est-ce que… ?

— Dahlia a fait un test de paternité, mais je n'ai rien voulu savoir jusqu'à récemment. Tu n'étais pas le père.

Il était un peu plus détendu.

— Je n'avais pas trop de doutes, car on s'était protégés. Quand a eu lieu l'IMG ?

— Le 31 mai. Je l'ai prénommé Elya.

Alex se souvint qu'il était de garde cette semaine-là et il n'y avait eu qu'une IMG.

— Je travaillais ce jour-là. J'ai vu ton bébé. C'est moi qui ai pris les photos.

Iris sentit ses yeux se remplir de larmes. Elle inspira profondément pour se calmer. Il lui prit les mains.

— Même si je vais mieux, j'ai encore du travail à faire sur moi-même. Je ne suis pas prête pour une relation.

— Je comprends, je sais que tu as peur de retomber amoureuse. J'aimerais être là pour toi. Avec le temps, tu pourras peut-être nous laisser une chance.

Elle le regarda droit dans les yeux. Ses paroles lui étaient familières.

— Tu ne m'as pas déjà dit ça ?

— Si, à une soirée étudiante. On se connaissait à peine, mais tu me plaisais beaucoup.

— Il me semblait bien t'avoir reconnu à mon anniversaire.

— J'ai voulu te connaître à la suite de la rumeur qui a circulé sur toi et ce professeur.

Iris se raidit en pensant au professeur Kajal.

— La rumeur de notre liaison a circulé dès qu'il a rompu avec moi. Tout le monde m'insultait, y compris sa femme et leurs deux filles. C'était une des pires périodes de ma vie. Quelques mois après, j'ai su qu'une personne avait fait taire cette rumeur. Tout était redevenu presque normal. Malheureusement, je ne supportais plus cette université et j'ai abandonné mes études.

— C'est moi qui ai fait taire cette rumeur.

Elle le regarda avec étonnement.

— Merci, dit-elle, touchée. Si je n'avais pas pris mes distances avec tout le monde, nous aurions peut-être eu une chance.

— Je t'attends depuis longtemps, Iris. Je t'attendrai le temps qu'il faudra.

Il lui sourit et lui embrassa les mains.

Elle lui sourit et l'embrassa sur la bouche.

***

Le premier week-end de juillet, Ashley rendit visite à Rose, qui fut ravie de jouer à la guide touristique.

Elles sortirent du BART à Powell Street et prirent un cable car. Le tramway à traction par câble passa devant Union Square et poursuivit sa montée. Ashley admira les maisons victoriennes, ainsi que les rues qui montaient et descendaient dans tous les sens. Au sommet de Russian Hill, la vue était splendide. On pouvait voir Alcatraz, le célèbre pénitencier sur son îlot. Elles passèrent devant Lombard Street, « la route la plus sinueuse des États-Unis ».

Le cable car arriva au terminus. Elles marchèrent vers le nord pour voir l'un des lieux préférés de Rose : Fisherman's Wharf, le « quai des pêcheurs ». C'était le coin le plus touristique de la ville. Il s'étendait de Van Ness Avenue à Pier 39, d'ouest en est.

En arrivant au port, l'odeur de crabe leur donna faim. Elles virent les ferries qui assuraient la liaison avec l'île d'Alcatraz. Rose avait visité la prison une fois avec Francis et s'était promis de ne plus y retourner. Elle avait encore des frissons en y repensant.

En longeant le port, elles passèrent devant le musée Ripley's Believe It or Not, une franchise qui traitait d'évènements bizarres et d'objets étranges, puis devant le musée de cire, qui disposait d'une des plus grandes collections du monde de figures de cire de personnes célèbres.

Elles traversèrent la rue et aperçurent le musée mécanique. C'était un musée interactif gratuit, composé de jeux d'arcade, d'automates et de machines mécaniques du 20ᵉ siècle liées au divertissement. Cette collection privée était l'une des plus grandes de ce type. Rose y avait passé des heures à jouer avec ses sœurs.

Tous les fast-foods étaient bondés, surtout le In-N-Out Burger. Quelques artistes de rue exposaient leurs dessins et peintures en faisant profiter d'une musique rythmée aux passants. Elles achetèrent des hot-dogs et durent surveiller les mouettes qui avaient tendance à trop s'approcher de leur déjeuner.

Plus elles se rapprochaient du Pier 39, plus Rose était impatiente. Après avoir croisé plusieurs groupes de touristes aux différentes nationalités, l'odeur et les bruits leur parvinrent clairement. Elles arrivèrent à la rambarde.

Les Sea Lions étaient là ! Au Pier 39, des dizaines d'otaries s'étendaient sur plusieurs pontons. Elles passaient leur journée à dormir, à se chamailler et à bronzer sur l'eau, les unes contre les autres. Des millions de touristes venaient les voir chaque année pour les admirer. C'était une vraie attraction ! Accoudées à la rambarde, Rose et Ashley virent de loin le Golden Gate. La plupart du temps, la brume recouvrait ce pont majestueux, mais aujourd'hui, elles pouvaient l'admirer.

Après un long moment de contemplation, elles entrèrent dans le Village, un lieu touristique aménagé sur le port avec des manèges, des animations, des boutiques souvenirs et des commerces alimentaires. Des escaliers disposés un peu partout menaient au second étage où il y avait des restaurants avec vue sur l'océan. On y mangeait de délicieux Clam Chowder, la spécialité locale. C'était une soupe de palourdes et de légumes dans du bouillon de beurre ou autre sauce, servie dans un bol à pain à levain.

Sur le chemin du retour, Ashley proposa à Rose de passer par Ghirardelli Square pour boire leur célèbre chocolat chaud.

Un peu plus tard, elles savourèrent leurs boissons chaudes, assises sur un banc du Maritime Garden, en contemplant l'océan.

— Je comprends pourquoi tu aimes autant cette ville. Elle a beaucoup de charme.

— Et encore, tu n'as vu qu'une partie de North Beach.

— Ça ne va pas te manquer ? New York est géniale, mais l'énergie y est tellement différente. Quand tu as grandi ici, j'imagine que ça doit être un changement radical, non ?

— C'est vrai, mais j'ai besoin d'un changement radical. Même si New York devient ma nouvelle adresse pendant quelque temps, San Francisco sera toujours ma ville de cœur.

Ashley regarda vers l'est.

— C'est comment Berkeley et tout ce côté-là ?

— Différent. J'y vais très peu. Il y a une frontière symbolique entre San Francisco, qu'on surnomme la « City », et le côté est, c'est-à-dire Oakland, Berkeley, Hayward, Fremont et Richmond. Ma tante vit à la limite d'Oakland et de Berkeley depuis la naissance de Matt. Quand il était adolescent, il hésitait souvent à prendre le BART de Rockridge à Embarcadero. Traverser l'océan dans un tunnel pendant trois longues minutes le rebutait.

— Je comprends.

Ashley but son chocolat en regardant son amie.

— Tu as traversé beaucoup d'épreuves récemment. Comment tu te sens ?

— Aussi bien que possible. Je suis très contente que tu sois là et j'ai hâte de te faire visiter mes autres endroits préférés.

Ashley lui sourit.

— Nous avons beaucoup de choses à voir en deux jours, poursuivit-elle. Le 4 juillet, ce sera la folie, alors on ne pourra pas circuler facilement.

— Je suis curieuse de savoir si ce sera aussi fou qu'à New York.

***

Jessica entra au Good Times et s'approcha du bar. Jimmy était de dos.

— Bonjour, est-ce qu'Aria travaille aujourd'hui ?

Il posa une bouteille sur une étagère et se retourna vers elle. En la voyant, il oublia ce qu'il voulait dire.

— Est-ce que tu sais si Aria est là ?

— Non, pas aujourd'hui. Et tu es… ?

— Jessica. Je suis la connasse qui a dragué son mari. Enfin, ils n'étaient pas encore mariés.

— Alors, c'est toi, la fameuse Jessica. Tu as du cran de venir ici.

— Crois-moi, je ne fais pas la fière. Je voulais juste m'excuser en personne. Je croyais sincèrement que j'étais toujours amoureuse de Matthew, mais je me mentais à moi-même.

— Vraiment ?

— Je n'ai jamais été amoureuse de quelqu'un d'autre, alors j'étais persuadée qu'il était l'homme de ma vie. C'est pathétique, non ?

— Je t'assure que tu auras d'autres occasions de tomber amoureuse.

— Tout est une question de bon timing, pas vrai ?

Jimmy la regarda attentivement. Il avait l'impression de la connaître depuis toujours.

— J'ai fini de travailler. Tu es libre pour prendre un verre ?

Elle lui sourit.

— Un barman qui me propose d'aller boire un verre. Comment pourrais-je refuser ?

Il sortit de derrière le bar.

— Au fait, moi, c'est Jimmy. Mais tu peux m'appeler Jim.

— Enchantée, Jimmy.

***

En deux jours, Rose et Ashley se promenèrent à North Beach, China Town, Ocean Beach, sur le pont du Golden Gate et dans le parc du Golden Gate.

Elles allèrent à Height-Ashbury voir les boutiques de vêtements de style vintage, les disquaires, les librairies, les bars de quartier et les restaurants éclectiques à l'ambiance décontractée. Ashley sentit le cannabis à chaque coin de rue et voulut fumer un joint.

Elles mangèrent un burrito dans Mission et Rose lui présenta son parc préféré. Elles prirent le BART à 16 th Street jusqu'à Embarcadero et flânèrent dans le Ferry Building. Puis elles reprirent le BART pour voir Jenna à Berkeley.

Elles dînèrent toutes les trois dans un délicieux restaurant thaïlandais sur College Avenue. Rose commanda des pad see ew, un plat de nouilles de riz avec des brocolis et de la sauce soja. Jenna fut ravie de voir sa nièce et son amie. Comme elle avait voyagé plusieurs fois à New York, elle partagea ses souvenirs avec Ashley.

Le lendemain était le 4 juillet et toute la ville était en fête. Dans la matinée, Rose et Ashley rejoignirent Francis, Matthew et Aria à Mission Dolores Park. Ils assistèrent au spectacle du

San Francisco Mime Troupe qui créait, produisait et jouait gratuitement du théâtre politique de qualité, tous les étés depuis 1959 dans la Bay Area.

En début de soirée, ils allèrent à Crissy Field pour célébrer la fête nationale des États-Unis. Ils pique-niquèrent dans l'herbe et admirèrent les feux d'artifice.

Quand le séjour d'Ashley toucha à sa fin, les deux amies furent tristes de se quitter. Rose passa le reste de la journée chez elle à réfléchir sur sa décision de vivre à New York. Elle devait absolument en parler à Francis.

10

Aria avait donné rendez-vous à Rose à Mission Dolores Park pour boire un café.

À l'entrée du parc, Rose reçut un message de son amie qui l'attendait sur l'aire de jeux.

En arrivant, elle vit Francis, élégamment habillé.

— Qu'est-ce que tu fais là ? Pourquoi es-tu aussi bien habillé ?

— C'est notre anniversaire.

Elle fut très gênée.

— J'ai complètement oublié !

— Avec tout ce qu'il s'est passé, je ne peux pas t'en vouloir.

— Je suis vraiment désolée.

— Non, c'est moi qui suis désolé. Ces derniers mois ont été très difficiles pour toi et je ne t'ai pas soutenue comme je l'aurais dû. Je souffrais de l'absence de mon père. Depuis que je l'ai vu et que j'ai rencontré d'autres membres de ma famille, je vais mieux. Merci d'avoir été patiente.

— Mon amour, c'est plutôt moi qui devrais te remercier pour ta patience. J'étais tellement focalisée sur mon travail que j'ai mis notre couple au second plan. Grâce à notre séparation, j'ai compris que je tenais ton amour pour acquis. J'étais égoïste et je m'en excuse. Je suis heureuse que tu aies reconnecté avec ta famille. Je me doute que ça a été difficile et j'aurais dû être davantage présente pour toi.

— En parlant de toi avec mon frère, j'ai réalisé que je voulais te poser une question depuis longtemps, mais mes soucis personnels m'en empêchaient.

Rose fut intriguée.

— Il y a douze ans, nous étions ici, dans ce parc. Ce parc qui nous a vus grandir, rire, pleurer, nous disputer, nous réconcilier, nous aimer. Ce jour-là, je t'ai demandé d'être ma copine, tu t'en souviens ?

— Bien sûr.

— Aujourd'hui, j'ai une autre question à te poser dans notre parc.

Francis sortit la petite boîte dorée de sa poche. Elle la contempla, surprise.

— Rose, tu es l'amour de ma vie. Je sais que nous n'avons pas besoin de rendre notre relation encore plus officielle, mais…

Il s'agenouilla. Émue, elle mit ses mains sur son visage.

— Je t'aime tellement que j'aimerais pouvoir t'appeler officiellement ma femme.

Il ouvrit la boîte. Rose vit une magnifique bague torsadée en or blanc, avec un diamant solitaire.

— Veux-tu m'épouser ?

Elle hocha la tête, les yeux remplis de larmes.

— Oui !

Il lui mit la bague à l'annulaire gauche et se releva. Ils s'embrassèrent et se prirent dans les bras.

Ensuite, Francis se tourna vers le terrain de jeux.

— Vous pouvez sortir !

Aria, Matthew, Iris, Alex, Dahlia et Megan sortirent de derrière les toboggans. Rose cria de joie en les voyant.

Ils félicitèrent les fiancés.

— On s'en souviendra de vos douze ans ! s'exclama Matthew en prenant Francis dans ses bras. On va être cousins !

— Oui, répondit Francis, très ému.

— C'est parce qu'on va être cousins que tu es aussi bouleversé, se moqua-t-il gentiment.

— Je n'arrive pas à réaliser…

— Qu'elle ait dit oui ou que tu aies enfin fait ta demande ?!

Matthew lui donna une tape amicale dans le dos et lui fit un clin d'œil. Francis rigola.

Dahlia et Iris prirent Rose en sandwich et la serrèrent fort.

— J'ai hâte que tu l'annonces à papa, lui dit Dahlia. Pendant qu'il sera occupé à préparer votre mariage, il arrêtera de nous mettre la pression à Iris et à moi.

— Moi, je t'épouse quand tu veux, dit Megan.

— Ça peut se négocier. Il faudrait déjà qu'on emménage ensemble.

— J'en ai parlé à Simon. Il a envie que tu viennes vivre avec nous.

— Fais de la place dans tes tiroirs, alors !

Megan l'embrassa, ravie.

Iris se tourna vers Alex.

— Tu serais déçu si je te disais que je ne ressens ni le besoin ni l'envie de me marier ?

— Non. J'espère au moins qu'on aura des enfants.

— J'espère aussi.

— Tu emménages quand chez moi ?

— Demain ?

— Il faut vite que je fasse de la place dans mes tiroirs, alors.

Dahlia et Iris s'échangèrent un regard complice.

Rose s'approcha de Francis.

— Il faut que je te dise quelque chose. J'aimerais vivre à New York au moins un an. J'ai accepté une offre à *Composure*. Tu serais d'accord de venir avec moi ?

Il réfléchit un moment.

— Il y a quelques hôtels sympathiques là-bas auxquels je pourrais postuler.

— Alors, tu acceptes ?

— Oui, mon amour. Allons vivre à New York !

— Si je comprends bien, dit Iris, on quitte toutes l'appartement des grands-parents.

— Il serait temps, non ? J'ai bientôt trente-deux ans ! s'exclama Dahlia.

— C'est la fin d'une période, constata Rose.

— Il faut fêter ça dignement !

Dahlia sortit deux bouteilles de champagne de son sac et servit tout le monde.

Ils levèrent leurs verres.

— À la vie ! dit Matthew.

— À l'amour ! dit Aria.

— À la santé ! dit Iris.

Alex lui embrassa la main.

— À la famille ! dit Dahlia.

Elle prit la main de Megan et l'embrassa.

Rose et Francis se regardèrent.

— À New York ! dit Francis.

— À ce qui nous lie ! dit Rose.

Ils trinquèrent.

***

Rose se réveilla à côté de Francis et sortit discrètement du lit. Depuis quelques jours, elle avait des sautes d'humeur et était plus émotive que d'habitude.

Elle s'assit sur les toilettes et mit le test de grossesse en position. Dès qu'elle eut fini d'uriner, elle démarra le chronomètre et attendit.

Une minute… Elle n'avait que quelques jours de retard. Était-ce nécessaire de faire un test maintenant ?

Deux minutes… Voulait-elle être enceinte ? Est-ce que Francis et elle étaient prêts pour cette nouvelle étape ?

Trois minutes. Son cœur battait très fort. C'était l'instant de vérité. Celui qui allait probablement changer leur vie pour toujours. Elle regarda le test.

Elle inspira profondément et sourit.

Épilogue

Rose s'observait dans le miroir avec sa robe de mariée.

Le grand jour était enfin arrivé. Ses sœurs étaient à côté d'elle, élégamment habillées. Même Dahlia avait fait un effort.

— Tu es magnifique, lui dit Iris.

— Heureusement que tu n'as pas forcé sur le fond de teint. J'ai horreur de ces mariées qui ont trois tonnes de maquillage.

Rose regarda Dahlia, amusée.

La porte s'ouvrit et une petite fille de trois ans entra, suivie d'Aria qui tenait dans ses bras un petit garçon d'un an.

— Maman ! s'écria la petite fille en courant vers Rose.

— Désolée, s'excusa Aria, Sara refuse d'attendre avec ton père. J'ai aussi dû prendre Aiden, car il n'aime pas être loin de toi trop longtemps.

— Tu es trop belle, maman.

— Merci, mon amour. Toi aussi, tu es ravissante.

Sara sourit fièrement.

— Tu es prête ? demanda Aria.

Rose hocha la tête. Elles sortirent de la pièce.

Rose et Sara rejoignirent Alan derrière les portes de la salle. Son père fut très ému en la voyant. Il essuya ses larmes et tendit son bras à sa fille. Elle lui prit le bras et l'embrassa sur la joue. Les portes s'ouvrirent. Sara se retourna vers sa mère avec son panier. Rose lui fit signe de marcher vers l'autel. Sara s'exécuta et jeta des pétales de rose sur le sol. Quand elle arriva au premier rang, Dahlia la fit s'asseoir à côté d'elle.

Rose et son père marchèrent vers l'autel. En la voyant avancer vers lui, Francis eut les larmes aux yeux. Matthew était debout à sa gauche. Il fit un clin d'œil à sa cousine et sourit à Aria qui se tenait debout de l'autre côté.

Dahlia et Megan étaient assises au premier rang avec Simon et Sara. Aiden était sur les genoux de Dahlia. Au deuxième rang, il y avait Iris et Alex avec leurs jumeaux, Jimmy et Fanny, âgés de trois ans. Au troisième rang étaient assis Tania, Thomas, Mike et Luca. Enfin, au quatrième rang, il y avait Ashley et des amis de Francis.

Alan embrassa sa fille et s'assit à côté de Sara.

Rose arriva en face de Francis et donna son bouquet à Aria. L'officiant de cérémonie regarda le couple.

— Ce n'est pas tous les jours que je marie deux parents qui sont en couple depuis l'adolescence. Je pense qu'après autant d'années ensemble et deux enfants, le mariage est une décision mûrement réfléchie.

Rose et Francis s'échangèrent un regard complice. Leurs proches furent amusés.

— À votre demande, nous allons directement procéder à l'échange des alliances.

— Francis Louie Boyle, consentez-vous à prendre pour épouse Rose Ally Sunwatt ?

— Oui.

Francis prit l'alliance que lui tendit Matthew et la mit à l'annulaire gauche de Rose.

— Rose Ally Sunwatt, consentez-vous à prendre pour époux Francis Louie Boyle ?

— Oui.

Rose prit l'alliance que lui tendit Aria et la mit à l'annulaire gauche de Francis.

— À présent, je vous déclare mari et femme.

Ils s'embrassèrent. Tout le monde applaudit.

— Enfin ! s'exclamèrent Dahlia et Iris à l'unisson.

***

Rose, Francis et leurs proches s'étaient réunis pour un apéritif à Mission Dolores Park. Pendant que les mariés discutaient avec leurs amis, Dahlia et Iris servaient le champagne.

Thomas voulut féliciter son fils, mais il ne sut trouver les mots justes. Ils se regardèrent un moment en silence et Francis prit son père dans ses bras. Tania les vit. Elle se tourna vers Luca et Mike, émue. L'oncle et le frère s'échangèrent un regard de satisfaction.

Quand les verres furent remplis, tout le monde se prépara pour le toast.

Alan leva son verre.

— Tania et moi, nous nous rappellerons toujours ce samedi ensoleillé où Rose et Francis se sont rencontrés dans ce parc. Qui aurait cru que nous fêterions leur mariage, presque trois décennies plus tard, dans ce même parc ? En leur honneur, je citerai la merveilleuse mère de mes filles : « L'Amour est ce qui nous lie malgré les obstacles et les incertitudes de la vie. » Alors, célébrons l'Amour et célébrons les mariés !

— À l'Amour ! s'exclama tout le monde en trinquant.

Dahlia et Megan se prirent les mains. Elles portaient des alliances. Iris et Alex se regardèrent, puis admirèrent leurs enfants qui jouaient.

Francis prit Rose par la taille et l'embrassa dans le cou.

Alan vint vers eux avec Aiden dans les bras.

— Il réclame sa mère.

Rose lança un regard à son mari.

— Allez, c'est au tour de papa, dit-il.

Francis prit Aiden et s'éloigna vers sa mère.

Alan regarda sa fille qui avait l'air pensive.

— Elle me manque, dit-elle.

— À moi aussi, ma chérie. Elle est là. Je la vois dans tes sœurs, toi et tes enfants. Serena aussi est là. Tu as parlé d'elle à Sara et Aiden ?

— Ils sont trop jeunes. Un jour, je leur dirai que leur grande sœur veille sur eux.

— Iris et toi avez vécu des grossesses très difficiles.

— Oui. Après ces événements, voir des femmes enceintes était vraiment douloureux.

— Comment te sens-tu, maintenant ?

— Il me manquera toujours une partie de moi, mais je me sens mieux. Cette faiblesse s'est transformée en force.

Elle lui sourit, plus sereine.

— Tu pars quand en Europe ? demanda-t-elle.

— Dès que Sophia reviendra de son voyage au Canada. Depuis que son fils y habite, elle y va tous les trois mois. J'ai prévu d'y aller bientôt aussi.

— Je suis fière de toi. Il n'y a pas si longtemps, tu n'aurais jamais envisagé de prendre des photos à travers le monde.

— Heureusement que les gens peuvent changer.

— Tu penses l'épouser un jour ? Tu sais qu'on l'apprécie beaucoup.

— Je sais. Elle a compris que je n'en ressentais pas le besoin et cela ne la dérange pas. De toi à moi, j'aime l'idée de n'avoir été marié qu'une seule fois à une femme merveilleuse.

Dahlia et Iris les rejoignirent.

— Mes filles, je suis si content que nous soyons tous réunis.

— Ouais, pour une fois ! Ce serait bien si Rose nous rendait visite plus souvent.

— Dahlia, tu sais que tu peux aussi venir chez nous. Megan et Simon adorent New York.

— Profitez-en, dit Iris. Au moins, vous n'avez pas de jumeaux de trois ans.

Ils rigolèrent. Leur père les regarda chacune leur tour.

— Je suis ravi de vous voir heureuses avec vos familles, vos carrières d'écrivaine et vos projets. J'ai le sentiment d'avoir tenu ma promesse à votre mère.

— D'ailleurs, Rose, tu as des nouvelles pour ton roman ? demanda Dahlia.

— Oui. Je vais bientôt être publiée.

— Ma petite sœur est une star ! s'exclama Iris.

Rose regarda Dahlia, qui lui fit un clin d'œil.

— Je suis très fier de toi, dit Alan. Au fait, quand est-ce que Francis expose ses dessins ?

— Dans trois mois. S'il a du succès, il fera d'autres expositions. Il faut juste qu'il s'organise avec son nouveau boulot de manager.

— Un bon salaire et une activité artistique épanouissante, que demander de plus ?

— Une famille unie et la santé, répondit Rose.

Ses sœurs acquiescèrent.

Megan, Alex, Simon et les jumeaux les rejoignirent. Iris prit son fils dans les bras et embrassa sa fille dans les bras d'Alex.

Aria proposa de prendre une photo des sœurs et d'Alan. Puis elle en fit une des sœurs uniquement. Sara voulut regarder les photos, alors Aria se baissa pour les lui montrer. Sara en profita pour lui faire un câlin.

— Cela ne te donne toujours pas envie d'avoir un enfant ? lui demanda Alan, attendri.

— Non, je n'ai jamais eu le désir d'être mère. Le rôle de marraine me convient très bien.

— Cela me va aussi, dit Matthew. Je n'ai pas à la partager et on peut voyager quand on veut.

Il fit un clin d'œil à sa femme.

— Tu es devenue manager du Good Times, non ? demanda Alan.

— Oui, répondit-elle fièrement. Je serai éternellement reconnaissante envers Jimmy. S'il ne m'avait pas proposé d'être hôtesse, je n'en serais pas là aujourd'hui.

— D'ailleurs, qu'est-ce qu'il devient ? demanda Rose.

— Il est reparti en mission humanitaire avec Jessica.

— Qui aurait cru que ces deux-là se seraient aussi bien trouvés ? dit Matthew.

— Si le timing est bon, tout est possible, répondit Rose.

Elle embrassa Francis qui tenait Aiden et elle prit Sara dans ses bras.

Ils regardèrent tous la vue de San Francisco.

« If you're going to San Francisco
Be sure to wear some flowers in your hair
If you're going to San Francisco
You're gonna meet some gentle people there. »[3]

Scott McKenzie

---

[3] « Si tu vas à San Francisco, Mets quelques fleurs dans tes cheveux, Si tu vas à San Francisco, Tu rencontreras de belles personnes. »

À découvrir dans la collection Romance Addict

Doutes
Tome 1 : La part des anges
Tome 2 : L'ivresse assassine
Tome 3 : Les vendanges tardives
de Zéa Marshall

Never… ou presque !
De Zéa Marshall

Cœurs de Soldats
Tome 1 : Parce que c'est toi…
Tome 2 : Je te promets…
de Bella Doré

Coup de foudre à Saint-Palais
d'Angélique Comte

Plumes à Plume
de Nathalie Sambat

Les chocolats ne fondent pas à Noël, les cœurs oui !
Collectif de nouvelles

Les glaces fondent en été, les cœurs aussi !
Collectif de nouvelles

Accommoder au safran
de Maryssa Rachel

Romance Addict

Addictive, acidulée, sexy, passionnée.
Une collection inédite, originale.
Elle se décline en 3 styles :
Romance, Sexy Romance et Dark Romance.

SCAN ME

Retrouvez nos auteur(e)s, nos nouveautés, nos actualités
sur la page Facebook de Romance Addict

L'Édredon

La revue littéraire de JDH Éditions

Venez découvrir les textes de la revue

**Textes et articles dans un rubriquage varié
(chroniques, billets d'humeur, cinéma, poésie…)**

Suivez **JDH Éditions** sur les réseaux sociaux
pour en savoir plus sur les auteurs,
les nouveautés, les projets…

Inscrivez-vous à notre Newsletter sur
www.jdheditions.fr
Pour recevoir l'actualité de nos nouvelles
parutions